中國語言文字研究輯刊

五　編

許 錟 輝 主編

第9冊

說文重文字形研究（第二冊）

陳　立著

花木蘭文化出版社

國家圖書館出版品預行編目資料

說文重文字形研究（第二冊）／陳立 著 — 初版 — 新北市：
花木蘭文化出版社，2013〔民102〕
目 8+222 面；21×29.7 公分
（中國語言文字研究輯刊 五編；第9冊）
ISBN：978-986-322-512-6（精裝）
1. 說文解字 2. 研究考訂
802.08　　102017774

中國語言文字研究輯刊
五 編 第九冊　　ISBN：978-986-322-512-6

說文重文字形研究（第二冊）

作　　者　陳　立
主　　編　許錟輝
總 編 輯　杜潔祥
出　　版　花木蘭文化出版社
發 行 所　花木蘭文化出版社
發 行 人　高小娟
聯絡地址　235 新北市中和區中安街七二號十三樓
　　　　　電話：02-2923-1455／傳眞：02-2923-1452
網　　址　http://www.huamulan.tw 信箱 sut81518@gmil.com
印　　刷　普羅文化出版廣告事業
初　　版　2013 年 9 月
定　　價　五編 25 冊（精裝）新台幣 58,000 元　

說文重文字形研究（第二冊）

陳　立　著

目次

第一冊

第二冊

第三冊

第四冊

第五章　《說文》卷四重文字形分析

254、《說文》「目」字云：「，人眼也。象形，重童子也。凡目之屬皆从目。，古文目。」〔註 1〕

篆文作「」，與〈十九年寺工鈹〉的「」近同。甲骨文作「」《合》（4091）或「」《合》（13627），西周金文承襲其形體作「」〈𢍰目父癸爵〉、「」〈目爵〉，爲眼睛的象形。春秋戰國時期或作「」〈郭店・五行 47〉，將圖畫文字改以線條取代；或作「」〈郭店・五行 45〉，辭例爲「耳目鼻口手足六者」，或作「」〈郭店・唐虞之道 26〉，辭例爲「耳目」，將之與《說文》古文「」相較，後者外象眼眶，內象眼球與眼睫毛，此一形體尚未見於出土文獻，然《善齋匋文拓片》（262）收錄作「」，邱德修指出「」應由陶文演變而來，即陶文之「目瞳」爲方眶，故寫作「□」，而《說文》改易爲「⊙」，又「皆」於陶文作「」，《說文》將上尖者向下移，因分岔而成「」，故形成古文形體〔註 2〕，郭店之「」，上半部的「^」，或爲其言之「皆」，其下爲眼睛的形體，又「」中間的「↑」，應爲「」中間的二道「=」，作「↑」

〔註 1〕（漢）許慎撰、（清）段玉裁注：《說文解字注》，頁 131，臺北，黎明文化事業股份有限公司，1991 年。

〔註 2〕邱德修：《說文解字古文釋形考述》，頁 413，臺北，國立臺灣師範大學國文研究所碩士論文，1974 年。

爲形體的訛誤。

字例	重文	時期	字形
目		殷商	《合》（4091）《合》（13627）
		西周	〈目爵〉〈屰目父癸爵〉
		春秋	〈目・平肩空首布〉
		楚系	〈郭店・五行 45〉〈郭店・五行 47〉〈郭店・唐虞之道 26〉
		晉系	
		齊系	
		燕系	
		秦系	〈十九年寺工鈹〉
		秦朝	〈咸陽瓦〉
		漢朝	《馬王堆・春秋事語 21》

255、**《說文》「䀗」字云：「䀗，蔽人視也。从目幵聲。讀若攜手。一曰：『直視也』。𥄗，䀗目或在下。」**〔註 3〕

篆文作「䀗」，或體作「𥄗」，从目幵聲，二者的差異，爲偏旁位置的經營不同，前者爲左目右幵，後者爲上幵下目，由左右式易爲上下式。戰國楚系文字作「𥄗」〈包山 120〉，辭例爲「小人命爲䀗以傳之」，字形與「𥄗」相近，惟前者於所从之「幵」的起筆橫畫上增添短橫畫「-」，寫作「幵」。

字例	重文	時期	字形
䀗	𥄗	殷商	
		西周	
		春秋	
		楚系	〈包山 120〉
		晉系	
		齊系	
		燕系	

〔註 3〕《說文解字注》，頁 132。

		秦 系	
		秦 朝	
		漢 朝	

256、《說文》「睹」字云：「睹，見也。从目者聲。覩，古文从見。」〔註 4〕

篆文作「睹」，从目者聲；古文作「覩」，从見者聲，戰國楚系文字作「[illegible]」〈包山 19〉，形體與之相近。「者」字作「[illegible]」〈諸女觚〉、「[illegible]」〈伯者父簋〉、「[illegible]」〈羌伯簋〉、「[illegible]」〈中山王嚳鼎〉，以「[illegible]」或「[illegible]」爲例，上半部作「[illegible]」、「[illegible]」，下半部爲「口」，將「[illegible]」右側的「者」字與「[illegible]」、「[illegible]」相較，若將「[illegible]」與「[illegible]」緊密結合，與「[illegible]」右側下半部的形體無異，可知該字係受到省減與誤將原本不相干的筆畫接連所致。又《說文》「目」字云：「人眼也」，「見」字云：「視也」〔註 5〕，「目」爲視覺的器官，與「見」在意義上有一定的關係，从「目」與从「見」替換的現象亦見於《說文》重文，如：「視」字从見作「視」，从目作「眡」，二者作爲形符時，可因義近而替代。

字 例	重 文	時 期	字 形
睹 睹	覩	殷 商	
		西 周	
		春 秋	
		楚 系	[illegible]〈包山 19〉
		晉 系	
		齊 系	
		燕 系	
		秦 系	
		秦 朝	
		漢 朝	

〔註 4〕《說文解字注》，頁 133。

〔註 5〕《說文解字注》，頁 131，頁 412。

257、《說文》「旬」字云：「旬，目搖也。从目匀省聲。眴，旬或从目旬。」〔註6〕

篆文作「旬」，从目匀省聲，與〈伯旬鼎〉的「[illegible]」相近，惟所从之「目」的形體略異；或體作「眴」，从目旬聲。「匀」字上古音屬「余」紐「眞」部，「旬」字上古音屬「邪」紐「眞」部，疊韻，作爲聲符使用時可替代。

字　例	重　文	時　期	字　形
旬 旬	眴	殷　商	
		西　周	[illegible]〈伯旬鼎〉
		春　秋	
		楚　系	
		晉　系	
		齊　系	
		燕　系	
		秦　系	
		秦　朝	
		漢　朝	

258、《說文》「睦」字云：「睦，目順也。从目坴聲。一曰：『敬和也』。[illegible]，古文睦。」〔註7〕

篆文作「睦」，从目坴聲；古文作「[illegible]」，从目[illegible]聲，所从之「[illegible]」，爲古文「目」。「坴」、「[illegible]」二字上古音皆屬「來」紐「覺」部，雙聲疊韻，坴、[illegible]作爲聲符使用時可替代。

字　例	重　文	時　期	字　形
睦 睦	[illegible]	殷　商	
		西　周	
		春　秋	
		楚　系	
		晉　系	

〔註6〕《說文解字注》，頁134。

〔註7〕《說文解字注》，頁134。

		齊　系	
		燕　系	
		秦　系	
		秦　朝	
		漢　朝	

259、《說文》「瞋」字云：「瞋，張目也。从目眞聲。⿰目戌，祕書瞋从戌。」〔註 8〕

「瞋」字从目眞聲，或體「⿰目戌」从目戌聲。「眞」字上古音屬「章」紐「眞」部，「戌」字上古音屬「心」紐「物」部，「章」屬舌音，「心」屬齒音，二者既非雙聲亦非疊韻。然據出土文獻所示，「脂」、「微」二部的關係在戰國楚系文字中並非絕對分立，如「⿰𡵂攵（或⿰女𡵂或𡵂或⿰𡵂頁）」字大多作「美」字解，如：「⿰𡵂攵（美）也」〈郭店・唐虞之道 17〉、「君子⿰女𡵂（美）其情」〈郭店・性自命出 20〉、「有⿰𡵂頁（美）有善」〈郭店・語叢一 15〉、「君子𡵂（美）其情」〈上博・性情論 12〉等，可知楚系「⿰𡵂攵（或⿰女𡵂或𡵂或⿰𡵂頁）」字所从之「𡵂」，讀音可能與「美」字相近同，方能產生通假的現象〔註 9〕，「脂」、「質」、「眞」，「微」、「物」、「文」分屬二組陰、陽、入聲韻部的文字，眞、戌作爲聲符使用時替代的現象，或與楚地方音有關。

字　例	篆　文	時　期	字　形
瞋 瞋	⿰目戌	殷　商	
		西　周	
		春　秋	
		楚　系	
		晉　系	
		齊　系	
		燕　系	
		秦　系	

〔註 8〕《說文解字注》，頁 134。

〔註 9〕陳立：〈讀書偶識（三則）〉，《溫柔敦厚——紀念施銘燦教授學術研討會會後論文集》，頁 86～92，高雄，國立高雄師範大學國文學系，2008 年。

		秦　朝	
		漢　朝	

260、《說文》「看」字云：「看，睎也。从手下目。𥉖，看或从倝。」〔註 10〕

篆文作「看」，从手下目，屬會意字；或體作「𥉖」，从目倝聲，爲形聲字。「看」字上古音屬「溪」紐「元」部，「倝」字上古音屬「見」紐「元」部，二者發聲部位相同，見溪旁紐，疊韻。由會意字改爲形聲字，爲了便於時人閱讀使用之需，故以讀音相近的字作爲聲符。

字　例	重　文	時　期	字　形
看 看	𥉖	殷　商	
		西　周	
		春　秋	
		楚　系	
		晉　系	
		齊　系	
		燕　系	
		秦　系	
		秦　朝	
		漢　朝	

261、《說文》「𥇦」字云：「𥇦，眣也。从目攸聲。𥃳，𥇦或从丩。」〔註 11〕

「𥇦」字从目攸聲，或體「𥃳」从目丩聲。「攸」字上古音屬「余」紐「幽」部，「丩」字上古音屬「見」紐「幽」部，疊韻，作爲聲符使用時可替代。又篆文所从之「攸」爲三個部件所組成，爲避免其形體過寬，故採取上攸下目的結構。

〔註 10〕《說文解字注》，頁 135。

〔註 11〕《說文解字注》，頁 136。

字 例	重 文	時 期	字 形
		殷 商	
		西 周	
		春 秋	
		楚 系	
		晉 系	
		齊 系	
		燕 系	
		秦 系	
		秦 朝	
		漢 朝	

262、《說文》「省」字云：「，視也。从眉省从屮。，古文省从少囧。」[註 12]

甲骨文或从屮从目作「」《合》(5112 正)，或从木从目作「」《合》(5980)；西周金文或承襲从屮之形作「」〈天亡簋〉，或於「屮」的豎畫上增添小圓點，寫作「」〈豆閉簋〉，小圓點可拉長爲短横畫作「」〈鬲攸从鼎〉；發展至春秋時期的〈石鼓文〉作「」，因「屮」豎畫上的短横畫改置於下方，使得形體產生訛誤，遂走向从目生聲的形聲字，如：戰國時期的中山國之「」〈中山王䜌鼎〉，惟該字下半部將「目」寫作「」。《說文》篆文作「」，商承祚以爲上半部的形體，係由「引長其横筆而變」[註 13]，從〈睡虎地·秦律雜抄 17〉的「」，可知其言可從，又由字音言，「省」、「生」二字上古音皆屬「山」紐「耕」部，爲雙聲疊韻關係，許慎所謂「从眉省从屮」應改爲「从目生聲」；古文作「」，从少囧，段玉裁〈注〉云：「按非也。古文目作，此與皆從之。从少目者，少用其目，省之用甚微也。」又據《古文四聲韻》所載，「省」字或作「」《王庶子碑》、「」或「」《說文》[註 14]，將之與甲骨文、金文、簡牘帛書文字相較，「」應爲「目」的訛寫，可能是將「」誤以爲「囧」的形體所致。

[註 12] 《說文解字注》，頁 137。

[註 13] 商承祚：《說文中之古文考》，頁 31，臺北，學海出版社，1979 年。

[註 14] （宋）夏竦著：《古文四聲韻》，頁 187，臺北，學海出版社，1978 年。

字　例	重　文	時　期	字　形
省		殷　商	《合》（5112 正）《合》（5980）
		西　周	〈天亡簋〉〈豆閉簋〉〈𩰫攸从鼎〉
		春　秋	〈石鼓文〉
		楚　系	
		晉　系	〈中山王𨥚鼎〉
		齊　系	
		燕　系	
		秦　系	〈睡虎地・秦律雜抄 17〉
		秦　朝	
		漢　朝	《馬王堆・老子乙本 184》

263、《說文》「自」字云：「，鼻也。象鼻形。凡自之屬皆从自。，古文自。」〔註 15〕

《說文》「白」字云：「，此亦自字也。省自者，詞言之气从鼻出，與口相助。凡白之屬皆从白。」〔註 16〕

甲骨文作「」《合》（12）或「」《合》（102），像鼻子之形，金文作「」〈毛公鼎〉或「」〈番口伯者君盤〉，原本象形的「自」字，以橫畫與豎畫取代彎曲的筆畫，《說文》篆文作「」或「」，與金文的形體相同；古文作「」，於「」中間的豎畫增添一道橫畫「一」，此種現象在古文字十分習見，如：「內」字作「」〈毛公鼎〉，或作「」〈鄂君啓舟節〉，「光」字作「」〈虢季子白盤〉，或作「」〈吳王光鑑〉，「難」字作「」〈殳季良父壺〉，或作「」〈齊大宰歸父盤〉，爲飾筆的增添。

字　例	古　文	時　期	字　形
自		殷　商	《合》（12）《合》（102）
		西　周	〈毛公鼎〉
		春　秋	〈石鼓文〉〈番口伯者君盤〉

〔註 15〕《說文解字注》，頁 138。

〔註 16〕《說文解字注》，頁 138。

		楚　系	〈郭店・老子丙本 14〉
		晉　系	
		齊　系	
		燕　系	《古陶文彙編》（4.110）
		秦　系	〈睡虎地・效律 18〉
		秦　朝	
		漢　朝	《馬王堆・春秋事語 74》

264、《說文》「智」字云：「，識詈也。从白亏知。，古文智。」〔註 17〕

殷商文字作「」《合》（38289）、「」〈亞𡫰鄉宁鼎〉，从矢从口从于；〈毛公鼎〉爲「」，从大从口从于从甘，从「矢」之形易爲「大」；東周貨幣文字作「」、「」〈智・平肩空首布〉，上半部从矢从口从于，下半部或从口，或从甘，據「舌」字考證，口、甘作爲形符使用時，可兩相替代；戰國秦系文字承襲从甘之形，寫作「」〈睡虎地・法律答問 11〉、「」〈睡虎地・秦律十八種 175〉，前者之「」，係將「口」置於「于」的下方，「」所从之「甘」訛寫爲「日」；楚系「智」字的形體不一，如：「」〈郭店・老子甲本 1〉、「」〈郭店・老子丙本 1〉、「」〈郭店・忠信之道 1〉、「」〈郭店・成之聞之 17〉、「」〈郭店・語叢一 16〉、「」〈郭店・語叢一 63〉，辭例依序爲「絕智（知）棄辯」、「大上下智（知）有之」、「不惎弗智（知）信之至也」、「智而比次」、「有仁有智」、「智（知）禮然後智（知）形」，可知皆爲「智」字的異體，將之與「」相較，除了省減「口」外，从「大（或）」或「夫（）」、「」者，皆爲「矢（）」之訛，「」將「甘」的形體訛寫爲「」，「」亦將「于（）」訛誤爲「」。《說文》篆文从白于知作「」，所从之「」應爲「甘」的訛寫，古文从矢从从于作「」，段玉裁〈注〉云：「即口，即知也，省白。」較之於「」，「」係將「口」易爲「」，《說文》「口」字云：「人所吕言食也」，「」字云：「也」〔註 18〕，口、皆爲人體的器官，作爲形符使用時，理可兩相替代。又大徐

〔註 17〕《說文解字注》，頁 138。

〔註 18〕《說文解字注》，頁 54，頁 599。

本古文作「」〔註19〕，从丘从于从矢从口，所从之「丘」亦爲「甘」的訛寫。

字　例	重　文	時　期	字　形
智		殷　商	《合》（38289）〈亞㠱鄉宁鼎〉
		西　周	〈毛公鼎〉
		春　秋	，〈智・平肩空首布〉
		楚　系	〈郭店・老子甲本1〉〈郭店・老子丙本1〉〈郭店・忠信之道1〉〈郭店・成之聞之17〉〈郭店・語叢一16〉〈郭店・語叢一63〉
		晉　系	〈魚鼎匕〉
		齊　系	
		燕　系	
		秦　系	〈睡虎地・法律答問11〉〈睡虎地・秦律十八種175〉
		秦　朝	
		漢　朝	《馬王堆・天下至道談34》

265、《說文》「百」字云：「，十十也。从一白。數，十十爲一百；百，白也。十百爲一貫；貫，章也。，古文百。」〔註20〕

甲骨文作「」《合》（115）、「」《合》（17892）、「」《合》（15428）、「」《合》（8316反）、「」《屯》（503），形體不一，其後文字多承襲「」，寫作「」〈㝬鐘〉，或易爲「」〈沇兒鎛〉，《說文》篆文「」與之相同，或在「」的構形上再增添一道短横畫「-」，作「」〈中山王嚳鼎〉、「」〈郭店・忠信之道7〉，古文「」與之同形。戰國楚系文字或見「」〈包山115〉，較之於「」，起筆横畫上的短横畫「-」爲飾筆；秦系文字或作「」〈青川・木牘〉，或作「」〈青川・木牘〉，「」係省略一個筆畫；〈咸陽瓦〉作「」，係省略「」的「」，並將之與下半部的筆畫接連。此外，戰國晉系的中山國或見「」、「」〈兆域圖銅版〉，齊系與燕系的貨幣文字亦作「」〈齊大刀・齊刀〉、「」〈明・弧背燕刀〉，以貨幣文字的辭例言，依序

〔註19〕（漢）許慎撰、（宋）徐鉉校定：《說文解字》，頁74，香港，中華書局，1996年。
〔註20〕《說文解字注》，頁138。

爲「一百」、「右百」，形體雖與「百」、「百」不同，仍爲「百」字的異體。劉宗漢從語言的角度入手，指出「全」即「金」，金、百二字分屬見、幫二紐，及侵、耕二部，在大梁與中山國所在的方言區裡，「金」字或有二讀，故造成「全」字既作「金」又作「百」〔註 21〕，于省吾認爲文字倒寫之例在甲骨文即出現，此現象一直沿續至戰國，在銅器、璽印、貨幣上的字形，皆爲倒寫所致。〔註 22〕「金」字作「金」〈師同鼎〉、「金」〈守簋〉、「金」〈郘大叔斧〉、「金」〈禽簋〉，尚未見「金」、「金」、「全」，从金得形者，如：「鈞」字作「鈞」〈幾父壺〉，「鐘」字作「鐘」、「鐘」、「鐘」〈兮仲鐘〉或「鐘」〈子璋鐘〉，「鈴」字作「鈴」〈番生簋蓋〉，「鑊」字作「鑊」〈哀成叔鼎〉，「鑑」字作「鑑」〈智君子鑑〉，除了少數寫作「全」外，大多爲習見的「金」字形體，可知「金」獨立爲一字時，兩側的小點或爲二，或爲三，或爲四，筆畫的多寡不一，惟作爲偏旁使用時才會出現近於「全」的形體，今將「金」、「金」的形體倒置，則寫作「百」、「百」，較之於「百」，若將「一」中間的豎畫「丨」向下貫穿，則產生「百」、「百」，至於形體似「金」的「全」，若將「︿」向下延伸，並與第二道橫畫接連，亦寫作「百」，這種貫穿筆畫的書寫方式，於古文字中十分常見，如：「割」字作「割」〈無叀鼎〉，或作「割」〈曾侯乙鐘〉，「平」字作「平」〈鄀公平侯鼎〉，或作「平」〈兆域圖銅版〉，「大」字作「大」〈散氏盤〉，或作「大」〈大陰．尖足平首布〉，可知「金」、「金」、「全」爲「百」字的倒寫，又因筆畫的貫穿，使得形體近於「金」。劉宗漢以爲「金」字或有二讀，然從出土文物言，或見於晉系中山國文字，或見於齊系文字，或見於燕系文字，將「金」讀爲「百」、「金」的區域非僅限於大梁與中山國，而已擴及齊、燕二地，「金」、「百」在戰國時期的方言讀法是否相近，實難知曉，而從文字構形的角度，以及古人書寫的習慣，可知中山、齊、燕諸國所見的字形，即「百」字的倒寫。

字　例	重　文	時　期	字　形
百 百	百	殷　商	百《合》（115）百《合》（15428）百《合》（17892） 百《合》（8316 反）百《屯》（503）
		西　周	百〈㝬鐘〉

〔註 21〕劉宗漢：〈釋戰國貨幣中的「全」〉，《中國錢幣》1985：2，頁 24～25。

〔註 22〕于省吾：〈釋百〉，《江漢考古》1983：4，頁 35～38。

		春　秋	〈沇兒鎛〉
		楚　系	〈包山 115〉〈郭店・忠信之道 7〉
		晉　系	〈中山王𠘸鼎〉，〈兆域圖銅版〉
		齊　系	〈齊大刀・齊刀〉
		燕　系	〈明・弧背燕刀〉
		秦　系	，〈青川・木牘〉
		秦　朝	〈咸陽瓦〉
		漢　朝	《馬王堆・三號墓遣策》《馬王堆・戰國縱橫家書 141》

266、《說文》「奭」字云：「，盛也。从大从皕，皕亦聲。此燕召公名。讀若郝。史篇名醜。，古文奭。」〔註 23〕

「奭」字多从皕作「」〈郭店・緇衣 36〉、「」〈八年相邦呂不韋戈〉，「百」字可寫作「」〈沇兒鎛〉或「」〈郭店・忠信之道 7〉，《說文》篆文「」、古文「」的形體近於此，其間的差異，主要爲所从之「百」的形體不同，一爲篆文「」，一爲古文「」。又見从「目目」得形的「」〈郭店・成之聞之 22〉，辭例與〈郭店・緇衣 36〉的「」同爲「君奭」，可知从「目目」者應爲「皕」之誤。

字　例	重　文	時　期	字　形
奭		殷　商	
		西　周	
		春　秋	
		楚　系	〈郭店・緇衣 36〉〈郭店・成之聞之 22〉
		晉　系	
		齊　系	
		燕　系	
		秦　系	〈八年相邦呂不韋戈〉
		秦　朝	
		漢　朝	

〔註 23〕《說文解字注》，頁 139。

267、《說文》「翄」字云：「[seal]，翼也。从羽支聲。[seal]，翄或从羽氏。」〔註 24〕

「翄」字从羽支聲，或體「羝」从羽氏聲。「支」字上古音屬「章」紐「支」部，「氏」字上古音屬「禪」紐「支」部，二者發聲部位相同，章禪旁紐，疊韻，支、氏作爲聲符使用時可替代。

字 例	重 文	時 期	字 形
翄 [seal]	[seal]	殷 商	
		西 周	
		春 秋	
		楚 系	
		晉 系	
		齊 系	
		燕 系	
		秦 系	
		秦 朝	
		漢 朝	

268、《說文》「閵」字云：「[seal]，今閵，佀鴝鵒而黃。从隹𠔉省聲。[seal]，籀文不省。」〔註 25〕

金文作「[glyph]」〈閵簋〉，从隹門聲，秦系文字亦作「[glyph]」〈睡虎地・爲吏之道 23〉，《說文》篆文「[seal]」，許書言「从隹𠔉省聲」爲非；籀文作「[seal]」，从隹𠔉聲。又秦系文字或見从「雖（隼）」作「[glyph]」〈睡虎地・日書甲種 2〉，《說文》「隹」字云：「鳥之短尾總名也」，「雖（隼）」字云：「祝鳩也。」〔註 26〕「隹」爲鳥類的泛稱，「雖（隼）」爲鳥類的一種，作爲形符使用時理可兩相替代。「門」字上古音屬「明」紐「文」部，「𠔉」字上古音屬「定」紐「文」部，疊韻，門、𠔉作爲聲符使用時應可替代。

〔註 24〕《說文解字注》，頁 140。

〔註 25〕《說文解字注》，頁 142。

〔註 26〕《說文解字注》，頁 142，頁 151。

字例	重文	時期	字形
闈	[illegible]	殷商	
		西周	[illegible]〈闈簋〉
		春秋	
		楚系	
		晉系	
		齊系	
		燕系	
		秦系	[illegible]〈睡虎地・爲吏之道23〉[illegible]〈睡虎地・日書甲種2〉
		秦朝	
		漢朝	[illegible]《馬王堆・經法25》

269、《說文》「雉」字云：「[illegible]，有十四種，盧諸雉、鷸雉、卜雉、鷩雉、秩秩海雉、翟山雉、翰雉、卓雉、伊雒而南曰翬、江淮而南曰搖、南方曰[illegible]、東方曰甾、北方曰稀、西方曰蹲。从隹矢聲。[illegible]，古文雉从弟。」〔註27〕

甲骨文或从隹矢聲作「[illegible]」《合》（10921），或於「[illegible]」的形體增添「土」作「[illegible]」《合》（26879），或將「[illegible]」易寫爲「[illegible]」作「[illegible]」《合》（18335），或从隹至聲作「[illegible]」《合》（35435），〈石鼓文〉承襲「[illegible]」作「[illegible]」，形體與《說文》篆文「[illegible]」相同。〈上博・競建內之2〉作「[illegible]」，从鳥夷聲，辭例爲「有雉雊於彝前」，《說文》「隹」字云：「鳥之短尾總名也」，「鳥」字云：「長尾禽總名也」〔註28〕，从「鳥」與从「隹」替換的現象亦見於戰國文字，如：「雌」字从鳥作「[illegible]」〈郭店・語叢四 26〉，隹與鳥爲鳥類總名，作爲形符時，可因義近而替代。姚孝遂、肖丁指出「夷」本爲「有繳之矢」，故甲骨文「雉」字或从矢或从夷，从「弟」者係由「夷」之演變而來。〔註29〕「矢」字上古音屬「書」紐「脂」部，「至」字上古音屬「章」紐「質」部，「夷」字上古音屬「余」紐「脂」部，「弟」字上古音屬「定」紐「脂」部，書、章皆爲舌音，錢大昕言「舌

〔註27〕《說文解字注》，頁143。

〔註28〕《說文解字注》，頁142，頁149。

〔註29〕姚孝遂、肖丁：《小屯南地甲骨考釋》，頁160，北京，中華書局，1985年。

音類隔不可信」，黃季剛言「照系三等諸紐古讀舌頭音」，可知「書」於上古聲母可歸於「透」，「章」於上古聲母可歸於「端」，矢、夷、弟爲旁紐疊韻的關係，而與至爲旁紐、脂質陰入對轉的關係，矢、至、夷、弟作爲聲符使用時可替代。

字　例	重　文	時　期	字　形
雉		殷　商	《合》（10921）《合》（18335）《合》（26879）《合》（35435）
		西　周	
		春　秋	〈石鼓文〉
		楚　系	〈上博・競建內之 2〉
		晉　系	
		齊　系	
		燕　系	
		秦　系	
		秦　朝	《馬王堆・五十二病方 372》
		漢　朝	《馬王堆・三號墓木牌》

270、說文》「雞」字云：「，知時畜也。从隹奚聲。，籀文雞从鳥。」〔註 30〕

甲骨文「雞」字或爲象形，作「」《合》（13342），或增添聲符「奚」，作「」《合》（37471），戰國楚系文字作「」〈包山 258〉，左側所从之「鳥」作「」，右側之「奚」作「」，將之與「」相較，「奚」字甲骨文「象以手牽搤罪隸髮辮之形，其罪隸形……皆爲頭上有編髮之人形。」〔註 31〕可知「」一方面省略部分「髮辮之形」，一方面又省去「人形」的部分筆畫；《古陶文彙編》（3.306）「」、〈睡虎地・日書乙種 76〉「」、《馬王堆・三號墓木牌》「」，「奚」下半部皆省略「人形」的部分筆畫；《馬王堆・一號墓木牌》作「」，「奚」形體爲「」，上半部的「」應爲「手」，此種形體又見於戰國秦系文字，如：「受」字作「」〈睡虎地・秦律十八種 184〉，「爭」字作「」〈睡虎地・語書 11〉，下半部的「」爲人形，因省略「髮辮之形」，又將「人

〔註 30〕《說文解字注》，頁 143。

〔註 31〕徐中舒：《甲骨文字典》，頁 1178，成都，四川辭書出版社，1995 年。

形」的筆畫割裂，使得形體與「火」近似。從殷商以來的「雞」字觀察，从鳥與从隹的形體皆可見，又據「雉」字所引《說文》「隹」、「鳥」的字義，及戰國文字中所見，如：「雄」字从鳥作「」〈郭店・語叢四 14〉，从隹作「」〈睡虎地・日書甲種 70〉，可知二者作爲形符時，時因義近而替代。

字　例	重　文	時　期	字　形
雞		殷　商	《合》（13342）《合》（37471）《合》（37472）
		西　周	
		春　秋	
		楚　系	〈包山 258〉
		晉　系	
		齊　系	《古陶文彙編》（3.306）
		燕　系	
		秦　系	〈睡虎地・秦律十八種 63〉〈睡虎地・日書乙種 76〉
		秦　朝	
		漢　朝	《馬王堆・三號墓木牌》《馬王堆・一號墓木牌》

271、《說文》「雛」字云：「，雞子也。从隹芻聲。，籀文雛从鳥。」〔註 32〕

「雛」字或从隹作「」，或从鳥作「」，據「雞」字考證，「鳥」、「隹」替換，屬義近偏旁的替代。

字　例	重　文	時　期	字　形
雛		殷　商	《合》（116 正）
		西　周	
		春　秋	
		楚　系	
		晉　系	
		齊　系	
		燕　系	
		秦　系	

〔註 32〕《說文解字注》，頁 143～144。

		時期	字形
		秦　朝	
		漢　朝	

272、《說文》「雕」字云：「雕，鷻也。从隹周聲。鵰，籀文雕从鳥。」〔註 33〕

「雕」字或从隹作「雕」，或从鳥作「鵰」，據「雞」字考證，「鳥」、「隹」替換，屬義近偏旁的替代。

字　例	重　文	時　期	字　形
雕 雕	鵰	殷　商	
		西　周	
		春　秋	
		楚　系	
		晉　系	
		齊　系	
		燕　系	
		秦　系	
		秦　朝	
		漢　朝	

273、《說文》「雁」字云：「雁，雁鳥也。从隹从人瘖省聲。鷹，籀文雁从鳥。」〔註 34〕

金文作「[illegible]」〈雁公觶〉、「[illegible]」〈毛公鼎〉，王國維指出金文所見之「[illegible]」从人从丨，像一腋之形〔註 35〕，孫常敘以爲「雁」字本从「[illegible]」，其形像鷹，因鷹與隹的形體相近而易混淆，遂以「[illegible]」爲其聲。〔註 36〕戰國楚系文字作「[illegible]」〈包山 165〉，較之於「[illegible]」，所从人、「，應爲「[illegible]」的訛寫，可知「从人」

〔註 33〕《說文解字注》，頁 144。

〔註 34〕《說文解字注》，頁 144。

〔註 35〕王國維：《王觀堂先生全集·史籀篇疏證》冊七，頁 2403，臺北，文華出版公司，1968 年。

〔註 36〕孫常敘著，孫屏、張世超、馬如森編校：〈雁雁一字形變說〉，《孫常敘古文字學論集》，頁 32，長春，東北師範大學出版社，1998 年。

爲「𠂆」之誤。《說文》篆文「䧹」，从隹从人瘖省聲，籀文又增添「鳥」作「鷹」，張世超等人言「𠂆」係以「指示象形的方法寫詞的字」，春秋戰國時易「𠂆」爲「疒」，係「標其方音的差別」〔註 37〕，其說可參。

字 例	重 文	時 期	字 形
䧹 䧹	鷹	殷 商	
		西 周	䧹〈雁公觶〉 䧹〈毛公鼎〉
		春 秋	䧹〈秦公鎛〉
		楚 系	䧹〈包山 165〉
		晉 系	
		齊 系	
		燕 系	
		秦 系	
		秦 朝	
		漢 朝	

274、《說文》「雂」字云：「雂，𨾴也。从隹氐聲。鴟，籀文雂从鳥。」〔註 38〕

「雂」字或从隹作「雂」，或从鳥作「鴟」，據「雞」字考證，「鳥」、「隹」替換，屬義近偏旁的替代。〈上博·鬼神之明　融師有成氏 3.14〉作「鴟」，辭例爲「鴟夷而死」，將之與「鴟」相較，差異處除了「鳥」字的形體不一外，僅是偏旁位置左右不同。

字 例	重 文	時 期	字 形
雂 雂	鴟	殷 商	
		西 周	
		春 秋	
		楚 系	鴟〈上博·鬼神之明　融師有成氏 3.14〉

〔註 37〕張世超、孫凌安、金國泰、馬如森：《金文形義通解》，頁 874～876，日本京都，中文出版社，1995 年。

〔註 38〕《說文解字注》，頁 144。

		晉　系	
		齊　系	
		燕　系	
		秦　系	
		秦　朝	
		漢　朝	

275、《說文》「雓」字云：「雓，牟母也。从隹奴聲。鴑，雓或从鳥。」〔註 39〕

「雓」字或从隹作「雓」，或从鳥作「鴑」，據「雞」字考證，「鳥」、「隹」替換，屬義近偏旁的替代。

字　例	重　文	時　期	字　形
雓 雓	鴑	殷　商	
		西　周	
		春　秋	
		楚　系	
		晉　系	
		齊　系	
		燕　系	
		秦　系	
		秦　朝	
		漢　朝	

276、《說文》「雇」字云：「雇，九雇，農桑候鳥扈民不婬者也。从隹戶聲。春雇鳻盾、夏雇竊𤣥、秋雇竊藍、冬雇竊黃、棘雇竊丹、行雇唶唶、宵雇嘖嘖、桑雇竊脂、老雇鷃也。䨼，雇或从雩。鳸，籀文雇从鳥。」〔註 40〕

「雇」字或从隹戶聲作「雇」，或从鳥雩聲作「䨼」，或从鳥戶聲作「鳸」，據「雞」字考證，「鳥」、「隹」替換，屬義近偏旁的替代。又〈包山 123〉作

〔註 39〕《說文解字注》，頁 144。

〔註 40〕《說文解字注》，頁 144～145。

「雇」，从鳥戶聲，左側所从之「戶」上半部的短橫畫「-」屬飾筆的增添，將之與从「隹」的「雇」〈信陽 1.8〉或與「雩」相較，右側的「鳥」省略頭部的形體。「戶」字上古音屬「匣」紐「魚」部，「雩」字上古音屬「曉」紐「魚」部，二者發聲部位相同，曉匣旁紐，疊韻，戶、雩作爲聲符使用時可替代。

字　例	重　文	時　期	字　形
雇 雇	䨼 鳸	殷　商	《合》（7901）《合》（24347）
		西　周	
		春　秋	
		楚　系	雇〈包山 123〉
		晉　系	
		齊　系	
		燕　系	
		秦　系	
		秦　朝	
		漢　朝	

277、《說文》「䧴」字云：「䧴，雗屬也。从隹酓聲。䳺，籀文䧴从鳥。」〔註 41〕

「䧴」字或从隹作「䧴」，或从鳥作「䳺」，據「雞」字考證，「鳥」、「隹」替換，屬義近偏旁的替代。

字　例	重　文	時　期	字　形
䧴 䧴	䳺	殷　商	
		西　周	
		春　秋	
		楚　系	
		晉　系	
		齊　系	
		燕　系	

〔註 41〕《說文解字注》，頁 145。

		秦　系	
		秦　朝	
		漢　朝	

278、**《說文》「琟」字云：「琟，鳥肥大琟琟然也。从隹工聲。鳿，琟或从鳥。」**〔註42〕

「琟」字或从隹作「琟」，或从鳥作「鳿」，據「雞」字考證，「鳥」、「隹」替換，屬義近偏旁的替代。

字　例	重　文	時　期	字　形
琟 琟	鳿	殷　商	鳿《合》(36567)
		西　周	鳿〈散氏盤〉
		春　秋	
		楚　系	
		晉　系	
		齊　系	
		燕　系	
		秦　系	
		秦　朝	
		漢　朝	鳿《馬王堆・周易86》

279、**《說文》「蒦」字云：「蒦，規蒦，商也。从又持萑。一曰：『視遽皃』。一曰：『蒦，度也』。彠，蒦或从尋，尋亦度也。《楚辭》曰：『求矩彠之所同』。」**〔註43〕

篆文作「蒦」，从又持萑，與〈中山王嚳鼎〉的「蒦」相同；或體从尋作「彠」，許書云：「尋亦度也」，段玉裁於或體下引古籍言：「彠，度也。……彠，度法也。」可知「彠」應爲「从尋蒦聲」之字，从尋係爲示「度」之意。

〔註42〕《說文解字注》，頁145。

〔註43〕《說文解字注》，頁146。

字例	重文	時期	字形
蒦 蒦	彠	殷商	
		西周	
		春秋	
		楚系	
		晉系	蒦〈中山王𡊄鼎〉
		齊系	
		燕系	
		秦系	
		秦朝	
		漢朝	

280、《說文》「舊」字云：「舊，鴟舊，舊留也。从萑臼聲。鵂，舊或从鳥休聲。」〔註44〕

甲骨文作「舊」《合》（27128）、「舊」《合》（30686），从萑臼聲，其後文字多承襲之，如：「舊」〈盠駒尊〉、「舊」〈鼄公華鐘〉、「舊」〈包山247〉，《說文》篆文「舊」源於此，形體近於「舊」。戰國楚系文字，或見「舊」〈郭店·老子乙本3〉，辭例爲「長生舊視之道也」，較之於「舊」，「舊」係省減「萑」上半部的部件「从」，以之爲例，其辭於今本《老子》作「長生久視之道也。」「久」字上古音屬「見」紐「之」部，「舊」字上古音屬「群」紐「之」部，二者發聲部位相同，見群旁紐，疊韻，通假現象亦見於傳世文獻，如：《尚書·無逸》云：「其在高宗時，舊勞于外。」〔註45〕《史記·魯周公世家》云：「其在高宗，久勞于外。」〔註46〕或作「舊」〈上博·孔子見季桓子22〉辭例爲「言之則恐舊（尤）巠子」，對照「舊」之「萑」、「舊」之「萑」，「萑」因形體的割裂而由「勹」、「隹」所組成，「勹」即「萑」之「𠂆」；又馬王堆漢墓出

〔註44〕《說文解字注》，頁146。

〔註45〕（漢）孔安國傳、（唐）孔穎達等正義：《尚書正義》，頁240，臺北，藝文印書館，1993年。

〔註46〕（漢）司馬遷撰、（劉宋）裴駰集解、（唐）司馬貞索隱、（唐）張守節正義、（日本）瀧川龜太郎注：《史記會注考證》，頁554，臺北，宏業書局，1992年。

土文獻亦見「」《馬王堆・周易 5》，省略部件「」。《說文》「萑」字云：「鴟屬也」，「鳥」字云：「長尾禽總名也」〔註 47〕，「萑」爲鳥類的一種，作爲形符使用時，可因義近而替代；「臼」字上古音屬「群」紐「幽」部，「休」字上古音屬「曉」紐「幽」部，二者發聲部位相同，旁紐疊韻，臼、休作爲聲符使用時可替代。

字例	重文	時期	字形
舊		殷商	《合》（27128）《合》（30686）
		西周	〈盠駒尊〉
		春秋	〈鼄公華鐘〉
		楚系	〈包山 247〉〈郭店・老子乙本 3〉〈上博・孔子見季𧻓子 22〉
		晉系	
		齊系	
		燕系	
		秦系	
		秦朝	
		漢朝	《馬王堆・周易 5》

281、《說文》「羍」字云：「羍，小羊也。从羊大聲。讀若達同。𦍋，羍或省。」〔註 48〕

篆文作「」，从羊大聲；或體作「」，段玉裁〈注〉云：「按此不當从入，當是从人。大，人也。故或从人。羊有仁義禮之德，故从人。」「」像人張開雙手雙腳站立之形，省略上半部即作「」，然謂「」爲「人」，實與形體不符，故應以「从大省」爲是。

字例	重文	時期	字形
羍		殷商	
		西周	

〔註 47〕《說文解字注》，頁 145，頁 149。

〔註 48〕《說文解字注》，頁 147。

		春 秋	
		楚 系	
		晉 系	
		齊 系	
		燕 系	
		秦 系	
		秦 朝	
		漢 朝	

282、**《說文》「羌」字云：「，西戎，羊穜也。从羊儿，羊亦聲。南方蠻閩从虫，北方狄从犬，東方貉从豸，西方羌从羊，此六穜也。西南僰人、焦僥从人，葢在坤地，頗有順理之性，唯東夷从大，大，人也，夷俗仁，仁者壽，有君子不死之國。孔子曰：『道不行，欲之九夷，乘桴浮於海有吕也。』，古文羌如此。」**〔註49〕

甲骨文从人从羊作「」《合》（171），或增添「糸」作「」《合》（26927）、「」《合》（32020）、「」《合》（32151）、「」《合》（36520）、「」《合》（37434），「象身加縲絏之形」〔註50〕，兩周以來的文字或从人从羊从糸作「」〈䍧作父己尊〉，或从人从羊作「」〈鄭羌伯鬲〉、「」〈驫羌鐘〉、「」《馬王堆・春秋事語92》，「」於較長筆畫上的小圓點「・」爲增添的飾筆，馬王堆漢墓出土文獻中的「羊」字爲「」《馬王堆・一號墓遣策2》，或作「」《馬王堆・三號墓木牌》，較之於「」，因將「从」變易爲「﹀」或「一」，遂寫作「」。《說文》篆文「」應源於此，惟將「人」作「儿」；古文「」尚未見於出土文獻，然或見「」、「」、「」諸形，若省減「」的形體作「」，則與「」相近，故李孝定言「盖即之形訛」。〔註51〕戰國楚系文字作「」〈新蔡・甲三343～2〉，辭例爲「羌之述」，下半部的形體由

〔註49〕《説文解字注》，頁148。

〔註50〕李孝定：《甲骨文字集釋》第四，頁1341，臺北，中央研究院歷史語言研究所，1991年。

〔註51〕《甲骨文字集釋》第四，頁1342。

「人」訛寫爲「壬」，此種現象在古文字中習見，如：「聖」字作「[古文字]」〈史牆盤〉、「[古文字]」〈大克鼎〉、「[古文字]」〈王孫遺者鐘〉，「望」字作「[古文字]」《合》（546）、「[古文字]」《合》（6182）、「[古文字]」〈保卣〉、「[古文字]」〈郭店・緇衣 3〉，在「人」的形體下方增添「土」，即由「[古文字]」→「[古文字]」→「[古文字]」→「[古文字]」→「[古文字]」。

字　例	重　文	時　期	字　形
羌 [篆文]	[古文]	殷　商	[古文字]《合》（171）[古文字]《合》（26927）[古文字]《合》（32020）[古文字]《合》（32151）[古文字]《合》（36520）[古文字]《合》（37434）
		西　周	[古文字]〈[古文字]作父己尊〉
		春　秋	[古文字]〈鄭羌伯鬲〉
		楚　系	[古文字]〈新蔡・甲三 343～2〉
		晉　系	[古文字]〈[古文字]羌鐘〉
		齊　系	
		燕　系	
		秦　系	
		秦　朝	
		漢　朝	[古文字]《馬王堆・春秋事語 92》

283、《說文》「羴」字云：「[篆文]，羊臭也。从三羊。凡羴之屬皆从羴。[篆文]，羴或从亶。」〔註 52〕

篆文作「[篆文]」，从三羊，爲會意字，形體與甲骨文「[古文字]」《合》（25817）相近，而近同於戰國楚系簡帛文字「[古文字]」〈上博・性情論 14〉；又古文字往往正反無別，形體多寡亦無影響，故甲骨文或作「[古文字]」《合》（6996），金文或作「[古文字]」〈[古文字]爵〉；再者，〈郭店・性自命出 24〉與〈上博・性情論 14〉的辭例皆爲「則羴如也斯喜」，將「[古文字]」與「[古文字]」相較，後者係將上半部所从之「羊」以收縮筆畫的方式書寫，將「羊」寫作「[古文字]」。或體作「[篆文]」，从羊亶聲，爲形聲字。「羴」字上古音屬「書」紐「元」部，「亶」字上古音屬「端」紐「元」部，端、書皆爲舌音，錢大昕言「舌音類隔不可信」，黃季剛言「照系三等諸紐古讀舌頭音」，可知「書」於上古聲母可歸於「透」。自殷商甲骨文以來，「羴」

〔註 52〕《說文解字注》，頁 149。

字或从三羊，或从二羊，尚未見从羊亶聲的字形，由會意字改爲形聲字，爲了便於時人閱讀使用之需，故以讀音相近的字作爲聲符。

字 例	重 文	時 期	字 形
羴		殷 商	《合》（6996）《合》（25817）〈羊爵〉
		西 周	〈羊父辛斝〉
		春 秋	
		楚 系	〈郭店・性自命出 24〉〈上博・性情論 14〉
		晉 系	
		齊 系	
		燕 系	
		秦 系	
		秦 朝	
		漢 朝	

284、《說文》「雧」字云：「，羣鳥在木上也。从雥木。，雧或省。」〔註 53〕

甲骨文作「」《合》（17867 正），从隹木，兩周以來的文字或承襲作「」〈集作父癸卣〉、「」〈毛公鼎〉、「」〈虎形佩 XK：358〉、「」〈新衡桿〉，《說文》或體「」源於此，與「」相同；或从三隹棲息於木上，作「」〈小集母乙觶〉、「」〈睡虎地・法律答問 193〉，篆文「」源於此，與「」相同。戰國楚系文字或从隹木，作「」〈包山 234〉，辭例爲「集歲」，或从隹木宀，作「」、「」〈天星觀・卜筮〉，辭例亦爲「集歲」，可知所从之「宀」應爲無義偏旁，此種增添無義偏旁的方式，習見於楚系文字，如：「躳」字作「」〈郤尹鼎〉，或作「」〈包山 210〉，「中」字作「」〈七年趞曹鼎〉，或作「」〈曾侯乙 18〉，又「」採取上「隹」下「木」的結構，因「木」的豎畫與「隹」的豎畫重疊相連，遂以共用筆畫的方式書寫，二者共用一個筆畫，以此方式書寫者，亦見於「」，至於「」所从之「木」豎畫上的短橫畫「-」，爲飾筆的增添。

〔註 53〕《說文解字注》，頁 149。

字例	重文	時期	字形
雧		殷商	《合》（17867 正）
		西周	〈小集母乙觶〉〈集作父癸卣〉〈毛公鼎〉
		春秋	
		楚系	，〈天星觀・卜筮〉〈包山 234〉
		晉系	〈虎形佩 XK：358〉
		齊系	
		燕系	
		秦系	〈睡虎地・法律答問 193〉
		秦朝	
		漢朝	〈新衡桿〉

285、《說文》「鳳」字云：「，神鳥也。天老曰：『鳳之像也，麐前鹿後，蛇頸魚尾，龍文龜背，燕頷雞喙，五色備舉。出於東方君子之國，翺翔四海之外，過崐崘，飲砥柱，濯羽弱水，莫宿風穴，見則天下大安寧。』从鳥凡聲。，古文鳳象形，鳳飛羣鳥從吕萬數，故吕爲朋黨字；，亦古文鳳。」〔註 54〕

甲骨文作「」（137 正）、「」《合》（13339），「象頭受有叢毛冠之鳥」〔註 55〕，其下爲長羽之形，或增添凡聲作「」《合》（28673），較之於《說文》古文「」，後者除了省略頭上的冠毛，並將具體的形象以簡單的筆畫取代外，皆與之相類，此種書寫的方式，亦見於从隹或从鳥的「難」字，如：从隹的「」〈齊大宰歸父盤〉，未省略「隹」的形體，从鳥的「」〈殳季良父壺〉，則省減「鳥」的部分筆畫。孫詒讓指出「朋（）」字與古文「鳳（）」的形體略似，古書因而訛混〔註 56〕，「朋」字作「」〈中作且癸鼎〉、「」〈裘衛盉〉，像貝之串連，「鳳」字之「」下半部鳥羽之形爲「」，與「朋」差異甚大，又馬王堆漢墓出土文獻之「」《馬王堆・周易 44》，辭例爲「西南得朋」，形體與「」相近，疑許書所謂「爲朋黨字」之「朋」，蓋受「」字影響；另

〔註 54〕《說文解字注》，頁 149～150。

〔註 55〕《甲骨文字典》，頁 428。

〔註 56〕（清）孫詒讓：《名原》卷上，頁 11～12，濟南，齊魯書社，1986 年。

一古文增添「鳥」作「[seal]」，應是標示其義類。篆文「[seal]」，从鳥凡聲，形體與〈林華觀行鐙〉的「[seal]」相近，其間的差異，係書體的不同。「鳳」爲鳥類的一種，「鳥」爲禽鳥的總稱，在字義上有所關聯，故可以「鳥」易「鳳」。又大徐本「鳳」字古文作「[seal]」〔註 57〕，右側的「[seal]」，應爲「鳥」的古文。

字 例	重 文	時 期	字 形
鳳 [seal]	[seal]，[seal]	殷 商	[glyph]《合》（137 正）[glyph]《合》（13339）[glyph]《合》（28673）
		西 周	
		春 秋	
		楚 系	
		晉 系	
		齊 系	
		燕 系	
		秦 系	
		秦 朝	
		漢 朝	[glyph]〈林華觀行鐙〉[glyph]《馬王堆・周易 44》

286、《說文》「鷫」字云：「[seal]，鷫鷞也。从鳥肅聲。五方神鳥也，東方發明，南方焦明，西方鷫鷞，北方幽昌，中央鳳皇。[seal]，司馬相如說从叜聲。」〔註 58〕

「鷫」字从鳥肅聲，重文「鷄」从鳥叜聲。「肅」字上古音屬「心」紐「覺」部，「叜」字上古音屬「心」紐「幽」部，雙聲，幽覺陰入對轉，肅、叜作爲聲符使用時可替代。

字 例	重 文	時 期	字 形
鷫 [seal]	[seal]	殷 商	
		西 周	
		春 秋	
		楚 系	
		晉 系	

〔註 57〕《說文解字》，頁 79。

〔註 58〕《說文解字注》，頁 150。

		齊　系	
		燕　系	
		秦　系	
		秦　朝	
		漢　朝	

287、《說文》「雝」字云：「，祝鳩也。从鳥隹聲。，雝或从隹一。一曰：『鶉字』。」〔註 59〕

篆文作「」，从鳥隹聲；或體作「」，从隹一，與《馬王堆・老子甲本 63》的「」相同，段玉裁〈注〉云：「〈南有嘉魚・傳〉曰：『雝，壹宿之鳥』。……从一者，謂壹宿之鳥也。〈箋〉云：『壹宿者，壹意於其所宿之木也。』」戰國楚系文字作「」〈包山 183〉，辭例爲「雝公」，左側之「」爲「鳥」的省寫，右側上半部从隹，下半部从土，此種現象亦見於古文字，如：「萬」字作「」〈鼄公牼鐘〉，或从土作「」〈鼄公牼鐘〉，「堯」字作「」《合》(9329)，或从土作「」〈郭店・唐虞之道 24〉，增添「土」旁，無礙於原本所承載的音義，應可視爲無義偏旁的性質。

字　例	重　文	時　期	字　形
雝		殷　商	
		西　周	
		春　秋	
		楚　系	〈包山 183〉
		晉　系	
		齊　系	
		燕　系	
		秦　系	
		秦　朝	
		漢　朝	《馬王堆・老子甲本 63》

〔註 59〕《說文解字注》，頁 151。

288、《說文》「鶪」字云：「鶪，伯勞也。从鳥狊聲。⿰狊隹，鶪或从隹。」〔註 60〕

「鶪」字或从鳥作「鶪」，或从隹作「⿰狊隹」，據「雞」字考證，「鳥」、「隹」替換，屬義近偏旁的替代。

字　例	重　文	時　期	字　形
鶪 鶪	⿰狊隹	殷　商	
		西　周	
		春　秋	
		楚　系	
		晉　系	
		齊　系	
		燕　系	
		秦　系	
		秦　朝	
		漢　朝	

289、《說文》「鷽」字云：「鷽，雗鷽，山鵲，知來事鳥也。从鳥學省聲。雤，鷽或从隹。」〔註 61〕

「鷽」字或从鳥作「鷽」，或从隹作「雤」，據「雞」字考證，「鳥」、「隹」替換，屬義近偏旁的替代。

字　例	重　文	時　期	字　形
鷽 鷽	雤	殷　商	
		西　周	
		春　秋	
		楚　系	
		晉　系	
		齊　系	
		燕　系	

〔註 60〕《說文解字注》，頁 151。

〔註 61〕《說文解字注》，頁 151～152。

		秦　系	
		秦　朝	
		漢　朝	

290、《說文》「鷬」字云：「鷬，鷬鳥也。从鳥堇聲。難，鷬或从隹。難，古文鷬；難，古文鷬；難，古文鷬。」〔註 62〕

金文或从鳥黃聲作「鷬」〈殳季良父壺〉，或从隹黃聲作「難」〈殳季良父壺〉，或从隹堇聲「難」〈中山王𪒠鼎〉，「鳥」字作「鳥」〈子之弄鳥尊〉，从鳥的「鳴」字作「鳴」〈蔡侯紐鐘〉、「鳴」〈王孫遺者鐘〉、「鳴」〈王孫誥鐘〉，對照「鳴」、「鳴」的形體，「鷬」之「鳥」係以剪裁省減的方式，剪裁出一部分的形體作爲代表，其餘部分則省略未書，又「堇」字或从火作「堇」〈堇伯鼎〉、「堇」〈頌鼎〉，或从黃从土作「堇」〈洹子孟姜壺〉，「難」字从堇得聲，所从之「堇」亦復如此，「黃」字上古音屬「匣」紐「陽」部，「堇」字上古音屬「見」紐「文」部，二者發聲部位相同，見匣旁紐，黃、堇作爲聲符使用時可替代；戰國楚系文字承襲「難」作「難」與「難」〈武王踐阼 10〉、「難」〈楚帛書・甲篇 4.25〉，上博簡所見「難」，應爲書手筆誤所致，或作「難」〈包山 236〉，《說文》古文「難」與「難」相近，惟左側形體略異，「難」蓋是在「難」的構形上增添「竹」；秦系文字从堇作「難」〈睡虎地・日書甲種 16〉，或作「難」〈睡虎地・爲吏之道 4〉，「堇」或爲「黃」的訛省，其後的文字多承襲「難」爲「難」《馬王堆・五十二病方 45》、「難」《馬王堆・戰國縱橫家書 10》，或體「難」與「難」相近，篆文「鷬」亦應源於此，惟从「鳥」得形，从鳥、从隹替換的現象，據「雞」字考證，屬義近偏旁的替代。另一古文作「難」，馬叙倫指出所从爲「豈聲」〔註 63〕，「豈」字上古音屬「溪」紐「微」部，與「堇」字爲見溪旁紐、微文陰陽對轉關係，作爲聲符使用時可替代，其言可從。又大徐本古文作「難」、「難」〔註 64〕，「難」右側形體爲「堇」，與「堇」字古文「堇」近同，較之於「堇」，係重複其間的「〇」，遂寫爲「堇」，「難」右側的形體係在「堇」的構形上增添「竹」所致，段注本於「堇」字下

〔註 62〕《說文解字注》，頁 152。

〔註 63〕馬叙倫：《說文解字六書疏證》二，卷七，頁 1039，臺北，鼎文書局，1975 年。

〔註 64〕《說文解字》，頁 79。

收錄古文「𡑑」，並云：「此篆各本皆訛，今依難字古所用形聲更正。」於此應將大徐本的「難」字古文一併收錄。

字　例	重　文	時　期	字　形
鷬 鷬	難， 難， 難， 難	殷　商	
		西　周	難〈殳季良父壺〉
		春　秋	難〈齊大宰歸父盤〉
		楚　系	難〈包山 236〉難〈楚帛書・甲篇 4.25〉 難，難《上博七・武王踐阼 10》
		晉　系	難〈中山王𰯌鼎〉
		齊　系	
		燕　系	
		秦　系	難〈睡虎地・日書甲種 16〉難〈睡虎地・爲吏之道 4〉
		秦　朝	難《馬王堆・五十二病方 45》
		漢　朝	難《馬王堆・戰國縱橫家書 10》

291、《說文》「䳑」字云：「䳑，禿䳑也。从鳥赤聲。鶖，䳑或从秋。」〔註 65〕

「䳑」字从鳥赤聲，或體「鶖」从鳥秋聲。「赤」字上古音屬「書」紐「覺」部，「秋」字上古音屬「清」紐「幽」部，幽覺陰入對轉，赤、秋作爲聲符使用時可替代。

字　例	重　文	時　期	字　形
䳑 䳑	鶖	殷　商	
		西　周	
		春　秋	
		楚　系	
		晉　系	
		齊　系	
		燕　系	

〔註 65〕《說文解字注》，頁 153。

		時　期	字　形
		秦　系	
		秦　朝	
		漢　朝	

292、**《說文》「鷸」字云：「鷸，知天將雨鳥也。从鳥矞聲。《禮記》曰：『知天文者冠鷸』。⿰遹鳥，鷸或从遹。」**〔註66〕

「鷸」字从鳥矞聲，或體「⿰遹鳥」从鳥遹聲。「矞」、「遹」二字上古音皆屬「余」紐「質」部，雙聲疊韻，矞、遹作爲聲符使用時可替代。

字　例	重　文	時　期	字　形
鷸 鷸	⿰遹鳥	殷　商	
		西　周	
		春　秋	
		楚　系	
		晉　系	
		齊　系	
		燕　系	
		秦　系	
		秦　朝	
		漢　朝	

293、**《說文》「鴇」字云：「鴇，鴇鳥也。肉出尺胾。从鳥𠦂聲。鳵，鴇或从包。」**〔註67〕

「鴇」字从鳥𠦂聲，或體「鳵」从鳥包聲。「𠦂」、「包」二字上古音皆屬「幫」紐「幽」部，雙聲疊韻，𠦂、包作爲聲符使用時可替代。

字　例	重　文	時　期	字　形
鴇 鴇	鳵	殷　商	
		西　周	
		春　秋	

〔註66〕《說文解字注》，頁154。

〔註67〕《說文解字注》，頁155。

		楚　系	
		晉　系	
		齊　系	
		燕　系	
		秦　系	
		秦　朝	
		漢　朝	

294、《說文》「鶂」字云：「鶂，鶂鳥也。从鳥兒聲。《春秋傳》曰：『六鶂退飛』。鷊，鶂或从鬲。𪂆，司馬相如說鶂从赤。」〔註 68〕

「鶂」字从鳥兒聲，或體「鷊」从鳥鬲聲，又「𪂆」从鳥赤聲。「兒」字上古音屬「日」紐「支」部，「鬲」字上古音屬「來」紐「錫」部，「赤」字上古音屬「昌」紐「鐸」部，支錫爲陰入對轉關係，日、來、昌皆爲舌音，兒、鬲、赤作爲聲符使用時可替代。

字　例	重　文	時　期	字　形
鶂 鶂	鷊， 𪂆	殷　商	
		西　周	
		春　秋	
		楚　系	
		晉　系	
		齊　系	
		燕　系	
		秦　系	
		秦　朝	
		漢　朝	

295、《說文》「鶇」字云：「鶇，鶇胡，污澤也。从鳥夷聲。鵜，鶇或从弟。」〔註 69〕

〔註 68〕《說文解字注》，頁 155。

〔註 69〕《說文解字注》，頁 155。

「鶇」字从鳥夷聲，或體「鵜」从鳥弟聲。「夷」字上古音屬「余」紐「脂」部，「弟」字上古音屬「定」紐「脂」部，二者發聲部位相同，定余旁紐，疊韻，夷、弟作為聲符使用時可替代。〈天星觀・遣策〉作「[illegible]」，辭例為「鶇羽刺」，將之與「[illegible]」相較，差異處除了「鳥」字的形體不一外，僅是偏旁位置左右不同。

字　例	重　文	時　期	字　形
鶇 [illegible]	[illegible]	殷　商	
		西　周	
		春　秋	
		楚　系	[illegible]〈天星觀・遣策〉
		晉　系	
		齊　系	
		燕　系	
		秦　系	
		秦　朝	
		漢　朝	

296、說文》「鶬」字云：「[illegible]，麋鴰也。从鳥倉聲。[illegible]，鶬或从隹。」〔註 70〕

「鶬」字或从鳥作「[illegible]」，或从隹作「[illegible]」，據「雞」字考證，「鳥」、「隹」替換，屬義近偏旁的替代。〈新蔡・甲三 404〉作「[illegible]」，辭例為「窮鶬」，所从之「倉」作「[illegible]」，將之與「[illegible]」相較，一方面省減下半部的「口」，一方面將上半部的形體省改，寫作「[illegible]」。

字　例	重　文	時　期	字　形
鶬 [illegible]	[illegible]	殷　商	
		西　周	
		春　秋	
		楚　系	[illegible]〈新蔡・甲三 404〉
		晉　系	

〔註 70〕《說文解字注》，頁 155。

		齊　系	
		燕　系	
		秦　系	
		秦　朝	
		漢　朝	

297、《說文》「䳤」字云：「，䳤鳳也。从鳥亶聲。，籀文䳤从廛。」〔註 71〕

「䳤」字从鳥亶聲，籀文「鸕」从鳥廛聲。「亶」字上古音屬「端」紐「元」部，「廛」字上古音屬「定」紐「元」部，二者發聲部位相同，端定旁紐，疊韻，亶、廛作為聲符使用時可替代。

字　例	重　文	時　期	字　形
䳤		殷　商	
		西　周	
		春　秋	
		楚　系	
		晉　系	
		齊　系	
		燕　系	
		秦　系	
		秦　朝	
		漢　朝	

298、《說文》「鵒」字云：「，鴝鵒也。从鳥谷聲。古者鴝鵒不踰泲。，鵒或从隹臾。」〔註 72〕

「鵒」字或从鳥作「」，或从隹作「」；戰國楚系文字作「」〈郭店・老子甲本 13〉，从隹谷聲，辭例為「化而鵒（欲）作」。據「雞」字考證，「鳥」、「隹」替換，屬義近偏旁的替代。「谷」字上古音屬「見」紐「屋」部，「臾」

〔註 71〕《說文解字注》，頁 156。

〔註 72〕《說文解字注》，頁 157。

字上古音屬「余」紐「侯」部，侯屋陰入對轉，谷、臾作爲聲符使用時可替代。

字　例	重　文	時　期	字　形
鵒		殷　商	
		西　周	
		春　秋	
		楚　系	〈郭店・老子甲本 13〉
		晉　系	
		齊　系	
		燕　系	
		秦　系	
		秦　朝	
		漢　朝	

299、《說文》「鸓」字云：「，鼠形飛走且乳之鳥也。从鳥畾聲。
，籀文鸓。」〔註 73〕

篆文作「」，从鳥畾聲；籀文作「」，从鳥从古文雷省聲，《說文》「雷」字古文爲「」〔註 74〕，將之與「」相較，後者係省略「」中間右側的形體，再將所从之鳥置於其間，形成完整的結構。從字音言，从「畾」得聲的「靁」、「罍」、「櫑」、「纍」、「瓃」、「虆」、「讄」、「藟」、「壘」等字，上古音皆爲「來」紐「微」部，「畾」的上古音應與「雷」字同爲「來」紐「微」部，雙聲疊韻，畾、雷作爲聲符使用時可替代。

字　例	重　文	時　期	字　形
鸓		殷　商	
		西　周	
		春　秋	
		楚　系	
		晉　系	
		齊　系	

〔註 73〕《說文解字注》，頁 158～159。

〔註 74〕《說文解字注》，頁 577。

		燕 系	
		秦 系	
		秦 朝	
		漢 朝	

300、《說文》「烏」字云：「，孝烏也。象形。孔子曰：『烏，亏呼也。』取其助气，故吕爲烏呼。凡烏之屬皆从烏。，古文烏象形；，象古文烏省。」〔註 75〕

〈疛尊〉「烏」字爲「」，像烏的象形，〈禹鼎〉作「」，完整的形體發生割裂的現象，代表鳥首的筆畫與主體分離，發展至春秋時期，或將未見的鳥首補寫作「」〈𪒠鎛〉，或仍沿襲爲「」〈余購逨兒鐘〉。戰國楚系文字或保有完整的形象作「」、「」〈郭店・語叢一 22〉，或據「」而省略爲「」〈上博・子羔 9〉，或承襲「」、「」的形體，寫作「」〈噩君啓舟節〉、「」〈包山 219〉、「」〈郭店・魯穆公問子思 1〉、「」〈上博・凡物流形甲本 20〉、「」〈上博・吳命 3 正〉，「」左側的「」，或是「」的「」、「」的「」，皆應與「」左側的形體相同，惟因筆畫省減，使得形體作「」，或與「人（）」相近；晉系文字或保有完整的形象作「」〈中山王𦉜鼎〉，或省減「鳥羽之形」的筆畫，寫作「」；戰國以來的秦文字以及馬王堆漢墓出土文獻或省易爲「」〈睡虎地・效律 58〉、「」〈睡虎地・語書 1〉、「」《馬王堆・戰國縱横家書 10》、「」《馬王堆・春秋事語 75》，或尚保留烏的形象作「」《秦代陶文》（1267）、「」〈繹山碑〉、「」《馬王堆・胎產書 27》。《說文》篆文「」的形體近於「」，古文「」則近於「」，惟左側的形體不同，「」左側的形體「」與「」相同，將之與「」相較，「」應爲鳥首的筆畫，「」爲鳥羽之形，因「烏」字形體割裂既久，「」雖已將失落的鳥首補寫，然後人未察，故誤寫爲「」。

字 例	重 文	時 期	字 形
烏	，	殷 商	
		西 周	〈疛尊〉 〈禹鼎〉

〔註 75〕《說文解字注》，頁 158。

舄		春　秋	[illegible]〈[illegible]鎛〉[illegible]〈余贎[illegible]兒鐘〉
		楚　系	[illegible]〈鄂君啓舟節〉[illegible]〈包山 219〉[illegible]〈郭店・魯穆公問子思 1〉[illegible]，[illegible]〈郭店・語叢一 22〉[illegible]〈上博・子羔 9〉[illegible]〈上博・凡物流形甲本 20〉[illegible]〈上博・吳命 3 正〉
		晉　系	[illegible]〈中山王[illegible]鼎〉[illegible]〈於疋・平襠方足平首布〉
		齊　系	
		燕　系	
		秦　系	[illegible]〈睡虎地・效律 58〉[illegible]〈睡虎地・語書 1〉
		秦　朝	[illegible]《秦代陶文》（1267）[illegible]〈繹山碑〉
		漢　朝	[illegible]《馬王堆・胎產書 27》[illegible]《馬王堆・戰國縱橫家書 10》[illegible]《馬王堆・春秋事語 75》

301、《說文》「舄」字云：「[illegible]，誰也。象形。[illegible]，篆文舄从隹昔。」〔註 76〕

金文作「[illegible]」〈師虎簋〉、「[illegible]」〈九年衛鼎〉、「[illegible]」〈麥方尊〉，《說文》古文爲「[illegible]」，林義光云：「按古作[illegible]，象張兩翼形，變作[illegible]，作[illegible]。」〔註 77〕高鴻縉指出「石鼓寫字偏旁作[illegible]，小篆乃變其上作[illegible]，其形遂不可說。」〔註 78〕戰國楚系文字作「[illegible]」〈上博・孔子詩論 11〉，从鳥昔聲；秦系文字作「[illegible]」〈睡虎地・日書甲種 119〉，馬王堆漢墓出土文獻與之相同，从隹昔聲，作「[illegible]」《馬王堆・五十二病方 191》，據「雞」字考證，鳥、隹作爲形符使用時，可因義近而替代。又「昔」字於甲骨文爲「[illegible]」《合》（137 反），从水从日，楚系文字作「[illegible]」、「[illegible]」〈天星觀・遣策〉，从「田」者爲「日」之誤，究其因素，係受到上方的「丨」或是「＼」影響，遂產生訛字，秦系文字作「[illegible]」〈睡虎地・日書甲種 29 背〉，上半部的「水」訛爲「[illegible]」，从昔的「腊」字爲「[illegible]」〈睡虎地・日書甲種 113〉，上半部亦訛爲「[illegible]」，篆

〔註 76〕《說文解字注》，頁 158～159。

〔註 77〕林義光：《文源》卷一，頁 6，臺北，新文豐出版社，2006 年。（收入《石刻史料新編》第四輯，冊 8）

〔註 78〕高鴻縉：《中國字例》，頁 88，臺北，三民書局股份有限公司，1981 年。

文「昔」上半部作「巛」，亦爲訛形，可知許書言「昔」字爲「乾肉也。从殘肉，日呂晞之。」爲非。「舄」字爲象形字，篆文「䧿」从隹昔聲，屬形聲字。「舄」、「昔」二字上古音皆屬「心」紐「鐸」部。由象形字改爲形聲字，爲了便於時人閱讀使用之需，故以讀音相同的字作爲聲符。

字　例	重　文	時　期	字　形
舄 舄	䧿	殷　商	
		西　周	舄〈師虎簋〉舄〈九年衛鼎〉舄〈麥方尊〉
		春　秋	
		楚　系	䧿〈上博・孔子詩論 11〉
		晉　系	
		齊　系	
		燕　系	
		秦　系	䧿〈睡虎地・日書甲種 119〉
		秦　朝	䧿《馬王堆・五十二病方 191》
		漢　朝	

302、《說文》「棄」字云：「棄，捐也。从廾推𠦒棄也；从𠫓，𠫓，逆子也。弃，古文棄。𣪠，籒文棄。」〔註 79〕

甲骨文作「棄」《合》(8451)、「棄」《合》(9100)，高鴻縉指出「倚雙手持箕，畫其棄子與渣土之形，……故託以寄捐棄之棄。」〔註 80〕許進雄以爲像「雙手捧箕丟棄新出生之嬰孩，或加雙手持繩索示絞殺之動作。」〔註 81〕兩周文字或作「棄」〈散氏盤〉，承襲「棄」的形體，雖保有雙手持箕棄子之形，卻將「子」作倒子狀，戰國秦系文字沿襲作「棄」〈睡虎地・法律答問 71〉、「棄」〈睡虎地・法律答問 167〉，前者之「廾」爲「丌」，較之於「廾」，係筆畫收縮所致；或省略「箕」，僅書寫爲「弃」〈弃・平肩空首布〉、「弃」〈郭店・老子甲本 1〉，《說文》古文「弃」與「弃」相近；或在「弃」的構形上，增添

〔註 79〕《說文解字注》，頁 160。

〔註 80〕《中國字例》，頁 330。

〔註 81〕許進雄：《古文諧聲字根》，頁 753，臺北，臺灣商務印書館，1995 年。

「=」，此種現象習見於中山國文字，如：「朕」字作「[illegible]」〈秦公簋〉，或作「[illegible]」〈中山王𰯼鼎〉，「闢」字作「[illegible]」〈大盂鼎〉，或作「[illegible]」〈中山王𰯼鼎〉，「弇」字作「[illegible]」〈中山王𰯼鼎〉，「醻」字作「[illegible]」〈中山王𰯼方壺〉。《說文》篆文「[illegible]」，从廾从𠦒从𠫓，籀文「[illegible]」，从廾从𠦒从𠫔，較之於「[illegible]」、「[illegible]」、「[illegible]」，係將「箕」易為「𠦒」，將「𠫔」易為古文之「𠫓」，《說文》「𠦒」字云：「箕屬，所吕推糞之器也。」「箕」字云：「所吕簸者也」〔註82〕，「𠦒」為「箕」的一種，二者字義有關，作為形符使用時可因其字義同屬於某類而兩相替代。

字　例	重　文	時　期	字　形
棄 [illegible]	[illegible]，[illegible]	殷　商	[illegible]《合》（8451）[illegible]《合》（9100）
		西　周	[illegible]〈散氏盤〉
		春　秋	[illegible]〈弃・平肩空首布〉
		楚　系	[illegible]〈包山 179〉[illegible]〈郭店・老子甲本 1〉
		晉　系	[illegible]〈中山王𰯼鼎〉
		齊　系	
		燕　系	
		秦　系	[illegible]〈睡虎地・法律答問 71〉[illegible]〈睡虎地・法律答問 167〉
		秦　朝	
		漢　朝	[illegible]《馬王堆・周易 69》[illegible]《馬王堆・養生方 48》

303、《說文》「叀」字云：「[illegible]，小謹也。从幺省从中；中，財見也；[illegible]象謹形；中亦聲。凡叀之屬皆从叀。[illegible]，古文叀；[illegible]，亦古文叀。」〔註83〕

甲骨文作「[illegible]」《合》（614）、「[illegible]」《合》（32192）、「[illegible]」《合》（34103），徐中舒言「象紡塼上有綫繐之形」〔註84〕，兩周文字承襲為「[illegible]」〈九年衛鼎〉、「[illegible]」〈史牆盤〉、「[illegible]」〈哀成叔鼎〉，張世超等人指出「象紡專形」，至於「[illegible]」

〔註82〕《說文解字注》，頁160，頁201。

〔註83〕《說文解字注》，頁161。

〔註84〕《甲骨文字典》，頁452。

左右斜筆歧出的現象爲繁變〔註85〕；戰國楚系文字作「」〈郭店‧忠信之道5〉，辭例爲「口叀（惠）而實弗從」，較之於「」係省減其間的一道豎畫「丨」，若對照「」的形體，則又省略下半部的「」；秦文字爲「」《秦代陶文》（1042）、「」《秦代陶文》（1044），下半部的「」或易爲「」，上半部的「」或書寫爲「十」，《說文》篆文「」應源於殷周以來的形體，可知許書言「从幺省从屮；屮，財見也；田象謹形；屮亦聲。」爲非。古文爲「」，對照「」的形體，上半部的「」應爲「」之省；另一古文作「」，與「斷」字古文「」、「」〔註86〕左側形體相近，又據《古文四聲韻》所載，「叀」字或作「」《說文》，或作「」《汗簡》，或作「」《籀韻》〔註87〕，較之於「」、「」、「」，「」、「」應爲「」的訛省，又「」、「」亦爲「」之訛。

字　例	重　文	時　期	字　形
叀	，	殷　商	《合》（614）《合》（32192）《合》（34103）
		西　周	〈九年衛鼎〉〈史牆盤〉
		春　秋	
		楚　系	〈郭店‧忠信之道5〉
		晉　系	〈哀成叔鼎〉
		齊　系	
		燕　系	
		秦　系	
		秦　朝	《秦代陶文》（1042）《秦代陶文》（1044）
		漢　朝	

304、《說文》「惠」字云：「，仁也。从心叀。，古文惠从卉。」〔註88〕

〔註85〕《金文形義通解》，頁954。

〔註86〕《說文解字注》，頁724。

〔註87〕《古文四聲韻》，頁247。

〔註88〕《說文解字注》，頁161。

金文作「」〈㝬簋〉，从心叀，與《說文》篆文「」相近，惟「叀」的形體略異，或作「」〈𬃼鎛〉，上半部的「」係省略「」其間的一道豎畫「丨」，或作「」〈沇兒鎛〉、「」〈中山王𰯼方壺〉，以「」爲例，上半部爲「」，省略「」，下半部爲「」，因「叀」下半部與「心」上半部的形體略近，遂共用「」，而寫作「」；戰國楚系文字作「」〈郭店・緇衣 41〉、「」〈上博・緇衣 21〉、「」〈新蔡・甲三 213〉，〈緇衣〉的辭例皆爲「私惠不懷德」，〈新蔡・甲三 213〉爲「蕙（惠）王」，「」較之於「」係省減其間的一道豎畫「丨」，「叀」字於金文或作「」〈叀攴諆父甲尊〉，對照「」上半部的形體，爲省減同形的現象，若較之於「」，則爲重複部件「」。古文爲「」，上半部的「」應爲「」的訛寫，許書言「从卉」爲誤。

字　例	重　文	時　期	字　形
惠		殷　商	
		西　周	〈㝬簋〉
		春　秋	〈𬃼鎛〉 〈王孫遺者鐘〉 〈沇兒鎛〉
		楚　系	〈郭店・緇衣 41〉 〈上博・緇衣 21〉 〈新蔡・甲三 213〉
		晉　系	〈中山王𰯼方壺〉
		齊　系	
		燕　系	
		秦　系	〈睡虎地・爲吏之道 2〉
		秦　朝	〈繹山碑〉
		漢　朝	《馬王堆・春秋事語 20》

305、《說文》「玄」字云：「，幽遠也。象幽而入覆之也。黑而有赤色者爲玄。凡玄之屬皆从玄。，古文。」〔註 89〕

殷商金文作「」〈父癸爵〉，辭例爲「玄父癸」，西周金文承襲爲「」〈師𡘡父鼎〉，辭例爲「玄衣」，形體與「幺」字相同，容庚以爲「孳乳爲玄」

〔註 89〕《說文解字注》，頁 161。

〔註90〕，李孝定指出「」作為「玄」，應為假借〔註91〕；春秋金文作「」〈邵黛鐘〉，或作「」〈鼄公華鐘〉，或於「」增添小圓點「·」作「」〈少虡劍〉，或於「」部件內添加短豎畫作「」〈鼄公𨱔鐘〉，無論形體如何變易，辭例皆為「玄鏐」，又《說文》古文「」蓋源於此，形體與「」相近；戰國楚系文字或承襲「」作「」〈楚帛書·丙篇 9.1〉，辭例為「玄司秋」，或襲自「」寫作「」〈郭店·老子甲本 28〉、「」〈上博·子羔 12〉，辭例依序為「是謂玄同」、「遊於玄咎之內」，或作「」〈天星觀·遣策〉、「」〈蔡新·甲三 314〉，辭例依序為「玄羽之常」、「玄憙之述」，「」、「」或由「」演變而來，篆文「」與「」近同，段注本作「」，係為避諱之故，遂省寫「玄」之一筆，又因避諱而將「玄」作「𤣥」；秦系文字作「」〈睡虎地·日書甲種 58〉，對照「」的形體，若將「」的「」拉直，並以收縮筆畫的方式書寫，即與「」近同；馬王堆漢墓出土文獻或承襲「」為「」《馬王堆·陰陽五行乙篇 39》，或承襲「」為「」《馬王堆·老子乙本 192》。從文字的發展與使用觀察，容庚、李孝定之言可參。

字例	重文	時期	字形
玄		殷商	〈父癸爵〉
		西周	〈師奎父鼎〉
		春秋	〈鼄公𨱔鐘〉〈鼄公華鐘〉〈少虡劍〉〈邵黛鐘〉
		楚系	〈天星觀·遣策〉〈郭店·老子甲本 28〉 〈上博·子羔 12〉〈蔡新·甲三 314〉 〈楚帛書·丙篇 9.1〉
		晉系	〈玄金·聳肩空首布〉
		齊系	
		燕系	
		秦系	〈睡虎地·日書甲種 58〉
		秦朝	
		漢朝	《馬王堆·老子乙本 192》《馬王堆·陰陽五行乙篇 39》

〔註90〕容庚：《金文編》，頁 268，北京，中華書局，1992 年。

〔註91〕李孝定：《金文詁林讀後記》，頁 149，臺北，中央研究院歷史語言研究所，1992 年。

306、《說文》「𤔔」字云：「𤔔，治也。幺子相亂受治之也。讀若亂同。一曰：『理也』。□，古文𤔔。」〔註92〕

金文作「□」〈五年召伯虎簋〉，象雙手理絲之形，《說文》篆文「𤔔」與之近同，言「幺子相亂受治之也」爲非，或从四口作「□」〈毛公鼎〉，李孝定指出从四口係「□」的訛形〔註93〕，又「□」下半部爲「止」，應爲「又」的訛寫；戰國楚系文字或承襲「□」，將下半部的「止」易爲「又」作「□」〈上博・孔子詩論22〉，辭例爲「以禦𤔔（亂）」，或襲自「□」作「□」〈清華・皇門11〉，將「H」訛寫爲「□」，辭例爲「政用迷𤔔（亂）」，或作「□」〈郭店・老子甲本26〉、「□」〈郭店・成之聞之32〉，辭例依序爲「治之於其未𤔔（亂）」、「是故小人𤔔（亂）天常以逆大道」，形體雖不同，皆「𤔔」字異體，較之於「□」，「□」、「□」皆省略「爪」，「□」將「H」省寫爲「||」，「□」更重複二個幺；秦系文字作「□」〈睡虎地・日書甲種78背〉，「𤔔」訛寫爲「□」，二「□」之形應爲割裂「□」所致，又受到自體類化的影響，遂寫作「□」。古文作「□」，對照「𤔔」的形體，「□」寫作「□」，「□」易爲「□」，又从「𤔔」的「辭」字，金文作「□」、「□」〈師酉簋〉，或作「□」〈洹子孟姜壺〉，對照「□」之「□」，「□」係將「爪」與「□」原本相連的筆畫割裂，「□」則將「□」移置於「H」下方，並將「H」訛寫爲「冂」。

字例	重文	時期	字形
𤔔 𤔔	□	殷商	
		西周	□〈五年召伯虎簋〉□〈毛公鼎〉
		春秋	
		楚系	□〈郭店・老子甲本26〉□〈郭店・成之聞之32〉 □〈上博・孔子詩論22〉□〈清華・皇門11〉
		晉系	
		齊系	
		燕系	

〔註92〕《說文解字注》，頁162。

〔註93〕《金文詁林讀後記》，頁151。

		秦　系	□〈睡虎地・日書甲種 78 背〉
		秦　朝	
		漢　朝	

307、《說文》「𢽎」字云：「□，進取也。从𠬪古聲。𣪊，籀文𢽎。□，古文𢽎。」〔註 94〕

金文作「□」〈大盂鼎〉、「□」〈沈子它簋蓋〉、「□」〈班簋〉，何琳儀以爲「从爭甘聲」〔註 95〕，然从「爭」之「靜」字作「□」〈靜簋〉、「□」〈毛公鼎〉，右側形體與「𢽎」字所从不同，應非从「爭」，从「口」者即「甘」之省；春秋時期或作「□」〈侯馬盟書・宗盟類 1.9〉，或易「又」爲「寸」作「□」〈侯馬盟書・宗盟類 92.24〉，或省略「又」旁作「□」〈侯馬盟書・宗盟類 92.11〉，〈侯馬盟書・宗盟類〉(1.9)與(92.24)的辭例皆爲「敢不」，(92.11)爲「敢不盡從」，形體雖異，皆爲「敢」字異體，从又、从寸替代的現象，據「禱」字考證，爲一般形符的代換；戰國楚系文字或从又作「□」〈包山 38〉、「□」〈楚帛書・甲篇 6.29〉，或从攴作「□」〈包山 17〉、「□」〈包山 135〉，辭例依序爲「登敢」、「毋敢」、「不敢不告見日」、「僕不敢不告於見日」，从又、从攴替代的現象，據「敗」字考證，爲一般形符的代換；晉系文字或从攴作「□」〈𧊒䖵壺〉，或从又作「□」〈中山王𠑇方壺〉，齊系文字或从又作「□」《古陶文彙編》(3.406)，秦系文字或从殳作「□」〈新郪虎符〉，或从又作「□」〈睡虎地・日書甲種 111 背〉，攴、又、殳作爲形符使用時替代的現象，皆爲一般形符的代換。《說文》篆文作「□」，許書言「从𠬪古聲」，對照「□」的形體，「□」應爲「□」的訛寫，籀文从殳作「𣪊」，較之於「□」、「□」，「□」爲「□」的訛省，「□」爲「甘」的倒寫，古文从攴作「□」，較之於「□」、「□」，「□」爲「□」之訛，「□」係將「□」、「□」的筆畫接連，遂訛爲「古」聲。

字　例	重　文	時　期	字　形
𢽎	𣪊，	殷　商	

〔註 94〕《說文解字注》，頁 163。

〔註 95〕何琳儀：《戰國古文字典——戰國文字聲系》，頁 1450，北京，中華書局，1998 年。

		西　周	〈大盂鼎〉〈沈子它簋蓋〉〈班簋〉
		春　秋	〈邵黛鐘〉〈侯馬盟書・宗盟類 1.9〉 〈侯馬盟書・宗盟類 92.11〉〈侯馬盟書・宗盟類 92.24〉
		楚　系	〈包山 17〉〈包山 38〉〈包山 135〉 〈楚帛書・甲篇 6.29〉
		晉　系	〈𡚱䖒壺〉〈中山王𠨘方壺〉
		齊　系	〈墜喜壺〉《古陶文彙編》（3.286） 《古陶文彙編》（3.406）
		燕　系	
		秦　系	〈杜虎符〉〈新郪虎符〉〈詛楚文〉 〈睡虎地・日書甲種 111 背〉
		秦　朝	
		漢　朝	《馬王堆・老子甲本 72》《馬王堆・經法 1》

308、《說文》「㕡」字云：「㕡，溝也。从𣦼从谷。讀若郝。壑，㕡或从土。」〔註 96〕

篆文作「㕡」，从𣦼从谷，與《馬王堆・戰國縱橫家書 192》的「」相近；或體作「壑」，从𣦼从谷从土，與《馬王堆・五行篇 197》的「」相近。段玉裁〈注〉云：「凡穿地為水瀆皆稱溝稱㕡，……穿地而通谷也」，於「从土」下云：「謂穿土」，「土地」一詞往往聯用，如：《孟子・梁惠王》云：「欲辟土地」〔註 97〕，《尚書・天官・司書》云：「土地之圖」〔註 98〕，《韓非子・初見秦》云：「土地廣而兵強」〔註 99〕，增添「土」旁，應是為表現「穿地」之意。

字　例	重　文	時　期	字　形
㕡	壑	殷　商	
		西　周	

〔註 96〕《說文解字注》，頁 163。

〔註 97〕（漢）趙岐注、（宋）孫奭疏：《孟子注疏》，頁 23，臺北，藝文印書館，1993 年。

〔註 98〕（漢）鄭玄注、（唐）賈公彥疏：《周禮注疏》，頁 105，臺北，藝文印書館，1993 年。

〔註 99〕（周）韓非撰、（清）王先愼集解：《韓非子集解》，頁 33，臺北，藝文印書館，1983 年。

叡		春　秋	
		楚　系	
		晉　系	
		齊　系	
		燕　系	
		秦　系	
		秦　朝	
		漢　朝	叡《馬王堆・戰國縱橫家書 192》叡《馬王堆・五行篇 197》

309、《說文》「叡」字云：「叡，𣦼明也。从𡕒从目从谷省。睿，古文叡。壡，籀文叡从土。」〔註 100〕

金文作「叡」〈中山王嚳鼎〉，从見睿聲，辭例爲「叡弇」，「會眼睛深邃動察一切之意」〔註 101〕；《說文》篆文从𡕒从目从谷省作「叡」，古文省略「又」作「睿」，籀文增添「土」作「壡」，商承祚指出玉部有「璿」字作「璿」，从王睿聲，其收錄的籀文爲「璿」，从王又睿聲，「壡」所从之「土」爲「玉」的訛寫，故入「叡」字，至於「睿」則爲「叡」字的省體〔註 102〕，「叡」的字義爲「𣦼明」，有明智的意涵，增添「土」應無表義作用，或如商承祚所言，从「土」者爲「玉」之訛。

字　例	重　文	時　期	字　形
叡 叡	壡， 睿	殷　商	
		西　周	
		春　秋	
		楚　系	
		晉　系	叡〈中山王嚳鼎〉
		齊　系	
		燕　系	
		秦　系	

〔註 100〕《說文解字注》，頁 163。

〔註 101〕《戰國古文字典——戰國文字聲系》，頁 930。

〔註 102〕《說文中之古文考》，頁 34～35。

		秦　朝	
		漢　朝	

310、**《說文》「歺」字云：「歺，𠜁骨之殘也。从半冎。凡歺之屬皆从歺。讀若櫱岸之櫱。𣦵，古文歺。」**〔註 103〕

甲骨文作「歺」《合》(18805)，像「殘骨之形」〔註 104〕，兩周以來多承襲之，如：「歺」〈平歹・平襠方足平首布〉，《說文》篆文「歺」與甲骨文相近。古文之「𣦵」，上半部的「𠀀」應爲「卜」的變形，「⺈」則是「冂」的省體，即省略「冂」右側的豎畫，即作「⺈」。「死」字古文作「𣦸」，上半部的「𣦵」與古文「歺」之「𣦵」相近，又自殷周以來「歺」多爲「歺」，如：「歺」〈哀成叔鼎〉、「歺」《馬王堆・戰國縱橫家書 38》，尚未見「𣦵」，疑「殂」字古文「𣦸」、「殪」字古文「𣨏」，其間的「歺（𣦵）」本應爲「𣦵」。

字　例	重　文	時　期	字　形
歺 歺	𣦵	殷　商	歺《合》(18805)
		西　周	
		春　秋	
		楚　系	
		晉　系	歺〈平歹・平襠方足平首布〉
		齊　系	
		燕　系	
		秦　系	
		秦　朝	
		漢　朝	

311、**《說文》「歾」字云：「歾，終也。从歺勿聲。𣧠，歾或从𠬝。」**〔註 105〕

「歾」字从歺勿聲，或體「𣧠」从歺𠬝聲。「勿」、「𠬝」二字上古音皆屬

〔註 103〕《說文解字注》，頁 163。

〔註 104〕《甲骨文字典》，頁 461。

〔註 105〕《說文解字注》，頁 163。

「明」紐「物」部，雙聲疊韻，勿、𠬛作爲聲符使用時可替代。

字　例	重　文	時　期	字　形
歾 歾	𣨏	殷　商	
		西　周	
		春　秋	
		楚　系	
		晉　系	
		齊　系	
		燕　系	
		秦　系	
		秦　朝	
		漢　朝	

312、《說文》「殂」字云：「殂，往死也。从歺且聲。〈虞書〉曰：『勛乃殂』。𣧓，古文殂从歺从作。」〔註 106〕

篆文作「殂」，从歺且聲；古文作「𣧓」，从歺作聲，左側形體「歺」因將「歺」與「作」之「人」相合，遂與「死」之「歺」相近。又九店竹簡有一辭例爲「三增三殂不相志」〈九店 56.50〉，字形爲「𣩘」，从歺柞聲，「柞」採取上乍下木的形體，該字可隸定爲「𣩘」。〔註 107〕「且」字上古音屬「精」紐「魚」部，「作」字上古音屬「精」紐「鐸」部，「柞」字上古音屬「從」紐「鐸」部，且與作爲雙聲、魚鐸陰入對轉，與柞爲精從旁紐、魚鐸陰入對轉，且、作、柞作爲聲符使用時可替代。

字　例	重　文	時　期	字　形
殂 殂	𣧓	殷　商	
		西　周	
		春　秋	
		楚　系	𣩘〈九店 56.50〉

〔註 106〕《說文解字注》，頁 164。

〔註 107〕湖北省文物考古研究所、北京大學中文系：《九店楚簡》，頁 116，北京，中華書局，1999 年。

		晉　系	
		齊　系	
		燕　系	
		秦　系	
		秦　朝	
		漢　朝	

313、《說文》「殪」字云：「殪，死也。从歺壹聲。[illegible]，古文殪从死。」〔註 108〕

篆文作「殪」，从歺壹聲；古文作「[illegible]」，从死壹省聲。《說文》「歺」字云：「列骨之殘也」，「死」字云：「澌也，人所離也。」〔註 109〕人死而化爲骨，二者在字義上有所關聯，作爲形符使用，理可替代。從字形言，「壹」字从壺吉，吉亦聲，作「[illegible]」〔註 110〕，將之與「[illegible]」相較，後者省略「壹」的聲符「吉」，而將「死」置於「壺」中，寫作「[illegible]」。

字　例	重　文	時　期	字　形
殪 殪	[illegible]	殷　商	
		西　周	
		春　秋	
		楚　系	
		晉　系	
		齊　系	
		燕　系	
		秦　系	
		秦　朝	
		漢　朝	

〔註 108〕《說文解字注》，頁 165。

〔註 109〕《說文解字注》，頁 163，頁 166。

〔註 110〕《說文解字注》，頁 500。

314、《說文》「㱙」字云：「㱙，腐也。从歺丂聲。朽，㱙或从木。」〔註 111〕

篆文作「㱙」，从歺丂聲；或體作「朽」，从木丂聲，與〈作冊[illegible]鼎〉的「朽」相近，惟木與丂的形體左右互置。《說文》「歺」字云：「𣦼骨之殘也」，「木」字云：「冒也」〔註 112〕，二者的字義無涉，高田忠周指出「人謂腐㱙，木謂腐朽，其字元當分別。」〔註 113〕古人爲了明確記錄語言，往往會強調其字義而改易偏旁，歺、木替代的現象，除了係造字時對於偏旁意義的選擇不同，亦可能是爲強調字義的差異所致。

字　例	重　文	時　期	字　形
㱙 㱙	朽	殷　商	
		西　周	朽〈作冊[illegible]鼎〉
		春　秋	
		楚　系	
		晉　系	
		齊　系	
		燕　系	
		秦　系	
		秦　朝	
		漢　朝	

315、《說文》「殄」字云：「殄，盡也。从歺㐱聲。𠁥，古文殄如此。」〔註 114〕

篆文作「殄」，从歺㐱聲，屬形聲字。古文作「𠁥」，爲象形字，楊樹達以爲「𠁥从匕之反文。人盡爲匕，物盡爲殄。」〔註 115〕其言可備一說。「殄（𠁥）」字上古音屬「定」紐「文」部，「㐱」字上古音屬「章」紐「文」部，定、章

〔註 111〕《說文解字注》，頁 165。

〔註 112〕《說文解字注》，頁 163，頁 241。

〔註 113〕高田宗周：《古籀篇》卷四十二，頁 1176～1177，臺北，宏業書局，1975 年。

〔註 114〕《說文解字注》，頁 165。

〔註 115〕楊樹達：《文字形義學》，頁 85，上海，上海古籍出版社，2006 年。

皆為舌音，錢大昕言「舌音類隔不可信」，黃季剛言「照系三等諸紐古讀舌頭音」，可知「章」於上古聲母可歸於「端」。由象形字改為形聲字，為了便於時人閱讀使用之需，故以讀音相近的字作為聲符。

字　例	重　文	時　期	字　形
殄		殷　商	
		西　周	
		春　秋	
		楚　系	
		晉　系	
		齊　系	
		燕　系	
		秦　系	
		秦　朝	
		漢　朝	

316、《說文》「死」字云：「，澌也，人所離也。从歺人。凡死之屬皆从死。，古文死如此。」〔註 116〕

甲骨文作「」《合》(17060)、「」《合》(21306 乙)，「從，象人跽形。生人拜於朽骨之旁，死之誼昭然矣。」〔註 117〕兩周文字多承襲「」的形體發展，如：「」〈頌鼎〉、「」〈𪒠鎛〉、「」〈睡虎地・為吏之道 44〉、「」〈泰山刻石〉，《說文》篆文「」近同於「」。戰國楚系文字除了「」〈包山 42〉，亦見「」〈望山 1.59〉、「」〈望山 1.48〉、「」〈望山 1.176〉、「」〈上博・競公瘧 11〉，「」或「」為「」的省減，上半部的「」習見於楚簡帛文字，「」的左側增添一道「\」，即寫作「」，又「」左邊的「」受到右邊「人」的影響，下半部因類化而改作「人」的形體；中山國作「」〈兆域圖銅版〉，形體與「」相近，在「」內增添「"」，即寫作「」。古文之「」，與「」相近，僅筆畫略異，其形體或源於此。

〔註 116〕《說文解字注》，頁 166。

〔註 117〕羅振玉：《殷虛書契考釋》卷中，頁 54，臺北，藝文印書館，1981 年。

字 例	重 文	時 期	字 形
死 [illegible]	[illegible]	殷 商	[illegible]《合》（17060）[illegible]《合》（21306 乙）
		西 周	[illegible]〈頌鼎〉
		春 秋	[illegible]〈𪒠鎛〉
		楚 系	[illegible]〈望山 1.48〉[illegible]〈望山 1.59〉[illegible]〈望山 1.60〉 [illegible]〈望山 1.176〉[illegible]〈包山 42〉[illegible]〈上博・競公瘧 11〉
		晉 系	[illegible]〈哀成叔鼎〉[illegible]〈兆域圖銅版〉
		齊 系	
		燕 系	
		秦 系	[illegible]〈睡虎地・爲吏之道 44〉
		秦 朝	[illegible]〈泰山刻石〉
		漢 朝	[illegible]《馬王堆・戰國縱橫家書 38》

317、**《說文》「髀」字云：「[illegible]，股外也。从骨卑聲。[illegible]，古文髀。」**〔註 118〕

篆文作「[illegible]」，从骨卑聲；古文作「[illegible]」，从足卑聲。《說文》「足」字云：「人之足也，在體下。」「骨」字云：「肉之覈也」〔註 119〕，足爲人足，骨頭爲構成身體的重要器官，二者皆爲人體的器官，在意義上有相當的關係，作爲形符使用時理可替換。戰國楚系文字作「[illegible]」〈新蔡・零 311〉，亦从骨卑聲，又「骨」字作「[illegible]」〈包山 152〉，「卑」字作「[illegible]」〈散氏盤〉、「[illegible]」〈秦王鐘〉，「[illegible]」之「卑」與「[illegible]」相同，上半部爲「田」，「卑」字下半部从攴或从又，《說文》「卑」字釋形爲「从𠂇甲」〔註 120〕，與西周以來的字形差異甚遠。

字 例	重 文	時 期	字 形
髀 [illegible]	[illegible]	殷 商	
		西 周	
		春 秋	

〔註 118〕《說文解字注》，頁 167。

〔註 119〕《說文解字注》，頁 81，頁 166。

〔註 120〕《說文解字注》，頁 117。

		楚 系	〔字形〕〈新蔡·零311〉
		晉 系	
		齊 系	
		燕 系	
		秦 系	
		秦 朝	
		漢 朝	

318、《說文》「臚」字云：「〔篆〕，皮也。从肉盧聲。〔籀〕，籀文臚。」〔註121〕

金文作「〔字形〕」〈九年衛鼎〉，中間形體爲「〔字形〕」，戰國以來的文字多承襲之，或將「〔字形〕」易爲「目」作「〔字形〕」〈包山84〉、「〔字形〕」〈包山193〉，「〔字形〕」右側的「〃」，一方面可作爲飾筆，一方面亦爲區別符號，藉以區分「肉」、「月」的形體，或易爲「〔字形〕」作「〔字形〕」、「〔字形〕」〈膚虎·尖足平首布〉，對照「〔字形〕」的形體，「肉」省寫爲「〔字形〕」，「虍」亦以剪裁省減的方式書寫爲「〔字形〕」、「〔字形〕」，或作「田」，寫作「〔字形〕」〈睡虎地·秦律十八種13〉，《說文》籀文从「〔字形〕」作「〔字形〕」，篆文从肉盧聲作「〔字形〕」，「盧」字从皿〔字形〕聲；或見从肉夫聲作「〔字形〕」〈上博·周易41〉、「〔字形〕」《馬王堆·一號墓遣策30》，辭例依序爲「臀無膚」、「魚膚一笥」。「盧」字上古音屬「來」紐「魚」部，「夫」字上古音屬「幫」紐「魚」部，疊韻，盧、夫作爲聲符使用時可替代。

字 例	重 文	時 期	字 形
臚 〔篆〕	〔籀〕	殷 商	
		西 周	〔字形〕〈九年衛鼎〉
		春 秋	
		楚 系	〔字形〕〈包山84〉〔字形〕〈包山193〉〔字形〕〈上博·周易41〉
		晉 系	〔字形〕，〔字形〕〈膚虎·尖足平首布〉
		齊 系	
		燕 系	
		秦 系	〔字形〕〈睡虎地·秦律十八種13〉

〔註121〕《說文解字注》，頁169。

		秦　朝	〈安康罐〉
		漢　朝	《馬王堆・合陰陽 128》 《馬王堆・一號墓遣策 30》

319、《說文》「脣」字云：「，口耑也。从肉辰聲。，古文脣从頁。」〔註 122〕

篆文作「」，从肉辰聲，與〈睡虎地・法律答問 83〉的「」相近；古文作「」，从頁辰聲。《說文》「肉」字云：「胾肉」，「頁」字云：「頭也」〔註 123〕，二者皆為人體的器官，在意義上有相當的關係，作為形符使用時理可替換。

字　例	重　文	時　期	字　形
脣		殷　商	
		西　周	
		春　秋	
		楚　系	〈九店 56.54〉
		晉　系	
		齊　系	
		燕　系	
		秦　系	〈睡虎地・法律答問 83〉
		秦　朝	
		漢　朝	《馬王堆・三號墓遣策》

320、《說文》「肊」字云：「，匈骨也。从肉乙。，肊或从意。」〔註 124〕

「肊」字从肉乙，或體「臆」从肉意聲。「肊」、「意」二字上古音皆屬「影」紐「職」部，雙聲疊韻，由會意字改為形聲字，為了便於時人閱讀使用之需，故以讀音相同的字作為聲符。

〔註 122〕《說文解字注》，頁 169～170。

〔註 123〕《說文解字注》，頁 169，頁 420。

〔註 124〕《說文解字注》，頁 171。

字　例	重　文	時　期	字　形
肊		殷　商	
		西　周	
		春　秋	
		楚　系	
		晉　系	
		齊　系	
		燕　系	
		秦　系	
		秦　朝	
		漢　朝	

321、《說文》「膀」字云：「，脅也。从肉旁聲。，膀或从骨。」 [註125]

篆文作「」，从肉旁聲，或體作「」，从骨旁聲，《說文》「骨」字云：「肉之覈也」，「肉」字云：「胾肉」[註126]，「肉」爲「胾肉」，「骨」爲「肉之覆」，骨、肉爲構成身體的重要器官，从「肉」與从「骨」替換的現象亦見於戰國文字，如：「體」字或从「肉」作「」〈上博・性情論10〉，或从骨作「」〈郭店・性自命出17〉，二者在意義上有相當的關係，作爲形旁時可因義近而替代。

字　例	重　文	時　期	字　形
膀		殷　商	
		西　周	
		春　秋	
		楚　系	
		晉　系	
		齊　系	
		燕　系	
		秦　系	

[註125]　《說文解字注》，頁171。

[註126]　《說文解字注》，頁166，頁169。

		秦　朝	
		漢　朝	

322、《說文》「肩」字云：「[illegible]，髆也。从肉，象形。[illegible]，俗肩从戶。」〔註127〕

篆文作「[illegible]」，从[illegible]从肉；俗字作「[illegible]」，从[illegible]从肉。睡虎地秦簡作「[illegible]」〈睡虎地・日書甲種75背〉，上半部爲「[illegible]」，與之形體相同者，如：「[illegible]」《馬王堆・一號墓遣策61》，又「戶」字作「[illegible]」〈睡虎地・秦律十八種168〉，形體亦與「[illegible]」相同，「[illegible]」蓋源於「[illegible]」，即在「[illegible]」增添一道短橫畫「-」遂形成「[illegible]」的形體。孔廣居言「「象肩與臂形，ヨ、コ象肩上低窪處」，王筠以爲[illegible]、[illegible]並非「門戶」之「戶」，其形「象肩之上方闊而下迆也」，馬叙倫亦指出「肩」字初文像「肩骨之形」，篆文的形體與「戶」相近，故增添「肉」以區別字形〔註128〕，其言可從。

字　例	重　文	時　期	字　形
[illegible] [illegible]	[illegible]	殷　商	
		西　周	
		春　秋	
		楚　系	
		晉　系	
		齊　系	
		燕　系	
		秦　系	[illegible]〈睡虎地・日書甲種75背〉
		秦　朝	
		漢　朝	[illegible]《馬王堆・一號墓遣策61》

〔註127〕《說文解字注》，頁171。

〔註128〕（清）孔廣居：《說文疑疑》，頁223，北京，中華書局，1985年；（清）王筠：《說文釋例》卷五，頁37，臺北，世界書局，1984年；馬叙倫：《說文解字六書疏證》二，卷八，頁1120，臺北，鼎文書局，1975年。

323、**《說文》「胑」字云：「，體四胑也。从肉只聲。，胑或从支。」**〔註 129〕

「胑」字从肉只聲，或體「肢」从肉支聲。「只」、「支」二字上古音皆屬「章」紐「支」部，雙聲疊韻，只、支作爲聲符使用時可替代。

字　例	重　文	時　期	字　形
胑		殷　商	
		西　周	
		春　秋	
		楚　系	
		晉　系	
		齊　系	
		燕　系	
		秦　系	
		秦　朝	
		漢　朝	

324、**《說文》「胤」字云：「，子孫相承續也。从肉，从八，象其長也，幺亦象重累也。，古文。」**〔註 130〕

段注本因避諱的關係，省略右側的筆畫，將篆文作「」，據大徐本所錄爲「」。金文作「」〈𨒅簋〉、「」〈秦公鐘〉，「」與〈秦公鐘〉的字形相近；或見將「八」易爲「〃 〃」，寫作「」〈𧊒蚉壺〉。古文作「」，从肉，从幺，从二手，段玉裁〈注〉云：「兩旁葢亦從八之意」，據兩周金文所示，从「」應爲「八」的訛寫。

字　例	重　文	時　期	字　形
胤		殷　商	
		西　周	〈𨒅簋〉
		春　秋	〈秦公鐘〉

〔註 129〕《說文解字注》，頁 172。

〔註 130〕《說文解字注》，頁 173。

		楚　系	
		晉　系	〈𡢁𧊒壺〉
		齊　系	
		燕　系	
		秦　系	
		秦　朝	
		漢　朝	

325、《說文》「膌」字云：「膌，瘦也。从肉脊聲。⿸疒朿，古文膌从疒朿，朿亦聲。」〔註 131〕

篆文作「膌」，从肉脊聲；古文作「⿸疒朿」，从疒朿，朿亦聲，與〈包山 168〉的「⿸疒朿」略近，除了「疒」左側的筆畫多寡不一，「朿」的形體亦不同，前者爲「朿」，後者作「朿」。《說文》「肉」字云：「胾肉」，「疒」字云：「倚也，人有疾痛也」〔註 132〕，二者的字義無涉，「膌」的字義爲「瘦」，「瘦」有「少肉」〔註 133〕之義，段玉裁〈注〉云：「朿，木芒也。木芒是老瘠之狀，故從朿。」形符替代的現象，係造字時對於偏旁意義的選擇不同所致。「脊」字上古音屬「精」紐「錫」部，「朿」字上古音屬「清」紐「錫」部，二者發聲部位相同，精清旁紐，疊韻，脊、朿作爲聲符使用時可替代。又馬王堆漢墓出土文獻有一字作「⿰月⿱亦貝」《馬王堆・相馬經 51》，左側爲肉，右側从亦从貝，从貝者疑爲从肉之訛，若以「亦」爲聲符，其上古音屬「余」紐「鐸」部，與「脊」、「朿」的音韻不同，從「⿰月⿱亦貝」的形體觀察，或爲「膌」的訛寫。

字　例	重　文	時　期	字　形
膌 膌	⿸疒朿	殷　商	
		西　周	
		春　秋	
		楚　系	⿸疒朿〈包山 168〉
		晉　系	

〔註 131〕《說文解字注》，頁 173。

〔註 132〕《說文解字注》，頁 169，頁 351。

〔註 133〕《說文解字注》，頁 355。

		齊 系	
		燕 系	
		秦 系	
		秦 朝	
		漢 朝	《馬王堆・相馬經 51》

326、《說文》「胗」字云：「，脣瘍也。从肉㐱聲。，籀文胗从疒。」〔註 134〕

篆文作「」，从肉㐱聲；籀文作「」，从疒㐱聲。據「膌」字考證，「肉」、「疒」替換，係造字時對於偏旁意義的選擇不同所致。

字 例	重 文	時 期	字 形
胗 		殷 商	
		西 周	
		春 秋	
		楚 系	
		晉 系	
		齊 系	
		燕 系	
		秦 系	
		秦 朝	
		漢 朝	

327、《說文》「肬」字云：「，贅肬也。从肉尤聲。，籀文肬从黑。」〔註 135〕

篆文作「」，从肉尤聲；籀文作「」，从黑尤聲。《說文》「肉」字云：「胾肉」，「黑」字云：「北方色也。火所熏之色也。」〔註 136〕二者無形近、義近、音近的關係，「肬」係指皮膚上突起的小肉瘤，其色澤或與正常的膚色相同，

〔註 134〕《說文解字注》，頁 173。

〔註 135〕《說文解字注》，頁 173～174。

〔註 136〕《說文解字注》，頁 169，頁 492。

或較之略深，或略帶灰褐色，或呈咖啡色、深咖啡色，籀文作「[illegible]」，為明確記錄語言，故易「肉」為「黑」，以明「肬」的癥狀。

字 例	重 文	時 期	字 形
肬 [illegible]	[illegible]	殷 商	
		西 周	
		春 秋	
		楚 系	
		晉 系	
		齊 系	
		燕 系	
		秦 系	
		秦 朝	
		漢 朝	

328、《說文》「腆」字云：「[illegible]，設膳腆腆多也。从肉典聲。[illegible]，古文腆。」〔註137〕

篆文作「[illegible]」，从肉典聲；古文作「[illegible]」，从日典聲。段玉裁〈注〉云：「從日，葢誤，《玉篇》作『[illegible]』。」「肉」、「月」二字的形體，於古文字中時有近同，如戰國楚系之「肉」字作「[illegible]」〈包山145〉，「月」字作「[illegible]」〈包山214〉，又《說文》「肉」字作「[illegible]」，从「肉」之「腜」字作「[illegible]」、「肧」字作「[illegible]」等，「月」字作「[illegible]」，从「月」之「朏」字作「[illegible]」、「朔」字作「[illegible]」等，乍視之亦近似，疑古文从「日」作「[illegible]」，係將「肉」誤為「月」，其後因「日」、「月」作為形符使用時，可因義近而替代，如：「期」字或从日作「[illegible]」〈王子子申盞盂〉，或从月作「[illegible]」〈吳王光鑑〉，「歲」字或从日作「[illegible]」〈望山2.1〉，或从月作「[illegible]」〈鄂君啓舟節〉，故將从肉之「[illegible]」易寫為从日之「[illegible]」。

字 例	重 文	時 期	字 形
腆 [illegible]	[illegible]	殷 商	
		西 周	
		春 秋	

〔註137〕《說文解字注》，頁175。

		楚　系	
		晉　系	
		齊　系	
		燕　系	
		秦　系	
		秦　朝	
		漢　朝	

329、《說文》「膍」字云：「膍，牛百葉也。从肉𣬈聲。一曰：『鳥膍胵，鳥胃也。』肶，膍或从比。」〔註 138〕

「膍」字从肉𣬈聲，或體「肶」从肉比聲。「𣬈」、「比」二字上古音皆屬「並」紐「脂」部，雙聲疊韻，𣬈、比作爲聲符使用時可替代

字　例	重　文	時　期	字　形
膍 膍	肶	殷　商	
		西　周	
		春　秋	
		楚　系	
		晉　系	
		齊　系	
		燕　系	
		秦　系	
		秦　朝	
		漢　朝	

330、《說文》「䏟」字云：「䏟，血祭肉也。从肉帥聲。膟，䏟或从率。」〔註 139〕

「䏟」字从肉帥聲，或體「膟」从肉率聲。「帥」、「率」二字上古音皆屬「山」紐「物」部，雙聲疊韻，帥、率作爲聲符使用時可替代。

〔註 138〕《說文解字注》，頁 175。

〔註 139〕《說文解字注》，頁 175。

字　例	重　文	時　期	字　形
		殷　商	
		西　周	
		春　秋	
		楚　系	
		晉　系	
		齊　系	
		燕　系	
		秦　系	
		秦　朝	
		漢　朝	

331、《說文》「膫」字云：「膫，牛腸脂也。从肉尞聲。《詩》曰：『取其血膫』。膋，膫或从勞省聲。」〔註 140〕

篆文作「膫」，與《馬王堆・五十二病方 326》的「膫」近同。「膫」字从肉尞聲，或體「膋」从肉勞省聲。「尞」、「勞」二字上古音皆屬「來」紐「宵」部，雙聲疊韻，尞、勞作為聲符使用時可替代。

字　例	重　文	時　期	字　形
膫	膋	殷　商	
		西　周	
		春　秋	
		楚　系	
		晉　系	
		齊　系	
		燕　系	
		秦　系	
		秦　朝	膫《馬王堆・五十二病方 326》
		漢　朝	

〔註 140〕《說文解字注》，頁 175～176。

332、《說文》「腝」字云：「[illegible]，有骨醢也。从肉耎聲。[illegible]，腝或从難。」〔註141〕

「腝」字从肉耎聲，或體「[illegible]」从肉難聲。「耎」字上古音屬「日」紐「元」部，「難」字上古音屬「泥」紐「元」部，章太炎言「古娘日二紐歸泥」，可知「日」於上古聲母可歸於「泥」，雙聲疊韻，耎、難作為聲符使用時可替代。

字　例	重　文	時　期	字　形
腝 [illegible]	[illegible]	殷　商	
		西　周	
		春　秋	
		楚　系	
		晉　系	
		齊　系	
		燕　系	
		秦　系	
		秦　朝	
		漢　朝	

333、《說文》「臇」字云：「[illegible]，[illegible]也。从肉雋聲。讀若纂。[illegible]，臇或从火巽。」〔註142〕

篆文作「[illegible]」，从肉雋聲；或體作「[illegible]」，从火巽聲。「臇」的字義為「[illegible]」，「[illegible]」為「肉羹也」，《說文》「肉」字云：「胾肉」，「火」字云：「[illegible]也」〔註143〕，二者的字義無涉，替代的現象，係造字時對於偏旁意義的選擇不同所致。「雋」字上古音屬「從」紐「元」部，「巽」字上古音屬「心」紐「元」部，二者發聲部位相同，從心旁紐，疊韻，雋、巽作為聲符使用時可替代。

字　例	重　文	時　期	字　形
臇	[illegible]	殷　商	
		西　周	

〔註141〕《說文解字注》，頁177。

〔註142〕《說文解字注》，頁178。

〔註143〕《說文解字注》，頁169，頁484。

		春　秋	
		楚　系	
		晉　系	
		齊　系	
		燕　系	
		秦　系	
		秦　朝	
		漢　朝	

334、《說文》「𦙍」字云：「𦙍，食所遺也。从肉仕聲。《易》曰：『噬乾𦙍』。胏，楊雄說𦙍从𠂔。」〔註 144〕

「𦙍」字从肉仕聲，重文「胏」从肉𠂔聲。「仕」字上古音屬「崇」紐「之」部，「𠂔」字上古音屬「莊」紐「脂」部，二者發聲部位相同，莊崇旁紐，仕、𠂔作爲聲符使用時可替代。從出土的戰國時期文獻觀察，「之」、「職」、「蒸」，「脂」、「質」、「眞」分屬二組陰、陽、入聲韻部的文字，其間的關係十分密切，時有通假的現象，如：「管寺（夷）吾」〈郭店・窮達以時 6〉，「寺」字上古音屬「邪」紐「之」部，「夷」字上古音屬「余」紐「脂」部，即「之」部與「脂」部通假之例。

字　例	重　文	時　期	字　形
𦙍 𦙍	胏	殷　商	
		西　周	
		春　秋	
		楚　系	
		晉　系	
		齊　系	
		燕　系	
		秦　系	
		秦　朝	
		漢　朝	

〔註 144〕《說文解字注》，頁 178～179。

335、《說文》「肰」字云：「肰，犬肉也。从肉犬。讀若然。[古文]，古文肰；[古文]，亦古文肰。」〔註145〕

戰國文字或从肉犬作「[字形]」〈郭店·老子甲本 12〉、「[字形]」〈郭店·老子甲本 30〉，形體略異，辭例依序爲「是故聖人能輔萬物之自肰（然）」、「吾何以知其肰（然）也」，就辭例言，應爲「肰」字異體，从犬的「猶」字作「[字形]」〈墜純釜〉，左側的形體，據圖版所示爲「[字形]」，馮勝君指出从「[字形]」者爲齊系文字的寫法〔註146〕，其說可從，《說文》篆文「肰」近於「[字形]」，惟形體略異；或增添「虍」作「[字形]」〈郭店·語叢一 28〉、「[字形]」〈郭店·語叢一 30〉、「[字形]」〈郭店·語叢一 63〉，辭例皆爲「然後」，形體雖略有不同，皆「肰」字異體，「[字形]」所从之「肰」，係「[字形]」的省寫，「[字形]」則在「[字形]」的構形上進一步省減，可知从「虍」之「肰」亦爲齊系文字的寫法。從字音言，「肰」字上古音屬「日」紐「元」部，「虍」字上古音屬「曉」紐「魚」部，二者的聲韻俱遠，應無標音的作用，《說文》「虍」字云：「虎文也」，「犬」字云：「狗之有縣蹏者也」〔註147〕，增添「虍」或有標義的作用。古文或作「[字形]」，段玉裁〈注〉云：「小篆從一犬，古文從二犬。」與右側「[字形]」形體相近者，又見於「[字形]」字古文，寫作「[字形]」〔註148〕，馬敘倫指出「[字形]」或爲「[字形]」的訛寫，古文「[字形]」爲乇與[字形]的合書〔註149〕，然將「[字形]」之「[字形]」釋爲「[字形]」並不適當，又「虎」字收錄一古文作「[字形]」〔註150〕，右側的「[字形]」近於「[字形]」，「[字形]」本爲虎的身軀，因形體的割裂而作「[字形]」，據此推測，「[字形]」之「[字形]」或爲身軀的部分，因形體割裂或訛省過甚而作「[字形]」；或見「[字形]」，段玉裁云：「按此葢[字形]之譌耳」，商承祚以爲「[字形]」係火部的「然」字異體〔註151〕，據上列「肰」字考證，从「日」應

〔註145〕《說文解字注》，頁 179。

〔註146〕馮勝君：《論郭店簡〈唐虞之道〉、〈忠信之道〉、〈語叢〉一～三以及上博簡〈緇衣〉爲具有齊系文字特點的抄本》，頁 22～23，北京，北京大學中國語言文學系博士後研究工作報告，2004 年。

〔註147〕《說文解字注》，頁 211，頁 477。

〔註148〕《說文解字注》，頁 277。

〔註149〕《說文解字六書疏證》二，卷十二，頁 1617。

〔註150〕《說文解字注》，頁 212。

〔註151〕《說文中之古文考》，頁 38。

爲从「肉」之誤，因月、肉的形體相近，故訛寫爲从「日」的「[illegible]」。

字　例	重　文	時　期	字　形
肰 肰	[illegible]，[illegible]	殷　商	
		西　周	
		春　秋	
		楚　系	然〈郭店·老子甲本12〉然〈郭店·老子甲本30〉然〈郭店·語叢一28〉然〈郭店·語叢一30〉然〈郭店·語叢一63〉
		晉　系	
		齊　系	
		燕　系	
		秦　系	
		秦　朝	
		漢　朝	

336、**《說文》「肎」字云：「肎，骨閒肉肎肎箸也。从肉从冎省。一曰：『骨無肉也』。肎，古文肎。」**〔註152〕

篆文作「肎」，从肉从冎省，近於「肎」〈睡虎地·封診式92〉、「肎」《馬王堆·戰國縱橫家書187》；古文亦从肉作「肎」，李孝定指出「肎」由「[illegible]」字上半部「[illegible]」的倒形而來，後又易爲「[illegible]」，因增添「肉」旁寫作「肎」，遂訛爲「肎」〔註153〕，其說可參。

字　例	重　文	時　期	字　形
肎 肎	肎	殷　商	
		西　周	
		春　秋	
		楚　系	
		晉　系	
		齊　系	

〔註152〕《說文解字注》，頁179。

〔註153〕《金文詁林讀後記》，頁157。

		燕　系	
		秦　系	肎〈睡虎地・封診式92〉
		秦　朝	
		漢　朝	肎《馬王堆・戰國縱橫家書187》

337、《說文》「笏」字云：「笏，筋之本也。从筋省夗省聲。腱，笏或从肉建。」〔註154〕

篆文作「笏」，从筋省夗省聲；或體作「腱」，从肉建聲。從字形言，「笏」字本爲从筋夗聲之字，又「筋」字作「筋」，左側的「肉」爲「肉」，「夗」字作「夗」，左側爲「夕」，二者的形體相近，然爲求書寫的便利，遂省略形符與聲符的部分形體，再將之緊密結合寫作「笏」。「笏」的字義爲「筋之本也」，《說文》「肉」字云：「胾肉」，「筋」字云：「肉之力也」〔註155〕，二者的字義有所關聯，在造字時對於偏旁意義的選擇不同，故有从肉與从筋的差異。「夗」字上古音屬「影」紐「元」部，「建」字上古音屬「見」紐「元」部，二者發聲部位相同，見影旁紐，疊韻，夗、建作爲聲符使用時可替代。

字　例	重　文	時　期	字　形
笏 笏	腱	殷　商	
		西　周	
		春　秋	
		楚　系	
		晉　系	
		齊　系	
		燕　系	
		秦　系	
		秦　朝	
		漢　朝	

〔註154〕《說文解字注》，頁180。

〔註155〕《說文解字注》，頁169，頁180。

338、《說文》「肑」字云：「肑，手足指節鳴也。从筋省勺聲。肑，肑或省竹。」〔註 156〕

篆文作「肑」，从筋省勺聲；或體作「肑」，亦爲从筋省勺聲之字，惟「筋」字僅保留「肉」。從字形言，許慎認爲「肑」字或體「肑」爲「省竹省力」之字，係以「筋」省略「竹力」，再將聲符「勺」與「肉」緊密結合，即寫作「肑」。又「笏」字或體爲从肉建聲之字，據「笏」字所言，筋、肉作爲形符使用時，可因字義的關聯而兩相替代，故「肑」或可視爲从肉勺聲之字。

字　例	重　文	時　期	字　形
肑 肑	肑	殷　商	
		西　周	
		春　秋	
		楚　系	
		晉　系	
		齊　系	
		燕　系	
		秦　系	
		秦　朝	
		漢　朝	

339、《說文》「㓵」字云：「㓵，刀劒刃也。从刀㖾聲。𠜱，籀文㓵从㓞各。」〔註 157〕

篆文作「㓵」，从刀㖾聲；籀文作「𠜱」，从㓞各聲。《說文》「刀」字云：「兵也」，「㓞」字云：「巧㓞也」〔註 158〕，㓞者以刀刻之，其字義雖無涉，然在木石上刻畫缺口、條紋時，多以刀爲之，二者替代的現象，係造字時對於偏旁意義的選擇不同所致。「㖾」字上古音屬「疑」紐「鐸」部，「各」字上古音屬「見」紐「鐸」部，二者發聲部位相同，見疑旁紐，疊韻，㖾、各作爲聲符使用時可替代。

〔註 156〕《說文解字注》，頁 180。

〔註 157〕《說文解字注》，頁 180。

〔註 158〕《說文解字注》，頁 180，頁 185。

字　例	重　文	時　期	字　形
		殷　商	
		西　周	
		春　秋	
		楚　系	
		晉　系	
		齊　系	
		燕　系	
		秦　系	
		秦　朝	
		漢　朝	

340、《說文》「利」字云：「，銛也。刀和然後利，从刀和省。《易》曰：『利者，義之和也。』，古文利。」〔註 159〕

甲骨文作「」《合》（20998）、「」《合》（33401），从禾从刀，「其小點蓋象犁出之土凷也」〔註 160〕，兩周以來的文字多承襲之，如：「」〈利簋〉、「」〈侯馬盟書・詛咒類 105.1〉、「」〈包山 135〉、「」〈詛楚文〉、「」〈繹山碑〉，《說文》篆文「」字形與「」相同，可知許書所謂「刀和然後利，从刀和省」爲誤，又古文「」亦應源於「」，段玉裁〈注〉云：「蓋從刃禾」，亦爲「从禾从刀」之形；然亦見从工从木从刀者，如：「」〈𤔲鐘〉，此種形體十分少見，尚未見其發展。从禾之形，或易爲木，如：「」〈晉姜鼎〉、「」〈楚帛書・丙篇 11.2〉、「」〈放馬灘・地圖〉，从刀之形或寫作「刃」，如：「」〈郭店・老子甲本 28〉，《說文》「木」字云：「冒也」，「禾」字云：「嘉穀也」〔註 161〕，「禾」與「木」皆爲植物，作爲形符使用時，替代的現象，亦見於兩周文字，如：「和」字从木作「」〈史孔和〉，或从禾作「」〈𧊒盜壺〉，「梁」字从木作「」〈廿七年大梁司寇鼎〉，或从禾作「」〈包山 163〉，《說

〔註 159〕《說文解字注》，頁 180。

〔註 160〕屈萬里：《殷虛文字甲編考釋》，頁 272，臺北，中央研究院歷史語言研究所，1992 年。

〔註 161〕《說文解字注》，頁 241，頁 323。

文》「刀」字云：「兵也」，「刃」字云：「刀鋻也」〔註 162〕，「刀」爲兵器，「刃」指刀刃之形，作爲形符使用時，替代的現象，如：「解」字从刀作「」〈包山 248〉，或从刃作「」〈包山 198〉，「型」字从刀作「」〈𧊒盗壺〉，或从刃作「」〈中山王𰯼鼎〉，皆可因義近而兩相替代。

字　例	重　文	時　期	字　形
利		殷　商	《合》(20998)《合》(33401)
		西　周	〈利簋〉〈𫸩鐘〉
		春　秋	〈晉姜鼎〉〈侯馬盟書・詛咒類 105.1〉
		楚　系	〈包山 135〉〈郭店・老子甲本 28〉 〈楚帛書・丙篇 11.2〉
		晉　系	
		齊　系	
		燕　系	〈郾王喜矛〉
		秦　系	〈詛楚文〉〈放馬灘・地圖〉
		秦　朝	〈繹山碑〉
		漢　朝	《馬王堆・經法 11》

341、《說文》「則」字云：「，等畫物也。从刀貝。貝，古之物貨也。，古文則。，籀文則从鼎。」〔註 163〕

甲骨文作「」《西周》(H11：4)，从刀鼎，兩周以來多承襲之，如：「」〈盠駒尊〉、「」〈五年召伯虎簋〉、「」〈石鼓文〉，籀文「」即源於此，形體與「」近同；或从二鼎作「」〈段簋〉；从刀者或易爲刃，如：「」〈侯馬盟書・委質類 156.19〉、「」〈噩君啓舟節〉、「」〈上博・用曰 7〉，「」之「」即「」的省寫；或易爲戈，如：「」〈侯馬盟書・委質類 156.25〉。《說文》「刀」字云：「兵也」，「刃」字云：「刀鋻也」，「戈」字云：「平頭戟也」〔註 164〕，「刀」與「戈」爲兵器，「刃」指刀刃之形，刀、刃作

〔註 162〕《說文解字注》，頁 180，頁 185。

〔註 163〕《說文解字注》，頁 181。

〔註 164〕《說文解字注》，頁 180，頁 185，頁 634。

爲形符使用時，替代的現象，如：「罰」字从刀作「」〈大盂鼎〉，或从刃作「」〈郭店・成之聞之 38〉，「剌」字从刀作「」〈史牆盤〉，或从刃作「」〈中山王䶮鼎〉，雖尚未見从刀與从戈替代的現象，然其字義有關，理可兩相替代。在文字的發展過程，圖畫性質濃厚的文字，多不便於書寫，遂以簡單的橫畫、豎畫代替彎曲的形體，由於形體的省減或改易，致使从「」、从「」的形體類化作「」，如：从貝的「得」字作「」〈毌得觚〉、「」〈師旂鼎〉，或作「」《古陶文彙編》（4.75），从鼎的「員」字作「」、「」〈員觶〉，或作「」〈睡虎地・秦律十八種 123〉，「則」字亦見此現象，如：「」〈上博・緇衣 2〉、「」〈上博・緇衣 17〉，《說文》篆文「」即源於此，古文「」从二貝之形，本亦从二鼎。又从鼎之字或作「」〈侯馬盟書・委質類 156.21〉，將之與「」相較，前者省略「鼎」的兩道筆畫。戰國楚系「則」字形體並未固定，除了「」、「」、「」外，尚見「」〈信陽 1.1〉、「」〈郭店・老子甲本 35〉、「」〈郭店・緇衣 34〉、「」〈郭店・五行 15〉、「」〈郭店・唐虞之道 20〉等，辭例依序爲「戔人▢上則刑戮至」、「物壯則老」、「則行不可匿」、「玉音則形」、「上德則天下有君而世明」，從辭例言，無論形體如何省改，皆爲「則」字異體，金文「則」字多保有「鼎」形，楚簡帛中除了信陽、郭店，上博竹簡等部分的形體與他簡略異外，亦多保留「鼎」形，惟楚簡帛的「鼎」字形體原本「三足」之形與「火」相近，遂寫作「」，至於「」、「」係省略「刀」的字形，信陽、郭店竹簡則以剪裁省減的方式書寫，並在省減後的形體下方增添橫畫「=」，表示此爲省體，而作「」、「」。又〈上博・孔子見季𧻚子 14〉有一字作「」，辭例爲「則不難乎」，對照〈上博・孔子詩論 11〉之「」的形體，「」應爲「」的訛寫，又「」或爲「」的訛誤之形。

字　例	重　文	時　期	字　形
則		殷　商	《西周》（H11：4）《西周》（H11：14）
		西　周	〈盠駒尊〉〈段簋〉〈五年召伯虎簋〉
		春　秋	〈石鼓文〉〈侯馬盟書・委質類 156.19〉 〈侯馬盟書・委質類 156.21〉〈侯馬盟書・委質類 156.25〉 〈侯馬盟書・委質類 185.4〉〈侯馬盟書・委質類 194.12〉

		楚　系	〈鄦君啓舟節〉〈信陽 1.1〉〈郭店・老子甲本 35〉〈郭店・緇衣 34〉〈郭店・五行 15〉〈郭店・唐虞之道 20〉〈上博・孔子詩論 11〉〈上博・緇衣 2〉〈上博・緇衣 17〉〈楚帛書・乙篇 1.2〉〈上博・用曰 7〉〈上博・孔子見季逗子 14〉
		晉　系	，〈中山王方壺〉〈羌鐘〉
		齊　系	
		燕　系	
		秦　系	〈詛楚文〉〈青川・木牘〉
		秦　朝	〈始皇詔橢量二〉〈兩詔橢量三〉〈始皇詔權三〉〈始皇詔橢量四〉
		漢　朝	《馬王堆・春秋事語 54》《馬王堆・二三子問 1》

342、《說文》「剛」字云：「，彊斷也。从刀岡聲。，古文剛如此。」〔註 165〕

甲骨文作「」《合》（10771）、「」，徐中舒認為从刀从，為會意字〔註 166〕，金文承襲為「」〈剛爵〉、「」〈史牆盤〉，將二者相較，前者為求結構的對稱、平衡，故在「岡」的左右兩側各置一「刀」；戰國時期或見將「刀」的形體置於「岡」的形體內，如：「」〈郭店・性自命出 8〉、「」〈睡虎地・日書甲種 159 背〉，《說文》篆文「」應源於此。春秋時期於玉石文字上或見「」〈侯馬盟書・宗盟類 16.9〉，戰國楚系文字沿襲為「」〈郭店・老子甲本 7〉，辭例為「取剛（強）」，朱德熙指出楚簡字形即為「剛」〔註 167〕，古文作「」，形體與之相近，其間的差異，係「=」部件的位置經營不同，東周文字將之置於「」的下方，古文置於「口」的上方。

〔註 165〕《說文解字注》，頁 181。

〔註 166〕《甲骨文字典》，頁 477。

〔註 167〕朱德熙：〈壽縣出土楚器銘文研究・剛帀考〉，《朱德熙古文字論集》，頁 10～14，北京，中華書局，1995 年。

字　例	重　文	時　期	字　形
剛		殷　商	《合》（10771）《合》（21955）
		西　周	〈剛爵〉〈史牆盤〉〈散氏盤〉
		春　秋	〈侯馬盟書・宗盟類 16.9〉
		楚　系	〈楚王酓忎盤〉〈郭店・老子甲本 7〉〈郭店・性自命出 8〉
		晉　系	
		齊　系	
		燕　系	
		秦　系	〈睡虎地・日書甲種 79 背〉〈睡虎地・日書甲種 159 背〉
		秦　朝	
		漢　朝	《馬王堆・五行篇 205》《馬王堆・十問 99》

343、《說文》「刻」字云：「，鏤也。从刀亥聲。，古文刻。」〔註168〕

篆文作「」，从刀亥聲，與〈泰山刻石〉的「」相同；古文作「」，从刀聲。「嗣」字作「」〈大盂鼎〉、「」〈曾姬無卹壺〉，「」與「」下半部的形體近似，疑「」爲「嗣」之省。「亥」字上古音屬「匣」紐「之」部，「嗣」字上古音屬「邪」紐「之」部，疊韻，亥、嗣作爲聲符使用時可替代。

字　例	重　文	時　期	字　形
刻		殷　商	
		西　周	
		春　秋	
		楚　系	
		晉　系	
		齊　系	
		燕　系	
		秦　系	〈睡虎地・爲吏之道 19〉

〔註168〕《說文解字注》，頁181。

		秦　朝	〈泰山刻石〉
		漢　朝	《馬王堆・相馬經 7》

344、《說文》「副」字云：「，判也。从刀畐聲。《周禮》曰：『副辜祭』。，籀文副从。」〔註 169〕

篆文作「」，从刀畐聲；籀文作「」，从刀聲。馬王堆漢墓出土文獻有一字「」《馬王堆・一號墓遣策 225》，右側作「」，與「」不合，疑爲「刀」的訛寫。又籀文習見重複形體，如：「讋」字作「」，「襲」字作「」，「副」字籀文从「」，與「讋」、「襲」从「龖」的情形相同。

字　例	重　文	時　期	字　形
副		殷　商	
		西　周	
		春　秋	
		楚　系	
		晉　系	
		齊　系	
		燕　系	
		秦　系	
		秦　朝	
		漢　朝	《馬王堆・一號墓遣策 225》

345、《說文》「剝」字云：「，裂也。从刀彔；彔，刻也；彔亦聲。一曰：『剝，割也。』，剝或从卜。」〔註 170〕

甲骨文或从刀彔聲作「」《合》（15788），或从刀卜聲作「」《合》（22376），《說文》篆文「」、或體「」蓋源於此。秦漢文字作「」《馬王堆・五十二病方 112》、「」《馬王堆・周易 12》，「彔」字金文爲「」〈彔或卣〉、「」〈頌鼎〉，作「」、「」者係「」的訛寫。「彔」字上古音屬「來」紐「屋」部，「卜」字上古音屬「幫」紐「屋」部，疊韻，彔、卜作爲

〔註 169〕《說文解字注》，頁 181。

〔註 170〕《說文解字注》，頁 182。

聲符使用時可替代。

字　例	重　文	時　期	字　形
剝		殷　商	《合》（15788）　《合》（22376）
		西　周	
		春　秋	
		楚　系	
		晉　系	
		齊　系	
		燕　系	
		秦　系	
		秦　朝	《馬王堆・五十二病方 112》
		漢　朝	《馬王堆・周易 12》

346、《說文》「制」字云：「，裁也。从刀未。未，物成有滋味可裁斷。一曰：『止也』。，古文制如此。」〔註 171〕

甲骨文作「」《合》（7938），从木从刀，金文从刀未，或作「」〈王子午鼎〉，或作「」〈子禾子釜〉，「」與〈包山 135〉之「」右側形體相近，亦應爲「刀」，《說文》古文作「」，段玉裁〈注〉云：「從彡者，裁斷之而有文也。」據「」與「」的觀察，「」之「彡」本應置於「」的形體，因「彡」的錯置，遂置於「」的豎畫，訛寫作「」。篆文「」形體與〈泰山刻石〉的「」相同，又或見「」〈兩詔橢量一〉、「」《馬王堆・九主 366》，較之於「」，係因筆畫的分割，將「」切割成兩部分，上半部寫作「」或「」，下半部作「」、「」，形體訛誤愈甚。

字　例	重　文	時　期	字　形
制		殷　商	《合》（7938）
		西　周	
		春　秋	〈王子午鼎〉
		楚　系	

〔註 171〕《說文解字注》，頁 184。

		晉　系	
		齊　系	〈子禾子釜〉
		燕　系	
		秦　系	
		秦　朝	〈泰山刻石〉〈兩詔橢量一〉
		漢　朝	《馬王堆・經法 14》《馬王堆・九主 366》

347、《說文》「㓷」字云：「㓷，刖鼻也。从刀臬聲。《易》曰：『天且㓷』。劓，㓷或从鼻。」〔註 172〕

篆文作「㓷」，从刀臬聲，屬形聲字，與「㓷」〈辛鼎〉、「㓷」〈睡虎地・法律答問 120〉等近同；或體作「劓」，从刀鼻，爲會意字，與「劓」〈睡虎地・封診式 43〉、「劓」《馬王堆・十問 88》近同。《說文》「自」字作「自」或「自」，字義爲「鼻」〔註 173〕，「劓」、「劓」所从之「鼻」上半部的形體即「自」、「自」。「劓」字上古音屬「疑」紐「質」部，「臬」字上古音屬「疑」紐「月」部，雙聲，由會意字改爲形聲字，爲了便於時人閱讀使用之需，故以讀音相近的字作爲聲符。

字　例	重　文	時　期	字　形
㓷 㓷	劓	殷　商	
		西　周	㓷〈辛鼎〉
		春　秋	
		楚　系	
		晉　系	
		齊　系	
		燕　系	
		秦　系	㓷〈睡虎地・法律答問 120〉劓〈睡虎地・封診式 43〉
		秦　朝	
		漢　朝	劓《馬王堆・十問 88》

〔註 172〕《說文解字注》，頁 184。

〔註 173〕《說文解字注》，頁 138。

348、《說文》「刄」字云：「，傷也。从刃从一。，刄或从倉。」〔註 174〕

金文作「」〈作寶彝壺〉，唐蘭指出「本象人的手足因荊棘而被刺傷，人形譌爲刀形，……即創傷之創的本字。」〔註 175〕《說文》篆文「」，許書言「从刃从一」爲非；或增添「立」作「」〈中山王𰯼方壺〉，辭例爲「創闢封疆」，從字音言，「立」字上古音屬「來」紐「緝」部，「刄」字上古音屬「初」紐「陽」部，二者聲韻俱遠，應無聲韻關係，從字形言，戰國文字或見增添「立」旁者，如：「長」字本作「」〈長子沬臣簠〉、「」〈車大夫長畫戈〉，辭例依序爲「長子沬臣」、「車大夫長畫」，或增添「立」寫作「」〈中山王𰯼鼎〉、「」〈羌鐘〉、「」〈齊返邦長大刀・齊刀〉，辭例依序爲「事少如長」、「入長城」、「齊返邦長」，所增之「立」，並無區別詞性或字義的作用，應屬無義偏旁，「」字所見之「立」，其性質亦應與之相同。或體从刀倉聲作「」，與《武威・特牲 48》的「」相近，其間的差異，係書體的不同。「倉」字上古音屬「清」紐「陽」部，「刄」字爲「初」紐「陽」部，清、初皆爲齒音，黃季剛言「照系二等諸紐古讀精系」，可知「初」於上古聲母可歸於「清」，二者爲雙聲疊韻的關係，易爲形聲字後，爲了便於時人閱讀使用之需，故以讀音相同的字作爲聲符。

字　例	重　文	時　期	字　形
刄		殷　商	
		西　周	〈作寶彝壺〉
		春　秋	
		楚　系	
		晉　系	〈中山王𰯼方壺〉
		齊　系	
		燕　系	
		秦　系	
		秦　朝	
		漢　朝	《武威・特牲 48》

〔註 174〕《說文解字注》，頁 185。

〔註 175〕唐蘭：〈論周昭王時代的青銅器銘刻〉，《古文字研究》第二輯，頁 73，北京，中華書局，2005 年。

349、《說文》「劒」字云：「，人所帶兵也。从刃僉聲。，籀文劒从刀。」〔註 176〕

金文从金僉聲作「」〈師同鼎〉、「」〈吳季子之子逞劍〉，或於「僉」的較長豎畫增添飾筆「=」作「」、「」〈郾王職劍〉，或進一步在「僉」的下半部增添「甘」，寫作「」〈包山 18〉、「」〈仰天湖 27〉，較之於「」，楚簡「劒」字所見之「甘」，應屬無義偏旁性質。《說文》篆文作「」，从刃僉聲；籀文作「」，从刀僉聲，與〈睡虎地・法律答問 84〉的「」近同，从刀、从刃作爲形符使用時，替代的現象，據「利」字考證，爲義近的替代，又《說文》「刀」字云：「兵也」，「金」字云：「五色金也」〔註 177〕，「劍」爲兵器的一種，爲金屬所製，从「金」表示其材質爲金屬，从「刀」明示其爲兵器，「金」、「刀」的字義無涉，替代的現象，應是造字時對於偏旁意義的選擇不同所致。

字　例	重　文	時　期	字　形
劒		殷　商	
		西　周	〈師同鼎〉
		春　秋	〈吳季子之子逞劍〉
		楚　系	〈包山 18〉〈仰天湖 27〉
		晉　系	
		齊　系	
		燕　系	，〈郾王職劍〉
		秦　系	〈睡虎地・法律答問 84〉
		秦　朝	
		漢　朝	《馬王堆・三號墓遣策》

350、《說文》「䅣」字云：「，除苗閒穢也。从耒員聲。，䅣或从芸。」〔註 178〕

〔註 176〕《說文解字注》，頁 185。

〔註 177〕《說文解字注》，頁 180，頁 709。

〔註 178〕《說文解字注》，頁 186。

「𦓤」字从耒員聲，或體「耘」从耒芸聲。「員」、「芸」二字上古音皆屬「匣」紐「文」部，雙聲疊韻，員、芸作爲聲符使用時可替代。

字　例	重　文	時　期	字　形
𦓤 𦓤	耘	殷　商	
		西　周	
		春　秋	
		楚　系	
		晉　系	
		齊　系	
		燕　系	
		秦　系	
		秦　朝	
		漢　朝	

351、《說文》「衡」字云：「衡，牛觸橫大木也。从角大行聲。《詩》曰：『設其楅衡』。衡，古文衡如此。」〔註179〕

金文作「衡」〈毛公鼎〉，从角大行聲，張世超等人指出「殆象人頭戴直豎之角，中正不偏，以表平衡之意。」〔註180〕其後的文字多承襲之，如：戰國楚系文字「衡」、「衡」〈天星觀・遣策〉，或增添「止」作「衡」〈曾侯乙 64〉，辭例依序爲「☐䵼衡昔兩之革䋣」、「衡戹」、「衡戹」，金文「衡」字尚未見增添任何的符號與偏旁，曾侯乙墓竹簡所見的「止」，應屬無義偏旁的性質，又「角」字於兩周時期作「角」〈史牆盤〉、「角」〈曾侯乙鐘〉、「角」〈望山 2.13〉，較之於「衡」，其間的「目」，與「目」的字形相似，若將「角」中的兩道「^」拉直爲「—」，即爲「目」，又下半部的「大」作「大」，若於「大」的中間豎畫增添「-」，即爲「大」，至於「衡」之「大」作「大」，係在「大」的起筆橫畫上增添「—」所致，其性質皆爲飾筆；秦系文字作「衡」〈睡虎地・法律答問 146〉，與《說文》篆文「衡」近同；漢代金文或見「衡」〈新承水盤〉，辭例爲「律石衡蘭承水盤」，較之於「衡」，係省減「大」。古文作「衡」，又

〔註179〕《說文解字注》，頁188。

〔註180〕《金文形義通解》，頁1051。

據《古文四聲韻》所載，「衡」字寫作「」《義雲章》〔註 181〕，將之對照於「」〈毛公鼎〉，上半部的「」應為「角」之訛。

字 例	重 文	時 期	字 形
衡		殷 商	
		西 周	〈毛公鼎〉
		春 秋	
		楚 系	〈曾侯乙 64〉，〈天星觀・遣策〉
		晉 系	
		齊 系	
		燕 系	
		秦 系	〈睡虎地・法律答問 146〉
		秦 朝	
		漢 朝	《馬王堆・五行篇 298》〈新承水盤〉

352、《說文》「觵」字云：「，兕牛角可𠮛歓者也。从角黃聲。其狀觵觵，故謂之觵。，俗觵从光。」〔註 182〕

「觵」字从角黃聲，俗字「觥」从角光聲。「黃」字上古音屬「匣」紐「陽」部，「光」字上古音屬「見」紐「陽」部，二者發聲部位相同，見匣旁紐，疊韻，黃、光作為聲符使用時可替代。

字 例	重 文	時 期	字 形
觵		殷 商	
		西 周	
		春 秋	
		楚 系	
		晉 系	
		齊 系	
		燕 系	
		秦 系	

〔註 181〕《古文四聲韻》，頁 116。

〔註 182〕《說文解字注》，頁 188～189。

		秦　朝	
		漢　朝	

353、《說文》「觶」字云：「觶，鄉飲酒觶。从角單聲。《禮》曰：『一人洗舉觶，觶受四升。』䚟，觶或从辰。觗，禮經觶。」〔註 183〕

篆文作「觶」，从角單聲，與《武威・有司 40》的「觶」相近；或體作「䚟」，从角辰聲，與《武威・泰射 26》的「䚟」相近；古文「觗」从角氏聲。「單」字上古音屬「端」紐「元」部，「辰」字上古音屬「禪」紐「文」部，「氏」字上古音屬「禪」紐「支」部，端、禪皆爲舌音，錢大昕言「舌音類隔不可信」，黃季剛言「照系三等諸紐古讀舌頭音」，可知「禪」於上古聲母可歸於「定」，單、辰、氏作爲聲符使用時可替代。此外，據「璊」字考證，文、元二部的關係並不疏離，時有聲符替代或通假的現象。

字　例	重　文	時　期	字　形
觶 觶	䚟， 觗	殷　商	
		西　周	
		春　秋	
		楚　系	
		晉　系	
		齊　系	
		燕　系	
		秦　系	
		秦　朝	
		漢　朝	觶《武威・有司 40》䚟《武威・泰射 26》

354、《說文》「觴」字云：「觴，實曰觴，虛曰觶。从角𥏫省聲。𧢼，籒文觴从爵省。」〔註 184〕

金文作「觴」〈觴姬簋蓋〉，「爵」字作「爵」〈縣妃簋〉，可知字形爲从

〔註 183〕《說文解字注》，頁 189。

〔註 184〕《說文解字注》，頁 189。

爵易聲，《說文》籀文「[illegible]」，从爵省易聲，從字形言，許慎認爲「觴」字籀文「[illegible]」爲「爵省」之字，係以「[illegible]」省去下半部的「鬯」與「又」，再將之與聲符「易」緊密結合，遂寫作「[illegible]」；戰國楚系文字从角易聲作「[illegible]」〈包山 259〉，篆文「[illegible]」左側爲「[illegible]」，應爲「[illegible]」之訛。《說文》「角」字云：「獸角也」，「爵」字云：「禮器也」〔註 185〕，二者的字義無涉，从角係表示製作的材質，从爵表明其爲酒器，替代的現象，係造字時對於偏旁意義的選擇不同所致。

字例	重文	時期	字形
觴 [illegible]	[illegible]	殷商	
		西周	[illegible]〈觴姬簋蓋〉
		春秋	
		楚系	[illegible]〈包山 259〉
		晉系	
		齊系	
		燕系	
		秦系	
		秦朝	
		漢朝	

355、《說文》「觼」字云：「[illegible]，環之有舌者。从角夐聲。鐍，觼或从金矞。」〔註 186〕

「觼」字从角夐聲，或體「鐍」从金矞聲。「夐」字上古音屬「曉」紐「耕」部，「矞」字上古音屬「余」紐「質」部，據「瓊」字考證，夐、矞作爲聲符使用時可替代。《說文》「角」字云：「獸角也」，「金」字云：「五色金也」〔註 187〕，「觼」的字義爲有舌的環，角、金皆可爲製作的材料，从金、从角的不同，係爲明確表示製作「觼」的材質。

〔註 185〕《說文解字注》，頁 186，頁 220。

〔註 186〕《說文解字注》，頁 190。

〔註 187〕《說文解字注》，頁 186，頁 709。

字　例	重　文	時　期	字　形
觼	鐍	殷　商	
		西　周	
		春　秋	
		楚　系	
		晉　系	
		齊　系	
		燕　系	
		秦　系	
		秦　朝	
		漢　朝	

第六章　《說文》卷五重文字形分析

356、《說文》「簬」字云：「簬，箘簬也。从竹路聲。〈夏書〉曰：『惟箘簬枯』。簵，古文簬从輅。」〔註 1〕

「簬」字从竹路聲，古文「簵」从竹輅聲。「路」、「輅」二字上古音皆屬「來」紐「鐸」部，雙聲疊韻，路、輅作爲聲符使用時可替代。又據《說文》「冊」字古文从竹作「笧」，「[illegible]」字籀文作「[illegible]」〔註 2〕，可知「竹」字下當補入重文「^^」。

字　例	重　文	時　期	字　形
簬 簬	簵	殷　商	
		西　周	
		春　秋	
		楚　系	
		晉　系	
		齊　系	
		燕　系	
		秦　系	

〔註 1〕（漢）許愼撰、（清）段玉裁注：《説文解字注》，頁 191，臺北，黎明文化事業股份有限公司，1991 年。

〔註 2〕《説文解字注》，頁 86，頁 191。

		秦　朝	
		漢　朝	

357、《說文》「薇」字云：「𦼮，竹也。从竹微聲。𥫩，籀文从微省。」〔註3〕

「薇」字从竹微聲，或體「𥫩」从竹𢼸聲。「微」、「𢼸」二字上古音皆屬「明」紐「微」部，雙聲疊韻，微、𢼸作爲聲符使用時可替代。又段玉裁〈注〉云：「當云从『𢼸』，『省』字衍。」據字形的差異言，將「𥫩」與「𦼮」相較，前者省略「彳」。

字　例	重　文	時　期	字　形
薇 𦼮	𥫩	殷　商	
		西　周	
		春　秋	
		楚　系	
		晉　系	
		齊　系	
		燕　系	
		秦　系	
		秦　朝	
		漢　朝	

358、《說文》「篗」字云：「篗，所㠯收絲者也。从竹蒦聲。䚌，篗或从角閒。」〔註4〕

「篗」字从竹蒦聲，或體「䚌」从角閒聲。「蒦」字上古音屬「影」紐「鐸」部，「閒」字上古音屬「見」紐「元」部，二者發聲部位相同，見影旁紐，蒦、閒作爲聲符使用時可替代。《說文》「角」字云：「獸角也」，「竹」字云：「冬生艸也」〔註5〕，角、竹皆可爲製作的材料，从竹、从角的不同，係爲明確表示製

〔註3〕《說文解字注》，頁191。

〔註4〕《說文解字注》，頁193。

〔註5〕《說文解字注》，頁186，頁191。

作「簻」的材質

字　例	重　文	時　期	字　形
籃 籃	𥫗	殷　商	
		西　周	
		春　秋	
		楚　系	
		晉　系	
		齊　系	
		燕　系	
		秦　系	
		秦　朝	
		漢　朝	

359、《說文》「籃」字云：「籃，大篝也。从竹監聲。𥫗，古文籃如此。」〔註6〕

篆文作「籃」，从竹監聲；古文作「𥫗」，从厂从艸从目。「𥫗」字从目之形，疑爲「臣」，即「監」之省形，古文字中或見此種現象，如：「臧」字从臣，作「臧」〈咸陽瓦〉，貨幣作「臧」、「臧」、「臧」、「臧」、「臧」〈安臧・平肩空首布〉，或省略聲符的部分筆畫，或將聲符完全省略，僅保留形符，「𥫗」之「目」與「臧」右側之「臣」近同，又據《古文四聲韻》載「籃」字或作「籃」、「籃」《演說文》，或作「𥫗」《義雲章》〔註7〕，前二例从竹，末字从厂，以此推知，所从之竹、厂應爲形符，至於「目」、「目」或爲「目」之訛。以彼律此，「𥫗」即从厂藍省聲，將「藍」省寫爲「苜」。然因「𥫗」目前尚未見於出土文獻，其形體變異的因素，無法確切知曉原因，有待日後出土材料中从厂从苜的字形出現，以解決此問題。又據「節」字考證，艸、竹作爲形符使用時，可因義近而替代。

〔註6〕《說文解字注》，頁195。

〔註7〕（宋）夏竦著：《古文四聲韻》，頁103，臺北，學海出版社，1978年。

字　例	重　文	時　期	字　形
籃 [illegible]	[illegible]	殷　商	
		西　周	
		春　秋	
		楚　系	
		晉　系	
		齊　系	
		燕　系	
		秦　系	
		秦　朝	
		漢　朝	

360、《說文》「簋」字云：「[illegible]，黍稷方器也。从竹皿皀。[illegible]，古文簋从匚食九；[illegible]，古文簋从匚軌；[illegible]，亦古文簋。」〔註8〕

甲骨文从皀从殳作「[illegible]」《合》（24956），兩周以來的文字承襲為「[illegible]」〈𡨦鼎〉，或易「皀」為「食」作「[illegible]」〈圅皇父簋〉，或於「[illegible]」的構形上增添「宀」作「[illegible]」〈伯[illegible]簋〉，辭例為「伯御作旅簋」，或增添「皿」作「[illegible]」〈口作𩟄伯簋〉，辭例為「作𩟄伯寶簋」，或在「[illegible]」的構形上增添「广」作「[illegible]」〈邵王之諻簋〉，辭例為「薦簋」，或省減「皀」下半部的形體，寫作「[illegible]」《古璽彙編》（0036）。《說文》「皀」字云：「穀之馨香也」，「食」字云：「亼米也」〔註9〕，在意義上有相當的關係，作為形符使用時替代的現象亦見於古文字，如：「鄉」字或从皀作「[illegible]」〈睡虎地・效律28〉，或从食作「[illegible]」〈曾伯陭壺〉，「飤」字或从皀作「[illegible]」〈包山247〉，或从食作「[illegible]」〈命簋〉。又《說文》「宀」字云：「交覆深屋也」，「广」字云：「因厂為屋也」〔註10〕，「宀」、「广」的意義皆與「屋」有關，可因義近而發生替代，二者替代的現象時見於古文字，如：「宕」字或从宀作「[illegible]」〈𢦏方鼎〉，或从广作「[illegible]」〈五年召伯虎簋〉，「廣」字或从宀作「[illegible]」〈士父鐘〉，或从广作「[illegible]」〈士父鐘〉。《說文》「皿」字云：「飯食

〔註8〕《說文解字注》，頁195～196。

〔註9〕《說文解字注》，頁219，頁220。

〔註10〕《說文解字注》，頁341，頁447。

之用器也」〔註 11〕，「簋」係古代盛黍稷的圓形器皿，加上偏旁「皿」，是爲了明示其用途。篆文从竹皿皀作「[illegible]」，古文从匚食九聲作「[illegible]」、从匚軌聲作「[illegible]」、从木九聲作「[illegible]」，段玉裁〈注〉云：「按簋古文或从匚，或从木，葢本以木爲之，……其後乃有瓦簋，乃有竹簋，方因製从竹之簋字。」可知从竹、从木皆明示製作「簋」的材質，又「匚」字云：「受物之器」〔註 12〕，从「匚」之意應與从「皿」同，係表示其用途。「軌」、「簋」、「九」三字上古音皆屬「見」紐「幽」部，雙聲疊韻，軌、九作爲聲符使用時可替代。

字　例	重　文	時　期	字　形
簋 [illegible]	[illegible]，[illegible]，[illegible]	殷　商	[illegible]《合》(24956)
		西　周	[illegible]〈宼鼎〉[illegible]，[illegible]〈圅皇父簋〉[illegible]〈伯[illegible]簋〉[illegible]〈口作釐伯簋〉
		春　秋	[illegible]〈秦公簋〉[illegible]〈蔡侯申簋〉
		楚　系	[illegible]〈卲王之諻簋〉
		晉　系	
		齊　系	[illegible]〈墜逆簋〉[illegible]《古璽彙編》(0036)
		燕　系	
		秦　系	
		秦　朝	
		漢　朝	

361、《說文》「簠」字云：「[illegible]，黍稷圜器也。从竹皿甫聲。[illegible]，古文簠从匚夫。」〔註 13〕

兩周以來的文字或从匚古聲作「[illegible]」〈季良父簠〉、「[illegible]」〈齊墜曼簠〉、「[illegible]」〈包山 265〉，或从匚从金古聲作「[illegible]」〈蛕公諴簠〉，或从匚故聲作「[illegible]」〈商丘叔簠〉，或省略聲符僅从匚从金作「[illegible]」〈仲其父簠〉，或从匚从[illegible]夫聲作「[illegible]」〈季宮父簠〉，或从匚从[illegible]作「[illegible]」〈魯士[illegible]父簠〉，商承祚指出「[illegible]」之「[illegible]」

〔註 11〕《說文解字注》，頁 213。

〔註 12〕《說文解字注》，頁 641。

〔註 13〕《說文解字注》，頁 196。

像蓋，「凵」像器，字形像「蓋器」相切之形〔註 14〕，或作「鍸」〈鑄公簠蓋〉，或从皿从金古聲作「𨯵」〈伯公父簠〉，或从金古聲作「鈷」〈西替簠〉，或从竹夫聲作「𥬔」〈信陽 2.6〉、「𥬔」〈包山 125〉、「笑」〈墜逆簠〉，或从竹皿甫聲作「簠」，从匚夫聲作「医」，誠如「簋」字之考證，从金、从竹者係表示製作「簠」的材質，从匚、从皿者係表明其用途。「古」、「故」二字上古音皆屬「見」紐「魚」部，「夫」、「甫」二字上古音皆屬「幫」紐「魚」部，四者皆爲魚部字，古、故、夫、甫作爲聲符使用時可替代。

字 例	重 文	時 期	字 形
簠 簠	医	殷 商	
		西 周	匿〈季良父簠〉𨯵〈伯公父簠〉匿〈仲其父簠〉 匿〈季宮父簠〉匿〈蛕公諴簠〉
		春 秋	匿〈鄦子妝簠蓋〉匿〈商丘叔簠〉匿〈魯士𫊣父簠〉 鍸〈鑄公簠蓋〉鈷〈西替簠〉
		楚 系	𥬔〈信陽 2.6〉𥬔〈包山 125〉医〈包山 265〉
		晉 系	
		齊 系	笑〈墜逆簠〉匿〈齊墜曼簠〉
		燕 系	
		秦 系	
		秦 朝	
		漢 朝	

362、《說文》「籩」字云：「籩，竹豆也。从竹邊聲。㔸，籀文籩。」〔註 15〕

篆文作「籩」，从竹邊聲；籀文作「㔸」，「匚」爲籀文匚，从匚𡨄聲。「籩」的字義爲「竹豆」，爲盛裝肉製品的竹編器皿，从竹爲表示製作的材質，从匚係表示其用途。「邊」字上古音屬「幫」紐「元」部，「𡨄」字上古音屬「明」紐

〔註 14〕商承祚：《殷虛文字類編》，頁 135，臺中，文听閣圖書有限公司，2009 年。（收入於許錟輝、蔡信發編：《民國時期語言文字學叢書第一編》）

〔註 15〕《說文解字注》，頁 196。

「元」部，二者發聲部位相同，幫明旁紐，疊韻，邊、臱作爲聲符使用時可替代。

字　例	重　文	時　期	字　形
籩		殷　商	
		西　周	
		春　秋	
		楚　系	
		晉　系	
		齊　系	
		燕　系	
		秦　系	
		秦　朝	
		漢　朝	

363、《說文》「簏」字云：「，竹高匧也。从竹鹿聲。，簏或从彔。」〔註 16〕

「簏」字从竹鹿聲，或體「箓」从竹彔聲。「鹿」、「彔」二字上古音皆屬「來」紐「屋」部，雙聲疊韻，鹿、彔作爲聲符使用時可替代。

字　例	重　文	時　期	字　形
簏		殷　商	
		西　周	
		春　秋	
		楚　系	
		晉　系	
		齊　系	
		燕　系	
		秦　系	
		秦　朝	
		漢　朝	

〔註 16〕《說文解字注》，頁 196。

364、《說文》「籗」字云：「籗，罩魚者也。从竹靃聲。篧，籗或从隺。」〔註 17〕

「籗」字从竹靃聲，或體「篧」从竹隺聲。「靃」字上古音屬「曉」紐「鐸」部，「隺」字上古音屬「匣」紐「藥」部，二者發聲部位相同，曉匣旁紐，靃、隺作爲聲符使用時可替代。

字例	重文	時期	字形
籗 籗	篧	殷商	
		西周	
		春秋	
		楚系	
		晉系	
		齊系	
		燕系	
		秦系	
		秦朝	
		漢朝	

365、《說文》「箇」字云：「箇，竹枚也。从竹固聲。个，箇或作个，半竹也。」〔註 18〕

篆文作「箇」，从竹固聲；或體作「个」，从半竹。段玉裁〈注〉云：「一枚謂之一箇也，……竝則爲艸，單則爲个。艸字象林立之形，一莖則一个也。」从半竹之「个」，即表現「竹枚」之意。

字例	重文	時期	字形
箇 箇	个	殷商	
		西周	
		春秋	
		楚系	
		晉系	

〔註 17〕《說文解字注》，頁 196。

〔註 18〕《說文解字注》，頁 196。

		齊　系	
		燕　系	
		秦　系	
		秦　朝	
		漢　朝	

366、《說文》「箑」字云：「箑，扇也。从竹疌聲。篓，箑或从妾。」〔註 19〕

「箑」字从竹疌聲，或體「篓」从竹妾聲。「疌」字上古音屬「從」紐「葉」部，「妾」字上古音屬「清」紐「葉」部，二者發聲部位相同，清從旁紐，疊韻，疌、妾作爲聲符使用時可替代。又〈包山 260〉的「箑」與或體相近，惟後者將「竹」寫作「竹」，於豎畫上增添短横畫「-」，此種書寫的方式，習見於戰國楚系簡帛文字，如：「箸」字作「箸」〈包山 1〉，「答」字作「答」〈包山 223〉，「竽」字作「竽」〈包山 157〉，「策」字作「策」〈包山 260〉，其間的短横畫「-」屬飾筆的性質。

字　例	重　文	時　期	字　形
箑 箑	篓	殷　商	
		西　周	
		春　秋	
		楚　系	箑〈包山 260〉
		晉　系	
		齊　系	
		燕　系	
		秦　系	
		秦　朝	
		漢　朝	

〔註 19〕《說文解字注》，頁 197。

367、《說文》「笪」字云：「笪，可吕收繩者也。从竹，象形，中象人手所推握也。互，笪或省。」〔註20〕

篆文作「笪」，从竹、互，或體作「互」。「互」像「人手所推握」，「笪」爲絞繩的器具，从竹者，係表示製作「笪」的材質。

字　例	重　文	時　期	字　形
笪 笪	互	殷　商	
		西　周	
		春　秋	
		楚　系	
		晉　系	
		齊　系	
		燕　系	
		秦　系	
		秦　朝	
		漢　朝	

368、《說文》「管」字云：「管，如篪，六孔。十二月之音，物開地牙，故謂之管。从竹官聲。琯，古者管吕玉。舜之時，西王母來獻其白琯。前零陵文學姓奚，於泠道舜祠下得笙玉琯。夫吕玉作音，故神人吕和，鳳皇來儀也。从王官聲。」〔註21〕

篆文作「管」，从竹官聲，與《武威・泰射38》的「管」相近，其間的差異，係書體的不同；或體作「琯」，从玉官聲。「管」字「如篪」，古樂器名。段玉裁〈注〉云：「當云古者管以玉或从玉」，《說文》「玉」字云：「石之美有五德者」，「竹」字云：「冬生艸也」〔註22〕，「竹」、「玉」的字義無涉，由「竹」改易爲「玉」，是爲明示製作「管」的材質。

字　例	或　體	時　期	字　形
管	琯	殷　商	

〔註20〕《說文解字注》，頁197。

〔註21〕《說文解字注》，頁199。

〔註22〕《說文解字注》，頁10，頁191。

		西　周	
		春　秋	
		楚　系	
		晉　系	
		齊　系	
		燕　系	
		秦　系	
		秦　朝	
		漢　朝	《武威・泰射 38》

369、《說文》「篽」字云：「篽，禁苑也。从竹御聲。《春秋傳》曰：『澤之自篽』。魰，篽或作魰，从又从魚。」〔註 23〕

篆文作「篽」，从竹御聲；或體作「魰」。「篽」之字義爲「禁苑也」，段玉裁〈注〉云：「蘇林曰：『折竹以繩，綿連禁禦，使人不得往來』」，又言：「从又者，取扞衛之意。」則或體「魰」應爲从又魚聲之字，以「竹」易爲「又」，係造字時對於偏旁意義的選擇不同所致，即从「竹」者係表示所造圍籬的質材，从「又」者則如段玉裁所言「扞衛之意」。「御」、「魚」二字上古音皆屬「疑」紐「魚」部，雙聲疊韻，御、魚作爲聲符使用時可替代。

字　例	重　文	時　期	字　形
篽 篽	魰	殷　商	
		西　周	
		春　秋	
		楚　系	
		晉　系	
		齊　系	
		燕　系	
		秦　系	
		秦　朝	
		漢　朝	

〔註 23〕《說文解字注》，頁 200。

370、《說文》「箕」字云：「[illegible]，所吕簸者也。从竹[illegible]，象形，丌其下也。凡箕之屬皆从箕。[illegible]，古文箕；[illegible]，亦古文箕；[illegible]，亦古文箕。[illegible]，籀文箕；[illegible]，籀文箕。」〔註24〕

甲骨文作「[illegible]」《合》（20334）、「[illegible]」《合》（32834）、「[illegible]」《合》（35915），象畚箕之形，金文承襲爲「[illegible]」〈大克鼎〉，或在「[illegible]」的下方增添橫畫「一」作「[illegible]」〈王孫遺者鐘〉，或增添橫畫「--」作「[illegible]」〈睘簋〉，或增添二道斜畫「丶丶」作「[illegible]」〈叔姞盨〉，或增添二道橫畫「=」作「[illegible]」〈圅皇父盤〉，或增添「[illegible]」作「[illegible]」〈叔向父簋〉，「[illegible]」或作「[illegible]」而寫作「[illegible]」〈虢季子白盤〉，逐漸訛寫爲「丌」，作「[illegible]」〈秦公鎛〉，《說文》古文「[illegible]」與「[illegible]」、籀文「[illegible]」，蓋源於此。發展至戰國時期，或增添「丌」聲作「[illegible]」〈曾侯乙鐘〉、「[illegible]」〈令狐君嗣子壺〉，或省減偏旁「[illegible]」，僅保留聲符作「[illegible]」〈子禾子釜〉，或在「丌」的起筆橫畫上增添一道飾筆性質的短橫畫「-」，寫作「[illegible]」〈兆域圖銅版〉，究其因素，蓋書手爲求迅速與便利，將「[illegible]」的「[illegible]」省減，僅保留聲符部分，轉而書寫作「[illegible]」，又受到當時審美觀的影響，在「[illegible]」的起筆橫畫上增添短橫畫「-」，寫作「[illegible]」，又「其」、「丌」二字上古音皆屬「見」紐「之」部，雙聲疊韻，增添「丌」具有標示聲音的作用。或見从竹丌聲作「[illegible]」〈信陽 2.21〉，或从竹其聲作「[illegible]」〈睡虎地・日書甲種 25 背〉，篆文「[illegible]」形體與「[illegible]」相近，惟「其」的筆畫略異。或見「[illegible]」〈青川・木牘〉，「其」的形體作「[illegible]」，較之於「[illegible]」〈睡虎地・效律 41〉，係省略「[illegible]」的一道豎畫。馬王堆漢墓出土文獻或从竹其聲作「[illegible]」《馬王堆・出行占 5》，或从艸其聲作「[illegible]」《馬王堆・陰陽五行甲篇 261》，或从廾其聲作「[illegible]」《馬王堆・陰陽五行乙篇圖 4》，「竹」字作「[illegible]」《馬王堆・相馬經 8》，與「艸」之「[illegible]」不同，據「節」字考證，艸、竹作爲形符使用時，可因義近而替代，至於从「廾」者係「丌」之訛，古文从廾的「[illegible]」或源於此。籀文从匚作「[illegible]」，據「簠」字考證，从匚者係表明其用途。

字　例	重　文	時　期	字　形
箕	[illegible]，	殷　商	[illegible]《合》（20334）[illegible]《合》（32834）[illegible]《合》（35915）

〔註24〕《說文解字注》，頁201。

	，，，	西周	〈大克鼎〉〈睘簋〉〈函皇父盤〉〈虢季子白盤〉，〈叔向父簋〉〈叔姞盨〉
		春秋	〈秦公鎛〉〈沇兒鎛〉〈王孫遺者鐘〉〈楚王鐘〉〈侯馬盟書·宗盟類 156.16〉
		楚系	〈曾侯乙鐘〉〈信陽 2.21〉〈包山 7〉〈包山 15 反〉，〈郭店·緇衣 35〉
		晉系	〈令狐君嗣子壺〉〈哀成叔鼎〉〈兆域圖銅版〉，〈北亓·平襠方足平首布〉
		齊系	，〈子禾子釜〉
		燕系	〈丙辰方壺〉
		秦系	〈青川·木牘〉〈睡虎地·效律 41〉〈睡虎地·日書甲種 25 背〉〈睡虎地·日書乙種 257〉
		秦朝	〈琅琊刻石〉〈兩詔橢量（三）〉
		漢朝	《馬王堆·出行占 5》《馬王堆·陰陽五行甲篇 196》《馬王堆·陰陽五行甲篇 261》《馬王堆·陰陽五行乙篇圖 4》《馬王堆·雜療方 41》《馬王堆·老子甲本 20》《馬王堆·老子甲本 94》

371、《說文》「典」字云：「，五帝之書也。从冊在丌上，尊閣之也。莊都說：『典，大冊也。』，古文典从竹。」〔註 25〕

甲骨文或从冊从廾作「」《合》（27985），或从冊从又作「」《合》（30658），或於該構形增添「=」寫作「」《合》（28009）、「」《合》（30659），「會雙手奉冊而讀之意，……下加=表示承冊之物」〔註 26〕；金文作「」〈克盨〉、「」〈叔尸鐘〉、「」〈塦侯因𬯀敦〉，从冊从丌，「丌」或爲「廾」之誤，「」與古文「」近同，「」係在「丌」的起筆橫畫上增添短橫畫「-」，《說文》篆文「」、古文「」即源於此；戰國楚系文字作「」〈包山 7〉、「」〈包山 11〉、「」〈包山 13〉，上半部的「」、「」、「」，據「冊」字考證，皆爲楚文字獨特的寫法，下半部的「」即「」，因貫穿筆畫而將

〔註 25〕《說文解字注》，頁 202。

〔註 26〕何琳儀：《戰國古文字典——戰國文字聲系》，頁 1324，北京，中華書局，1998 年。

「[illegible]（[illegible]）」誤作「[illegible]」，秦系文字作「[illegible]」〈睡虎地·秦律雜抄 33〉，形體與篆文「[illegible]」近同。

字例	重文	時期	字形
典 [illegible]	[illegible]	殷商	[illegible]《合》（27985）[illegible]《合》（28009）[illegible]《合》（30658）[illegible]《合》（30659）
		西周	[illegible]〈克盨〉
		春秋	[illegible]〈叔尸鐘〉
		楚系	[illegible]〈包山 7〉[illegible]〈包山 11〉[illegible]〈包山 13〉
		晉系	
		齊系	[illegible]〈陳侯因[illegible]敦〉
		燕系	
		秦系	[illegible]〈睡虎地·秦律雜抄 33〉
		秦朝	
		漢朝	[illegible]《馬王堆·易之義 41》

372、《說文》「巺」字云：「[illegible]，具也。从丌[illegible]聲。[illegible]，古文巺。[illegible]，篆文巺。」〔註 27〕

戰國楚系文字作「[illegible]」〈上博·孔子詩論 9〉，爲「[illegible]」、「[illegible]」所組成，辭例爲「巽寡德故也」；貨幣文字作「[illegible]」、「[illegible]」、「[illegible]」、「[illegible]」〈巽·蟻鼻錢〉，基本構形爲「▽▽」、「丌」，或見增添「—」於「丌」上方、或於「▽▽」上方，或增添「--」於「▽▽」上方，因貨幣文字形體並未固定，歷來學者對於「巽」字的釋讀多有不同的意見，桂馥釋爲「昏墊水」三字〔註 28〕，蔡雲釋爲「晉」字〔註 29〕，初尚齡釋爲「哭」字〔註 30〕，馬昂釋爲「當半兩」三字〔註 31〕，方若

〔註 27〕《說文解字注》，頁 202。

〔註 28〕（清）馮雲鵬、馮雲鵷：《金石索》，頁 578，合肥，安徽教育出版社，2002 年。（收入《中華漢語工具書書庫》第九十八冊）

〔註 29〕（清）蔡雲：《癖談》，頁 282，上海，上海科技教育出版社，1993 年。（收入《說錢》）

〔註 30〕（清）初尚齡：《吉金所見錄》，頁 789，上海，上海科技教育出版社，1993 年。（收入《說錢》）

釋為「[illegible]」字〔註 32〕，吳大澂釋為「貝」字〔註 33〕，朱活釋為「貝貨」二字合文〔註 34〕，駢宇騫釋為「巽」字，即「百選」之「選」，其義與「鍰」字相同，為貨幣的名稱〔註 35〕，李家浩指出駢宇騫釋為「巽」字十分正確，於此當讀為「錢」〔註 36〕，尤仁德釋為「襄」字，即「穰」字，屬楚國地望名稱〔註 37〕，李紹曾釋為「半兩」二字〔註 38〕，郭若愚釋為「貨」字的省文〔註 39〕，淑芬釋為「一貝」二字，趙超釋為「咢」字，張虎嬰釋為「君」字〔註 40〕，又《古璽匯編》收錄一方楚國官璽，編號（0161），羅福頤釋為「口口客鉨」〔註 41〕，第二字作「[illegible]」，吳振武指出璽文應釋為「鑄巽客鉨」，「鑄巽客」為楚國主掌「巽」幣鑄造之官〔註 42〕，又晉系文字作「[illegible]」《古陶文彙編》（6.145），馬王堆漢墓出土文獻作「[illegible]」《馬王堆・易之義 37》、「[illegible]」《馬王堆・明君 415》，形體與「[illegible]」近同，從前後期、書寫於不同材質的文字觀察，李家浩、吳振武之言應可從。又以馬王堆出土文獻的「巽」字為例，若將「[illegible]」上半部的形體省改為「▽▽」，則與貨幣的「[illegible]」相符，可知「[illegible]」、「[illegible]」皆因省減「巽」字上半

〔註 31〕（清）馬昂：《貨布文字考》，頁 959，上海，上海科技教育出版社，1993 年。（收入《說錢》）

〔註 32〕（清）方若：《言錢別錄・補錄》，頁 888，上海，上海科技教育出版社，1993 年。（收入《說錢》）

〔註 33〕（清）吳大澂：《權衡度量實驗考》，頁 1724，臺北，大通書局，1972 年。（收入《羅雪堂先生全集》第四編）

〔註 34〕朱活：〈蟻鼻新解——兼談楚國地方性的布錢「旆錢當釿」〉，《古泉新探》，頁 199，濟南，齊魯書社，1984 年。

〔註 35〕駢宇騫：〈關於初中歷史課本插圖介紹中的「布幣」和「蟻鼻錢」〉，《歷史教學》1982：2，頁 63。

〔註 36〕李家浩：〈戰國貨幣文字中的「[illegible]」和「比」〉，《中國語文》1980：5，頁 376。

〔註 37〕尤仁德：〈楚銅貝幣「[illegible]」字釋〉，《考古與文物》1981：1，頁 94。

〔註 38〕李紹曾：〈試論楚幣——蟻鼻錢〉，《楚文化研究論文集》，頁 150～154，鄭州，中州書畫社，1983 年。

〔註 39〕郭若愚：〈談談先秦錢幣的幾個問題〉，《中國錢幣》1991：2，頁 60～61。

〔註 40〕以上三位學者的意見轉引自趙德馨：《楚國的貨幣》，頁 222，武漢，湖北教育出版社，1995 年。

〔註 41〕羅福頤：《古璽匯編》，頁 27，北京，文物出版社，1994 年。

〔註 42〕吳振武：《古璽文編校訂》，頁 543～544，長春，吉林大學博士論文，1984 年。

部的部件，致使文字形體不易辨識，作「」、「」者，係在「」的起筆橫畫上增添飾筆「一」或「--」。對照「」、「」、「」的形體，「」上半部之「」豎畫上的短橫畫「-」，應爲飾筆的增添，下半部的「」則形成「丌」、「亓」的形體，故何琳儀以爲「巽」係「卩卩」的繁文，其後才演化爲从「丌」之形〔註43〕；《說文》古文「」近於「」，「」、「」亦應源於此，因將「」下半部誤爲「丌」，遂產生「从丌卯聲」的形體；又段玉裁〈注〉云：「竊疑此『篆』字當作『籀』字之誤也」，則「」爲篆文，「」應爲籀文。

字　例	重　文	時　期	字　形
巺	，	殷　商	
		西　周	
		春　秋	
		楚　系	〈上博・孔子詩論 9〉，，，〈巺・蟻鼻錢〉
		晉　系	《古陶文彙編》（6.145）
		齊　系	
		燕　系	
		秦　系	
		秦　朝	
		漢　朝	《馬王堆・易之義 37》《馬王堆・明君 415》

373、《說文》「差」字云：「，貳也，左不相値也。从左𠂹。，籀文从二。」〔註44〕

春秋金文作「」〈國差𦉜〉、「」〈王子午鼎〉，上半部从「」、「」，二者應無別，下半部之「左」或爲「」，或寫作「」；戰國楚系文字做「」〈曾侯乙 120〉、「」〈上博・容成氏 49〉，「左」作「」，或寫爲「」，又「右」字亦見相同的狀況，如：「」〈曾侯乙 153〉、「」〈包山 43〉，辭例依序爲「右驂」、「右司馬」，裘錫圭指出此係「以勾廓法的方

〔註43〕《戰國古文字典——戰國文字聲系》，頁 1355。

〔註44〕《說文解字注》，頁 202～203。

式」寫出〔註 45〕，可知「」作「」或「」，亦以勾廓法爲之；晉系文字或从犬作「」〈中山王嚳鼎〉，辭例爲「以差（佐）佑寡人」，「」从木从左，所从之「犬」應無表義作用。《說文》篆文「」、籀文「」，皆从从左，「左」字或作「」，或作「」，或作「」，其形無別，「」應爲「」的省寫，又據「嗇」字所示，甲骨文作「」《合》(4874)、「」《合》(893 正)，金文作「」〈沈子它簋蓋〉、「」〈史牆盤〉、「」〈𡥆蚉壺〉，簡牘文字作「」〈郭店・老子乙本 1〉、「」〈睡虎地・效律 18〉、「」〈睡虎地・秦律十八種 169〉，上半部形體或从秝，或从來，「」、「」、「」爲「」的訛省，再者，中山國「差」字上半部从木，又馬王堆漢墓出土文獻爲「」《馬王堆・九主 392》，上半部的「」爲「」之省，較之於「」，後者實爲「」的訛寫，據此可知，《說文》所見「」亦應取象於「」。

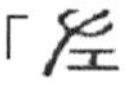

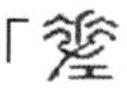

字 例	重 文	時 期	字 形
差 		殷 商	
		西 周	
		春 秋	 〈國差𦉜〉  〈王子午鼎〉
		楚 系	 〈曾侯乙 120〉 〈上博・容成氏 49〉
		晉 系	 〈中山王嚳鼎〉
		齊 系	
		燕 系	
		秦 系	
		秦 朝	
		漢 朝	《馬王堆・九主 392》

374、《說文》「工」字云：「工，巧飾也。象人有規榘，與巫同意。凡工之屬皆从工。，古文工从彡。」〔註 46〕

〔註 45〕裘錫圭、李家浩：〈曾侯乙墓竹簡釋文與考釋〉，《曾侯乙墓》，頁 501，北京：文物出版社，1989 年。

〔註 46〕《說文解字注》，頁 203。

甲骨文作「工」《合》（28971）、「工」《西周》（H11：102），爲「矩之象形」〔註47〕，兩周以來的文字多承襲作「工」〈沈子它簋蓋〉，《說文》篆文「工」與之相同；古文从彡作「𢒄」，商承祚指出「飾物皆從彡，彡，毛飾畫文也。……故工之解爲『巧飾』」〔註48〕，其言可參。

字例	重文	時期	字形
工 工	𢒄	殷商	工《合》（28971）工《西周》（H11：102）
		西周	工〈沈子它簋蓋〉
		春秋	工〈工·平肩空首布〉
		楚系	工〈郭店·成之聞之23〉
		晉系	工《古陶文彙編》（6.209）
		齊系	工〈節墨之大刀·齊刀〉
		燕系	工《古陶文彙編》（4.76）
		秦系	工〈二十一年相邦冉戈〉
		秦朝	工《秦代陶文》（1011）
		漢朝	工《馬王堆·十六經106》

375、《說文》「巨」字云：「巨，規巨也。从工，象手持之。榘，巨或从木矢，矢者，其中正也。巨，古文巨。」〔註49〕

金文或从大作「巨」〈伯矩盤〉，或从夫作「巨」〈伯矩鼎〉，皆像人持巨之形，或省略人的形象，僅作「巨」〈𥎦侯少子簋〉，戰國以來的文字多承襲「巨」，惟將「○」易爲「⊃」、「⊃」、「⊃」等形，如：「巨」〈曾侯乙172〉、「巨」〈郭店·語叢四14〉、「巨」〈上博·弟子問19〉、「巨」〈睡虎地·語書5〉、「巨」〈明·弧背齊刀〉，《說文》篆文「巨」、古文「巨」源於此，形體與「巨」、「巨」近同。又齊系文字或見「巨」〈明·弧背齊刀〉，較之於「巨」，起筆橫畫上的短橫畫「-」爲飾筆的增添，燕系文字之「巨」〈燕王詈矛〉、「巨」

〔註47〕張世超、孫凌安、金國泰、馬如森：《金文形義通解》，頁1095，日本京都，中文出版社，1995年。

〔註48〕商承祚：《說文中之古文考》，頁42，臺北，學海出版社，1979年。

〔註49〕《說文解字注》，頁203。

《古陶文彙編》(4.45)，正反無別。或體「[illegible]」，增添木、矢，「[illegible]」爲「大」或「夫」之訛，增添木係明示製作「巨」的材質。

字 例	重 文	時 期	字 形
巨 [illegible]	[illegible]，[illegible]	殷 商	
		西 周	[illegible]〈伯矩鼎〉[illegible]〈伯矩盤〉
		春 秋	[illegible]〈[illegible]侯少子簋〉
		楚 系	[illegible]〈曾侯乙 172〉[illegible]〈郭店・語叢四 14〉[illegible]〈上博・弟子問 19〉
		晉 系	
		齊 系	[illegible]〈明・弧背齊刀〉[illegible]〈明・弧背齊刀〉
		燕 系	[illegible]〈燕王[illegible]矛〉[illegible]《古陶文彙編》(4.45)
		秦 系	[illegible]〈睡虎地・語書 5〉
		秦 朝	[illegible]《秦代陶文》(1284)
		漢 朝	[illegible]《馬王堆・相馬經 2》[illegible]《馬王堆・戰國縱橫家書 228》

376、**《說文》「巫」字云：「[illegible]，巫祝也，女能事無形吕舞降神者也。象人兩褎舞形，與工同意。古者巫咸初作巫。凡巫之屬皆从巫。[illegible]，古文巫。」**〔註 50〕

甲骨文作「[illegible]」《合》(5659)，金文承襲爲「[illegible]」〈齊巫姜簋〉，爲「I」、「H」的組合；春秋時期或作「[illegible]」〈侯馬盟書・委質類 156.22〉，中間部分「H」寫作「^^」，係將直筆彎曲所致，或增添「口」作「[illegible]」〈侯馬盟書・委質類 156.19〉，無論增添「口」與否，辭例皆爲「敢不巫覡」，可知所从之「口」，爲無義偏旁的性質；戰國楚系文字或承襲「[illegible]」作「[illegible]」〈天星觀・卜筮〉，於起筆橫畫上增添一道飾筆性質的短橫畫「-」，或作「[illegible]」〈望山 1.119〉，从「甘」之形，係在「[illegible]」中增添一道短橫畫「-」而作「[illegible]」；秦系文字或承襲「[illegible]」作「[illegible]」〈詛楚文〉，或沿襲「[illegible]」爲「[illegible]」〈睡虎地・日書甲種 120〉。《說文》篆文从工从[illegible]作「[illegible]」，「[illegible]」本應爲「H」，因將直筆彎曲爲「^^」，又進一步訛爲「[illegible]」，遂言「象人兩褎舞形」；古文作「[illegible]」，从工从廾从[illegible]，構形

〔註 50〕《說文解字注》，頁 203。

不明，羅振玉言甲骨文有一字从冂作「」，像「巫在神幄中而兩手奉玉以事神」〔註 51〕，商承祚進一步指出「巫」字从「玉」，非从「工」，寫作「工」係「王」的省寫所致，其後又誤「」爲「」，从「」像兩人相對，从「▽▽」則像「口有所祝」〔註 52〕，據「」、「」的形體觀察，「」應非「兩人相對」之形。

字　例	重　文	時　期	字　形
巫		殷　商	《合》（5659）
		西　周	〈齊巫姜簋〉
		春　秋	〈侯馬盟書·委質類 156.19〉〈侯馬盟書·委質類 156.22〉
		楚　系	〈天星觀·卜筮〉〈望山 1.119〉
		晉　系	
		齊　系	
		燕　系	
		秦　系	〈詛楚文〉〈睡虎地·日書甲種 120〉
		秦　朝	
		漢　朝	《馬王堆·十問 53》

377、《說文》「猒」字云：「，飽也，足也。从甘肰。，猒或从吕。」〔註 53〕

金文从口肰作「」〈毛公鼎〉，其後文字多承襲之，如：「」〈上博·緇衣 24〉、「」《馬王堆·繆和 34》，或見易「口」爲「」，寫作「」〈郭店·緇衣 46〉，上博與郭店竹簡的辭例皆爲「我龜既猒（厭）」，可知「」爲「猒」字異體，所从「」應爲「口」之訛。《說文》篆文「」，从甘肰，古文字中从「口」者往往添加一道短橫畫「-」而寫作「甘」，如：「壽」字从口作「」〈豆閉簋〉，从甘作「」〈頌鼎〉，篆文从甘係於「口」添加短橫畫所致；或體从吕肰作「」，較之於「」，从「吕」應爲「口」之訛。

〔註 51〕羅振玉：《增訂殷虛書契考釋》卷中，頁 15，臺北，藝文印書館，1982 年。

〔註 52〕《說文中之古文考》，頁 43。

〔註 53〕《說文解字注》，頁 204。

字　例	重　文	時　期	字　形
猒		殷　商	
		西　周	〈毛公鼎〉
		春　秋	
		楚　系	〈郭店・緇衣 46〉〈上博・緇衣 24〉
		晉　系	
		齊　系	
		燕　系	
		秦　系	
		秦　朝	
		漢　朝	《馬王堆・繆和 34》

378、《說文》「甚」字云：「，尤安樂也。从甘匹。匹，耦也。，古文甚。」〔註 54〕

金文作「」〈甚諆䶂鼎〉，从言的「諶」字爲「」〈諶鼎〉，从水的「湛」字爲「」〈毛公鼎〉、「」〈匜〉，所从之「甚」，前者从「口」，後者从「甘」，「」之「」，與「」形體相近，其間的差異爲下半部省略「丷」。楚系文字承襲从口的形體「」，寫作「」〈郭店・唐虞之道 24〉、「」〈上博・季庚子問於孔子 11〉，《說文》古文「」的形體與「」近同，或見將「口」置於「匹」者，如：「」〈郭店・緇衣 15〉，辭例爲「下必有甚安者矣」，較之於「」，因將「口」置於「匹」，遂將「丷」移至「匹」的起筆橫畫上，並於其間增添一道短橫畫「-」，觀其作用，應爲裝飾的性質，或作「」〈清華・祭公之顧命 2〉，辭例爲「不淑疾甚」，對照「」的形體，係將「」置於「」中間，或作「」〈新蔡・乙四 24〉，辭例爲「甚吉」，亦爲「甚」字的異體，較之於「」，除了省略「口」外，又受到上半部形體的影響，遂重複「」寫成「」，訛誤爲「」。秦系文字承襲从甘的形體「」，作「」〈詛楚文〉、「」〈睡虎地・爲吏之道 2〉，「」下半部亦爲「」，因以收縮筆畫的方式書寫，致使起筆橫畫與「」接連，形成「」，上半部

〔註 54〕《說文解字注》，頁 204。

的「」則因筆畫的延伸，將「」的橫畫向左右兩側延伸，遂由「」寫作「」，《說文》篆文「」形體與「」相近。馬王堆漢墓出土文獻亦从甘得形，如：「」《馬王堆・五行篇 324》、「」《馬王堆・戰國縱橫家書 38》、「」《馬王堆・十六經 107》，下半部的「」，亦與「」相同，「」上半部爲「」，係「」的訛寫，「」因「甘」的收筆橫畫與「匹」的起筆橫畫相同，遂以共筆省減的方式書寫，共用相同的一道橫畫。

字　例	重　文	時　期	字　形
甚		殷　商	
		西　周	〈甚諆臧鼎〉
		春　秋	
		楚　系	〈郭店・緇衣 15〉〈郭店・唐虞之道 24〉 〈上博・季庚子問於孔子 11〉〈新蔡・乙四 24〉 〈清華・祭公之顧命 2〉
		晉　系	
		齊　系	
		燕　系	
		秦　系	〈詛楚文〉〈睡虎地・爲吏之道 2〉
		秦　朝	
		漢　朝	《馬王堆・五行篇 324》《馬王堆・戰國縱橫家書 38》 《馬王堆・十六經 107》

379、《說文》「旨」字云：「，美也。从甘匕聲。凡旨之屬皆从旨。，古文旨。」〔註 55〕

甲骨文作「」《合》（248 正），从口从匕，金文或承襲之，作「」〈匽侯旨鼎〉，或將「口」易爲「甘」，作「」〈殳季良父壺〉，或於从口的字形上，增添「」於「匕」寫作「」〈國差𦉜〉，或把「」易爲「一」作「」〈郭店・緇衣 10〉，所从之「口」亦可易爲「甘」作「」〈郭店・尊德義 26〉，《說文》古文「」與之相近，其間差異係上半部的形體左右相反，段玉裁〈注〉云：「从千甘者，謂甘多也。」實爲从甘从匕之誤，篆文「」即源於「」；

〔註 55〕《說文解字注》，頁 204。

又秦系文字之「」〈睡虎地・日書乙種 243〉，漢簡之「」《銀雀山 400》，上半部為「」、「」，對照「」、「」，應為「匕」的訛寫。又據「舌」字考證，口、甘作為形符使用時，替代的現象，為義近形符的代換。

字　例	重　文	時　期	字　形
旨		殷　商	《合》(248 正)
		西　周	〈匽侯旨鼎〉 〈殳季良父壺〉
		春　秋	〈國差𦉜〉
		楚　系	〈郭店・緇衣 10〉 〈郭店・尊德義 26〉
		晉　系	
		齊　系	《古陶文彙編》(3.320)
		燕　系	
		秦　系	〈睡虎地・日書乙種 243〉
		秦　朝	
		漢　朝	《銀雀山 400》

380、《說文》「曶」字云：「，出气詞也。从曰，象气出形。《春秋傳》曰：『鄭大子』。，籀文。一曰：『佩也，象形。』」〔註 56〕

金文或从曰作「」〈曶鼎〉、「」〈曶壺蓋〉，或从口作「」〈師害簋〉，容庚云：「《說文》从匚曶聲之，曾侯乙墓出土漆器作，是知即曶。」〔註 57〕篆文「」从曰，籀文「」从口，皆有所本，較之於「」、「」，上半部的「」應為「」的訛寫，亦由此可知《說文》「匫」字篆文「」〔註 58〕，所从之「」為「」的訛形。《說文》「口」字云：「人所吕言食也」，「曰」字云；「詞也」〔註 59〕，「詞」由「口」出，二者在字義上有所關聯，作為形符使用時，理可兩相替代。

〔註 56〕《說文解字注》，頁 204。

〔註 57〕容庚：《金文編》，頁 316，北京，中華書局，1992 年。

〔註 58〕《說文解字注》，頁 642。

〔註 59〕《說文解字注》，頁 54，頁 204。

字　例	重　文	時　期	字　形
 曶		殷　商	
		西　周	  〈曶鼎〉 〈曶壺蓋〉  〈師害簋〉
		春　秋	
		楚　系	
		晉　系	
		齊　系	
		燕　系	
		秦　系	
		秦　朝	
		漢　朝	

381、《說文》「乃」字云：「，曳詞之難也。象气之出難也。凡之屬皆从。，古文乃。，籀文乃。」〔註60〕

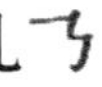

甲骨文作「」《合》（21433），其後文字多承襲之，如：「」〈沈子它簋蓋〉，郭沫若指出像人側立，胸部乳房突出之形，爲「奶」的初文〔註61〕，《說文》篆文「」源於此，許書所謂「象气之出難也」，應爲釋形之誤；又古文之「」，係引曳、彎曲「」的筆畫，重複「」的形體，即爲籀文「」，然此二種字形尚未見於出土文獻，故有待日後於出土材料中出現，方能更明確知曉其構形的差異。

字　例	重　文	時　期	字　形
乃 	 ， 	殷　商	《合》（21433）
		西　周	 〈沈子它簋蓋〉
		春　秋	 〈𥲤叔之仲子平鐘〉  〈𨛫侯少子簋〉
		楚　系	〈郭店·唐虞之道 9〉
		晉　系	

〔註60〕《說文解字注》，頁 205。

〔註61〕郭沫若：《郭沫若全集（考古編）·器銘考釋·直卣釋文》，頁 647～649，北京，科學出版社，1982 年。（收入《郭沫若全集（考古編）》第五卷）

		齊　系	
		燕　系	
		秦　系	〈杜虎符〉〈睡虎地・法律答問 27〉
		秦　朝	〈兩詔橢量三〉
		漢　朝	《馬王堆・老子乙本 175》

382、《說文》「卤」字云：「𠧪，驚聲也。从乃省卤聲。籀文𠧪不省。或曰：『𠧪，往也，讀若仍。』𢎃，古文𠧪。」〔註 62〕

甲骨文作「」《合》(5995 正)、「」《合》(10132 反)、「」《合》(28772)，上半部的「」、「」、「」，李孝定指出像「器形」〔註 63〕，金文承襲爲「」、「」〈毛公鼎〉，上半部爲「西」，《說文》篆文「𠧪」應源於此，與「」相近，其間的差異爲篆文下半部从「」，金文从「」，許書言「从乃省卤聲」，較之於金文字形，可知「从乃省」爲非。古文作「𢎃」，又據《古文四聲韻》所載「乃」字下收錄一字「」《朱育集字》〔註 64〕，對照「」的形體，上半部的「」、「」應爲「」之訛，下半部的「」，不識其意涵，較之於「」的「」，似爲「西」之「」的形體，古文字中或見重複偏旁的現象，如：「公」字作「」〈大盂鼎〉，或作「」《古璽彙編》(0112)，「息」字作「」〈中山王方壺〉，或作「」〈郭店・緇衣 23〉，重複的形體不一，儘管形體發生變化，重複的部分多無損於該字原本承載的字音與字義，「」疑爲「」的重複形體，因形體訛寫遂作「」。

字　例	重　文	時　期	字　形
卤 𠧪	𢎃	殷　商	《合》(5995 正) 《合》(10132 反) 《合》(28772)
		西　周	，〈毛公鼎〉
		春　秋	〈曾伯陭壺〉
		楚　系	

〔註 62〕《說文解字注》，頁 205。

〔註 63〕李孝定：《金文詁林讀後記》，頁 178，臺北，中央研究院歷史語言研究所，1992 年。

〔註 64〕《古文四聲韻》，頁 164。

		晉　系	
		齊　系	
		燕　系	
		秦　系	〈睡虎地・封診式 17〉
		秦　朝	
		漢　朝	

383、《說文》「⿱旬兮」字云：「⿱旬兮，驚詈也。从兮旬聲。⿰忄⿱旬兮，⿱旬兮或从心。」〔註 65〕

甲骨文作「⿱旬兮」《合》（28228）、「⿰兮旬」《屯》（1300），从兮旬聲，「旬」或置於「兮」的上方，或置於其右下方；篆文作「⿱旬兮」，與之相近，惟甲骨文與篆文的筆畫略異；或體作「⿰忄⿱旬兮」，从心⿱旬兮聲。「⿱旬兮」字云：「驚詈也」，內心有所驚懼而發其聲，段玉裁〈注〉云：「其意驚也，其言⿱旬兮也，是為意內言外。」戰國文字或見增添「心」旁的「我」字，寫作「⿱我心」〈郭店・語叢三 24〉，辭例為「我（義），德之進也。」作為「仁義」之「義」字，仁、義與心性有關，所增之「心」有標義的作用。以彼律此，於「⿱旬兮」字增添偏旁「心」，亦是強調或明示內心有所驚懼之意。

字　例	重　文	時　期	字　形
⿱旬兮 ⿱旬兮	⿰忄⿱旬兮	殷　商	《合》（28228）《合》（32028）《屯》（1300）
		西　周	
		春　秋	
		楚　系	
		晉　系	
		齊　系	
		燕　系	
		秦　系	
		秦　朝	
		漢　朝	

〔註 65〕《說文解字注》，頁 206。

384、《說文》「虧」字云：「虧，气損也。从亏雐聲。虧，虧或从兮。」〔註66〕

篆文作「虧」，从亏雐聲；或體作「虧」，从兮雐聲。二者之差異，爲形符的不同。《說文》「兮」字云：「語所稽也。从丂八，象气越亏也。」「亏」字云：「於也。象气之舒亏。从丂从一。一者，其气平也。」〔註67〕二字皆與「气」有關，段玉裁於「虧」字下云：「亏、兮皆謂气。」可知亏、兮作爲形符使用時，可因其義與「气」相關而兩相替代。

字　例	重　文	時　期	字　形
虧 虧	虧	殷　商	
		西　周	
		春　秋	
		楚　系	
		晉　系	
		齊　系	
		燕　系	
		秦　系	
		秦　朝	
		漢　朝	

385、《說文》「平」字云：「平，語平舒也。从亏八。八，分也。爰禮說。平，古文平如此。」〔註68〕

金文作「平」〈鄀公平侯鼎〉，戰國以來的文字多承襲之，如：「平」〈平陽・平襠方足平首布〉、「平」〈七年上郡守間戈〉，或於起筆橫畫上增添一道短橫畫「-」作「平」〈長方形石片 XK:377〉，或以中間筆畫貫穿橫畫，寫作「平」〈兆域圖銅版〉，或以收縮筆畫的方式寫作「平」〈平陽・平襠方足平首布〉。貨幣文字異體現象十分常見，如：〈平陽・平襠方足平首布〉亦見「平」，省減豎畫上的一道橫畫「—」，〈襄平・尖足平首布〉或見「平」、「平」、「平」，首

〔註66〕《說文解字注》，頁206。

〔註67〕《說文解字注》，頁206。

〔註68〕《說文解字注》，頁207。

例除了以收縮筆畫的方式書寫外，亦將直筆「⸝ ⸜」易爲曲筆「〉〈」，第二例字一方面在起筆橫畫上增添兩道橫畫「一」，一方面又省減下半部的橫畫「一」，第三例字則將上下兩道橫畫「一」省略，惟有透過貨幣上辭例的比對，方能得知其文字異體的現象。《說文》古文作「」，與〈平阿左戈〉的「」近同，至於齊系所見「」〈平陽左庫戈〉，係以貫穿筆畫的方式爲之，「」〈平阿左戈〉其間的短橫畫「-」，爲飾筆的增添。篆文「」，許書言「从亏八」，尚未見於出土文獻，又據《古文四聲韻》所載或作「」《古孝經》、「」《古老子》、「」《義雲章》等〔註69〕，《汗簡》收錄之「」、「」〔註70〕，皆未見作「」，若將「」以收縮筆畫的方式書寫，即作「」，疑「」係「」的訛形。

字　例	重　文	時　期	字　形
平		殷　商	
		西　周	
		春　秋	〈鄀公平侯鼎〉
		楚　系	
		晉　系	〈兆域圖銅版〉〈長方形石片 XK:377〉 ，，〈平陽・平襠方足平首布〉 ，，〈襄平・尖足平首布〉
		齊　系	〈平陽左庫戈〉〈平阿左戈〉〈平阿左戈〉
		燕　系	
		秦　系	〈七年上郡守間戈〉
		秦　朝	《秦代陶文》(489)
		漢　朝	《馬王堆・五星占 34》

386、《說文》「喜」字云：「，樂也。从壴从口。凡喜之屬皆从喜。，古文喜从欠，與歡同。」〔註71〕

〔註69〕《古文四聲韻》，頁114。

〔註70〕（宋）郭忠恕編、（宋）夏竦編、（民國）李零、劉新光整理：《汗簡・古文四聲韻》，頁3，頁41，北京，中華書局，1983年。

〔註71〕《說文解字注》，頁207。

甲骨文从壴从口作「[古文字]」《合》(527臼)、「[古文字]」《合》(4515)、「[古文字]」《合》(21207),「象以ㄩ盛壴,壴即鼓形也。」〔註72〕「壴」或爲「[古文字]」,或爲「[古文字]」,或爲「[古文字]」;兩周以來的文字或承襲「[古文字]」寫作「[古文字]」〈兮仲鐘〉,或將上半部的「屮」作「[古文字]」或「[古文字]」,並於「[古文字]」增添短橫畫「-」爲飾,寫作「[古文字]」〈士父鐘〉、「[古文字]」〈沇兒鎛〉,《說文》篆文「[古文字]」與〈秦公一號墓磬〉的「[古文字]」相同;戰國文字或承襲「[古文字]」寫作「[古文字]」〈包山170〉、「[古文字]」〈郾王喜矛〉,或省寫「[古文字]」的部分筆畫作「[古文字]」〈郾王喜劍〉;《秦代陶文》(1422)作「[古文字]」,下半部之「○」爲「ㄩ」的訛寫。段注本《說文》收錄古文爲「[古文字]」,从壴从欠,大徐本作「[古文字]」,小徐本作「[古文字]」〔註73〕,从喜从欠,又「鼓」字金文或从「壴」作「[古文字]」〈瘐鐘〉、「[古文字]」〈洹子孟姜壺〉,或从「喜」作「[古文字]」〈王孫誥鐘〉,從文字的構形觀察,「鼓」字或由壴得形,或由喜得形,以彼律此,「喜」字古文可从喜从欠,亦可从壴从欠。

字 例	重 文	時 期	字 形
喜 [篆文]	[古文]	殷 商	[古文字]《合》(527臼) [古文字]《合》(4515) [古文字]《合》(21207)
		西 周	[古文字]〈兮仲鐘〉 [古文字]〈士父鐘〉
		春 秋	[古文字]〈沇兒鎛〉 [古文字]〈秦公一號墓磬〉
		楚 系	[古文字]〈包山170〉
		晉 系	[古文字]〈十六年喜令戈〉
		齊 系	[古文字]〈陳喜壺〉 [古文字]《古陶文彙編》(3.115)
		燕 系	[古文字]〈郾王喜矛〉 [古文字]〈郾王喜劍〉
		秦 系	[古文字]〈睡虎地·語書11〉
		秦 朝	[古文字]《秦代陶文》(1422)
		漢 朝	[古文字]《馬王堆·出行占30》

〔註72〕李孝定:《甲骨文字集釋》第五,頁1646,臺北,中央研究院歷史語言研究所,1991年。

〔註73〕(漢)許愼撰、(南唐)徐鍇撰:《說文解字繫傳》,頁92,北京,中華書局,1998年;(漢)許愼撰、(宋)徐鉉校定:《說文解字》,頁101,香港,中華書局,1996年。

387、《說文》「鼓」字云：「𡔷，郭也，春分之音，萬物郭皮甲而出，故曰鼓。从壴从屮又，屮象𠂹飾，又象其手擊之也。《周禮》：『六鼓：靁鼓八面，靈鼓六面，路鼓四面，鼖鼓、臯鼓、晉鼓皆㒳面。』。凡鼓之屬皆从鼓。𡔸，籀文鼓从古。」〔註 74〕

甲骨文作「[illegible]」《合》（21227）、「[illegible]」《合》（23603）、「[illegible]」《合》（30388），「象手持鼓鍾擊鼓之形」〔註 75〕，兩周以來的文字多承襲作「[illegible]」、「[illegible]」〈瘭鐘〉，或「[illegible]」、「[illegible]」〈蔡侯紐鐘〉，壴即鼓形，「口」中所見的「-」之有無，並未影響文字的識讀，「[illegible]」將「攴」易爲「又」，从又、从攴替代的現象，據「敗」字考證，爲一般形符的替換；或作「[illegible]」〈沇兒鎛〉，左側形體爲「[illegible]」，即「喜」字，壴與喜的差異在於「口」，「鼓」字像擊鼓之形，从「口」實無義可象，从「喜」者應爲「壴」之誤；馬王堆漢墓出土文獻作「[illegible]」《馬王堆・經法 11》、「[illegible]」《馬王堆・經法 12》，辭例依序爲「聽其鐘鼓」、「焚其鐘鼓」，《說文》篆文「𡔷」與「[illegible]」相近；籀文从古作「𡔸」，較之於「[illegible]」，二者的差異，係籀文从「古」，後者从「口」，所从之「古」有二種可能性，一本爲「口」而誤爲「古」，一爲增添「古」以爲聲符，「鼓」、「古」二字上古音皆屬「見」紐「魚」部，由會意字改爲形聲字，爲了便於時人閱讀使用之需，故以讀音相同的字作爲聲符。

字　例	籀　文	時　期	字　形
鼓 𡔷	𡔸	殷　商	[illegible]《合》（21227）[illegible]《合》（23603）[illegible]《合》（30388）
		西　周	[illegible]，[illegible]〈瘭鐘〉
		春　秋	[illegible]，[illegible]〈蔡侯紐鐘〉[illegible]〈沇兒鎛〉
		楚　系	[illegible]〈上博・孔子詩論 14〉
		晉　系	
		齊　系	
		燕　系	
		秦　系	[illegible]〈睡虎地・爲吏之道 22〉

〔註 74〕《說文解字注》，頁 208。

〔註 75〕徐中舒：《甲骨文字典》，頁 517，成都，四川辭書出版社，1995 年。

		秦　朝	
		漢　朝	鼓《馬王堆・經法 11》鼓《馬王堆・經法 12》

388、《說文》「鼖」字云：「鼖，大鼓謂之鼖，鼖八尺而兩面，吕鼓軍事。从鼓卉聲。鞼，鼖或从革賁聲。」〔註 76〕

篆文作「鼖」，从鼓卉聲；或體作「鞼」，从革賁聲。「鼖」字之義爲「大鼓」，故从鼓；鼓之製作，鼓面施以皮革，或體从「革」，蓋表現製作的材質。「卉」字上古音屬「曉」紐「物」部，「賁」字上古音屬「幫」紐「文」部，文物陽入對轉，卉、賁作爲聲符使用時可替代。

字　例	重　文	時　期	字　形
鼖 鼖	鞼	殷　商	
		西　周	
		春　秋	
		楚　系	
		晉　系	
		齊　系	
		燕　系	
		秦　系	
		秦　朝	
		漢　朝	

389、《說文》「鼛」字云：「鼛，鼛聲也。从鼓合聲。鞈，古文鼛从革。」〔註 77〕

篆文作「鼛」，从鼓合聲；古文作「鞈」，「革」古文「革」，从革合聲。據「鼖」字考證，「鼓」、「革」替換，係造字時對於偏旁意義的選擇不同所致。又段玉裁〈注〉云：「革部有此字別爲訓，後人誤移此增彼也。」「鞈」字云：「防汙也」〔註 78〕，「鼛」字上古音屬「透」紐「緝」部，「鞈」字上古音屬「見」紐

〔註 76〕《說文解字注》，頁 208。

〔註 77〕《說文解字注》，頁 208。

〔註 78〕《說文解字注》，頁 110。

「緝」部，疊韻，理可通假，疑𩊙、鞥為通假關係，許書誤將「鞥」收錄其間。

字　例	重　文	時　期	字　形
𩊙 𩊙	鞥	殷　商	
		西　周	
		春　秋	
		楚　系	
		晉　系	
		齊　系	
		燕　系	
		秦　系	
		秦　朝	
		漢　朝	

390、**《說文》「豆」字云：「豆，古食肉器也。从口，象形。凡豆之屬皆从豆。𣅊，古文豆。」**〔註 79〕

甲骨文作「豆」《合》（29364）、「豆」《屯》（740）、「豆」《屯》（2484），金文承襲作「豆」〈豆閉簋〉、「豆」〈散氏盤〉，《說文》「豆」與「豆」相同；商承祚云：「今證以原器，極得豆之形狀，一其蓋也。」〔註 80〕據其言，再證之古文字形體，「豆」上半部的「一」為器蓋，「○」為腹，下半部的「丄」為柄，「豆」上半部的「一」增添與否並未固定，器腹內習見一道短橫畫「-」，器柄處或增添一道短橫畫「-」，以為裝飾之用；古文「𣅊」形體與《古陶文彙編》（3.720）的「豆」相近，其間的差異為器柄處裝飾性符號的多寡不一。

字　例	重　文	時　期	字　形
豆 豆	𣅊	殷　商	豆《合》（29364）豆《屯》（740）豆《屯》（2484）
		西　周	豆〈豆閉簋〉豆〈散氏盤〉
		春　秋	
		楚　系	豆〈信陽 2.25〉

〔註 79〕《說文解字注》，頁 209。

〔註 80〕《說文中之古文考》，頁 46。

		晉　系	
		齊　系	《古陶文彙編》（3.720）
		燕　系	
		秦　系	〈睡虎地・法律答問 27〉
		秦　朝	
		漢　朝	《馬王堆・足臂十一脈炙經 2》

391、《說文》「豐」字云：「，豆之豐滿也。从豆，象形。一曰：『鄉飲酒有豐侯者』。凡豐之屬皆从豐。，古文豐。」〔註 81〕

甲骨文作「」《合》（17513）、「」《合》（22289），金文作「」〈宅簋〉、「」〈𠭰簋〉，篆文「」應於源「」，何琳儀指出「豐」字爲从壴亡聲之字，本意爲「鐘鼓之音盛大，故从壴（鼓）」，所从「」爲丰聲〔註 82〕，可知「」應爲「」之訛。戰國楚系文字作「」〈包山 145 反〉、「」〈上博・容成氏 48〉，辭例依序爲「司豐之客須口箸言謂」、「豐鎬之民聞之」，從辭例言，皆爲「豐」字異體，《說文》古文「」，形體近於「」，除了「豆」的形體略異外，主要的不同處在於上半部「」、「」的差異。

字　例	重　文	時　期	字　形
豐		殷　商	《合》（17513）《合》（22289）
		西　周	〈宅簋〉〈𠭰簋〉
		春　秋	
		楚　系	〈包山 145 反〉〈上博・容成氏 48〉
		晉　系	
		齊　系	
		燕　系	
		秦　系	
		秦　朝	
		漢　朝	《馬王堆・繆和 13》

〔註 81〕《說文解字注》，頁 210。

〔註 82〕《戰國古文字典——戰國文字聲系》，頁 437。

392、《說文》「虐」字云：「，殘也。从虍爪人，虎足反爪人也。，古文虐如此。」〔註83〕

甲骨文作「」《合》（17192 正）、「」《合》（17853），从虎从（或），「（或）」取象為「人」，《說文》篆文「」，从虍爪人，所从之「爪」，應為虎首與虎足割裂，並省略一足而作「」所致。戰國楚系文字作「」〈天星觀・卜筮〉、「」〈信陽 1.15〉，形體與古文「」相近，商承祚指出「象人在虎口，有虐意也。」〔註84〕或作「」〈上博・緇衣 14〉，所从之「口」易為「示」，辭例為「惟作五虐之刑」，《說文》「示」字云：「天象，見吉凶，所呂示人也。」「口」字云：「人所呂言食也」〔註85〕，二者的字義無涉，从「示」者未知其意涵，或作「」〈上博・孔子見季𧻚子 11〉，辭例為「夫民虐之」，對照「」之「」、「」之「」的形體，「」應為省減「口」後的訛形；秦系文字作「」〈詛楚文〉，所从之「口」由「」寫作「」，並未影響其識讀。

字　例	重　文	時　期	字　形
虐		殷　商	《合》（17192 正）《合》（17853）
		西　周	
		春　秋	
		楚　系	〈天星觀・卜筮〉〈信陽 1.15〉〈上博・緇衣 14〉〈上博・孔子見季𧻚子 11〉
		晉　系	
		齊　系	
		燕　系	
		秦　系	〈詛楚文〉
		秦　朝	
		漢　朝	

〔註83〕《說文解字注》，頁 211。

〔註84〕《說文中之古文考》，頁 47。

〔註85〕《說文解字注》，頁 2，頁 54。

393、《說文》「虡」字云：「虡，鐘鼓之柎也。飾爲猛獸，从虍，𠙹，象形，其下足。鐻，虡或从金豦。𧇊，篆文虡。」〔註 86〕

金文作「[illegible]」〈邵黛鐘〉，从[illegible]虍聲，或作「[illegible]」〈蔡侯墓殘鐘四十七片〉，「[illegible]」訛寫爲「[illegible]」，或作「[illegible]」〈少虡劍〉，「虍」訛爲「[illegible]」，「[illegible]」因將雙足之形疊加而寫作「[illegible]」，或進一步省寫爲「[illegible]」〈鷹節〉，「[illegible]」僅保留「[illegible]」的形體。《說文》「虡」下半部形體爲「異」，大小徐本於「𠙹」字皆作「異」〔註 87〕，金文「異」字作「[illegible]」〈曶鼎〉，「象頭載物，兩手扶翼之形。」〔註 88〕「[illegible]」將「[illegible]」訛寫爲「[illegible]」；又作「𧇊」，較之於「虡」，係省略「[illegible]」上半部的「[illegible]」，然較之於「[illegible]」〈邵黛鐘〉，所从之「[illegible]」或「[illegible]」，實皆「[illegible]」之誤，故張日昇指出「[illegible]」从[illegible]从虍聲，「[illegible]」像人雙腳張開、雙手高舉托物之形，篆文作「𧇊」，係形體的訛誤，應从「異」的「虡」亦爲「兩手相合」之訛。〔註 89〕或體从金豦聲作「鐻」，《說文》「金」字云：「五色金也」〔註 90〕，「虡」爲懸掛鐘、磬等物之架子兩側的柱子，从「金」者是爲了明示製作「虡」的材質，「虡」字上古音屬「群」紐「魚」部，「豦」字上古音屬「見」紐「魚」部，二者發聲部位相同，見群旁紐，疊韻，爲了便於時人閱讀使用之需，故以讀音相近的字作爲聲符。

字　例	重　文	時　期	字　形
虡 虡	鐻，𧇊	殷　商	
		西　周	
		春　秋	[illegible]〈邵黛鐘〉[illegible]〈蔡侯墓殘鐘四十七片〉[illegible]〈少虡劍〉
		楚　系	
		晉　系	
		齊　系	
		燕　系	[illegible]〈鷹節〉

〔註 86〕《說文解字注》，頁 212。

〔註 87〕《說文解字繫傳》，頁 94；《說文解字》，頁 103。

〔註 88〕《金文詁林讀後記》，頁 395。

〔註 89〕周法高、李孝定、張日昇編：《金文詁林》，頁 862，日本京都，中文出版社，1981 年。

〔註 90〕《說文解字注》，頁 709。

		秦　系	
		秦　朝	
		漢　朝	

394、《說文》「虎」字云：「　，山獸之君。从虍从儿，虎足象人足也。凡虎之屬皆从虎。　，古文虎；　，亦古文虎。」〔註91〕

甲骨文作「　」《合》（3304）、「　」《合》（10216）、「　」（11018 正），金文承襲爲「　」〈九年衛鼎〉，以「　」爲例，虎首由「　」寫作「　」，身體由「　」易爲「　」，將繁複的線條以簡單的筆畫取代，或作「　」〈叔尸鎛〉，非僅將虎首與身體割裂，更將虎足與身軀割裂，寫作「　」，「　」爲虎足與虎之身軀的接連。戰國時期中山國文字作「　」〈龍形玉佩 XK：355〉，形體進一步省略，「　」省寫爲「　」，身軀易爲「　」；楚系文字作「　」〈曾侯乙 62〉，或增添「肉」旁作「　」〈曾侯乙 13〉，辭例皆爲「虎韔」，《說文》「皮」字云：「剝取獸革者謂之皮」，「肉」字云：「胾肉也」〔註92〕，二者在意義上有其關聯，增添偏旁「肉」，係反映該物爲虎皮所製，在構形上則形成从肉虎聲的形聲字，或作「　」〈清華・祭公之顧命 8〉，辭例爲「於虎（呼）」，「　」兩側所見「　」，或爲補白之用，又將「　」、「　」與篆文「　」對照，从虍从儿之「　」，蓋受到「　」或「　」的影響，將虎的身軀誤爲「儿」，故孫海波言：「《說文》所从之虎殆由　、　形變出，从　殆由　形變出。」〔註93〕秦系文字作「　」〈睡虎地・秦律雜抄 25〉，較之於「　」，「　」係「　」的省寫，「　」亦爲「　」的省體。《說文》古文「　」、「　」，尚未見於出土文獻，對照「　」的形體，「　」、「　」爲「　」的訛寫，「　」下半部所見「　」即「　」，爲虎足，「　」爲虎之身軀的訛寫，故宋華強指出「　」爲「虎」字下半部的訛變所致〔註94〕，「　」所見的「　」亦爲虎足，又較之

〔註91〕《說文解字注》，頁 212。

〔註92〕《說文解字注》，頁 123，頁 169。

〔註93〕轉引自《古文字詁林》編纂委員會：《古文字詁林》第五冊，頁 147，上海，上海教育出版社，2002 年。

〔註94〕宋華強：〈釋新蔡簡中的一個祭牲名〉，《古文字研究》第二十七輯，頁 503，北京，中華書局，2008 年。

於「」,「」蓋源於「」,爲虎的身軀,「」與「」皆因形體的割裂,造成文字的異體。

字 例	重 文	時 期	字 形
虎	,	殷 商	《合》(3304) 《合》(10216) 《合》(11018 正)
		西 周	〈九年衛鼎〉
		春 秋	〈叔尸鎛〉
		楚 系	〈曾侯乙 13〉 〈曾侯乙 62〉 〈清華·祭公之顧命 8〉
		晉 系	〈龍形玉佩 XK:355〉
		齊 系	
		燕 系	
		秦 系	〈睡虎地·秦律雜抄 25〉
		秦 朝	〈咸陽瓦〉
		漢 朝	《馬王堆·合陰陽 116》

395、《說文》「」字云:「,小甌也。从皿有聲。讀若灰。一曰:『若賄』。,或从右。」〔註 95〕

篆文作「」,从皿有聲,與《馬王堆·五十二病方 266》的「」相同;或體作「」,从皿右聲,與《武威·泰射 88》的「」相近,惟書體不同。「右」、「有」二字上古音皆屬「匣」紐「之」部,雙聲疊韻,右、有作爲聲符使用時可替代。

字 例	或 體	時 期	字 形
		殷 商	
		西 周	
		春 秋	
		楚 系	
		晉 系	
		齊 系	
		燕 系	

〔註 95〕《說文解字注》,頁 214。

		秦　系	
		秦　朝	《馬王堆・五十二病方 266》
		漢　朝	《武威・泰射 88》

396、《說文》「盧」字云：「，盧飯器也。从皿虍聲。，籀文盧。」〔註 96〕

甲骨文作「」《合》（21804）、「」《合》（28095）、「」《合》（32350），于省吾指出「上象鑪之身，下象欵足。字後世作盧，从皿爲絫增字。……周代金文盧字或从，或變作从甶、从田。」〔註 97〕兩周以來的文字承襲爲「」〈伯公父簠〉、「」〈王子嬰次盧〉，「」〈盧氏・斜肩空首布〉、「」《古陶文彙編》（3.680）、「」〈放馬灘・地圖〉、「」《馬王堆・五十二病方 68》，郭沫若以爲「下象鑪形，上从虍聲。」〔註 98〕徐中舒指出「」像「爐身及款足之形」，其上所見的「虍」表示「猛獸之革，用以覆屋頂者。」〔註 99〕「」寫作「」、「」、「」、「田」、「」，「」下半部从又，較之於「」、「」，應爲「皿」之訛，又貨幣上的「盧」字作「」，所从之「虍」係以剪裁省減的方式書寫。《說文》篆文「」、籀文「」，形體近於「」，其間的差異，除了書體的不同外，前二者「」下半部形體作「」、「」，後者爲「」，究其形皆爲「」的訛寫。

字　例	重　文	時　期	字　形
盧		殷　商	《合》（21804）《合》（28095）《合》（32350）
		西　周	〈伯公父簠〉
		春　秋	〈王子嬰次盧〉〈盧氏・斜肩空首布〉
		楚　系	
		晉　系	〈盧氏半釿・弧襠方足平首布〉

〔註 96〕《說文解字注》，頁 214。

〔註 97〕于省吾：《甲骨文字釋林・釋、》，頁 30～31，臺北，大通書局，1981 年。

〔註 98〕郭沫若：《郭沫若全集（考古編）・殷契粹編考釋》，頁 20，北京，科學出版社，2002 年。（收入《郭沫若全集（考古編）》第三卷）

〔註 99〕《甲骨文字典》，頁 535。

		齊　系	《古陶文彙編》（3.680）
		燕　系	
		秦　系	〈放馬灘・地圖〉
		秦　朝	《馬王堆・五十二病方 68》
		漢　朝	《馬王堆・相馬經 3》《武威・燕禮 30》

397、《說文》「盎」字云：「，盆也。从皿央聲。，盎或从瓦。」〔註 100〕

篆文作「」，从皿央聲，與「」〈望山 2.51〉、「」〈睡虎地・封診式 88〉、「」《馬王堆・陰陽五行乙篇 17》略近，因書體的不同，使得形體產生差異；或體作「」，从瓦央聲。《說文》「皿」字云：「飯食之用器也」，「瓦」字云：「土器已燒之總名」〔註 101〕，「皿」爲飲食的用具，从皿者應爲表示器用，从瓦者蓋表明該物爲陶土燒製，替代的現象，係造字時對於偏旁意義的選擇不同所致。

字　例	重　文	時　期	字　形
盎		殷　商	
		西　周	
		春　秋	
		楚　系	〈望山 2.51〉
		晉　系	
		齊　系	
		燕　系	
		秦　系	〈睡虎地・封診式 88〉
		秦　朝	
		漢　朝	《馬王堆・陰陽五行乙篇 17》

〔註 100〕《說文解字注》，頁 214。

〔註 101〕《說文解字注》，頁 213，頁 644。

398、《說文》「凵」字云：「凵，凵盧飯器，吕桺作之。象形。凡凵之屬皆从凵。𠙵，凵或从竹去聲。」〔註 102〕

「凵」字屬象形字，或體「笶」从竹去聲，爲形聲字。「凵」字云：「凵盧飯器，吕桺作之。」以柳條編製，故或體从竹。「凵」、「去」二字上古音皆屬「溪」紐「魚」部。由象形字改爲形聲字，爲了便於時人閱讀使用之需，故以讀音相同的字作爲聲符。

字　例	重　文	時　期	字　形
凵 凵	𠙵	殷　商	
		西　周	
		春　秋	
		楚　系	
		晉　系	
		齊　系	
		燕　系	
		秦　系	
		秦　朝	
		漢　朝	

399、《說文》「盥」字云：「盥，腫血也。从血𦧘省聲。膿，俗盥从肉農聲。」〔註 103〕

篆文作「盥」，从血𦧘省聲；俗字作「膿」，从肉農聲。「盥」的字義爲「腫血」，是一種因細菌感染而化膿產生的黃色液體，《說文》「肉」字云：「胾肉」，「血」字云：「祭所薦牲血也」〔註 104〕，二者的字義無涉，从「血」係表示「腫血」之意，从「肉」者，或因「膿」係皮膚、身體的某器官受到細菌感染所致，故改以「肉」爲之，替代的現象，爲造字時對於偏旁意義的選擇不同所致。

〔註 102〕《說文解字注》，頁 215。

〔註 103〕《說文解字注》，頁 216。

〔註 104〕《說文解字注》，頁 169，頁 215。

字　例	重　文	時　期	字　形
盥 [illegible]	[illegible]	殷　商	
		西　周	
		春　秋	
		楚　系	
		晉　系	
		齊　系	
		燕　系	
		秦　系	
		秦　朝	
		漢　朝	

400、《說文》「𧖴」字云：「䀝，醢也。从血菹聲。䔾，𧖴或从缶。」〔註 105〕

篆文作「䀝」，从血菹聲；或體作「䔾」，从血从缶苴聲。《說文》「菹」字收錄二個或體字，从血者作「䀝」，从缶者作「䔾」〔註 106〕，字形與「𧖴」字的篆文與或體相同，馬叙倫指出「菹置器中，故或从皿作𧖴，盖後起字，䔾則俗字也。由血部𧖴之重文作䔾而譌增也。」〔註 107〕又「𧖴」字之義爲「醢」，或體从「缶」，《說文》「醬」字云：「醢也。……𤮯，籒文。」〔註 108〕段玉裁〈注〉云：「作之陳之皆必以器，故从皿。」「醢」爲「肉醬」，从「缶」者，蓋如段氏之言。「菹」字上古音屬「莊」紐「魚」部，「苴」字上古音屬「精」紐「魚」部，莊、精皆爲齒音，黃季剛言「照系二等諸紐古讀精系」，可知「莊」於上古聲母可歸於「精」，雙聲疊韻，菹、苴作爲聲符使用時可替代。

字　例	重　文	時　期	字　形
𧖴	䔾	殷　商	
		西　周	

〔註 105〕《說文解字注》，頁 216。

〔註 106〕《說文解字注》，頁 43。

〔註 107〕馬叙倫：《說文解字六書疏證》一，卷二，頁 245，臺北，鼎文書局，1975 年。

〔註 108〕《說文解字注》，頁 758。

𧖴		春秋	
		楚系	
		晉系	
		齊系	
		燕系	
		秦系	
		秦朝	
		漢朝	

401、《說文》「䘓」字云：「䘓，羊凝血也。从血臽聲。𧖴，䘓或从贛。」〔註109〕

「䘓」字从血臽聲，或體「𧖴」从血贛聲。「臽」字上古音屬「匣」紐「談」部，「贛」字上古音屬「見」紐「侵」部，二者發聲部位相同，見匣旁紐，臽、贛作為聲符使用時可替代。

字例	重文	時期	字形
䘓 䘓	𧖴	殷商	
		西周	
		春秋	
		楚系	
		晉系	
		齊系	
		燕系	
		秦系	
		秦朝	
		漢朝	

402、《說文》「咅」字云：「咅，相與語唾而不受也。从丶从否，丶亦聲。𣢟，咅或从豆欠。」〔註110〕

篆文作「咅」，从丶从否，丶亦聲；或體作「𣢟」，从欠豆聲。「不」字

〔註109〕《說文解字注》，頁216。

〔註110〕《說文解字注》，頁217。

作「不」〈史獸鼎〉、「不」〈洹子孟姜壺〉，起筆橫畫上的短橫畫「-」為飾筆，又「音」字於秦、漢間作「音」〈睡虎地．封診式 88〉、「音」《馬王堆．五十二病方 24》、「音」《馬王堆．陰陽五行甲篇 150》，以「音」為例，上半部與「不」相同，即「不」字，下半部从口，又「音」上半部作「立」，亦應為「不」，因以收縮筆畫的方式將「不」中間的豎畫縮減，再加上將「︿」改以「—」取代，遂寫作「立」，類似的現象亦見於睡虎地秦簡，如：「啻」字作「啻」〈睡虎地．秦律十八種 169〉，以收縮筆畫與化曲筆為直筆的方式書寫，將「啻」〈沈子它簋蓋〉、「啻」〈史牆盤〉的形體改易，可知「咅」應為「音」的訛寫，許書以訛形「咅」說解字形，故言「从丶从否，丶亦聲」。「丶」字上古音屬「章」紐「侯」部，「豆」字上古音屬「定」紐「侯」部，章、定皆為舌音，錢大昕言「舌音類隔不可信」，黃季剛言「照系三等諸紐古讀舌頭音」，可知「章」於上古聲母可歸於「端」，二者發聲部位相同，旁紐疊韻，丶、豆作為聲符使用時可替代。

字　例	重　文	時　期	字　形
音 咅	[illegible]	殷　商	
		西　周	
		春　秋	
		楚　系	
		晉　系	
		齊　系	
		燕　系	
		秦　系	音〈睡虎地．封診式 88〉
		秦　朝	音《馬王堆．五十二病方 24》
		漢　朝	音《馬王堆．陰陽五行甲篇 150》

403、《說文》「丹」字云：「丹，巴越之赤石也。象采丹井，丶象丹形。凡丹之屬皆从丹。𠁿，古文丹；𢒈，亦古文丹。」〔註 111〕

甲骨文作「丹」《合》(8014)，《說文》篆文「丹」與之相同；貨幣文字

〔註 111〕《說文解字注》，頁 218。

習見倒書之形，如：「六」字作「□」或「□」〈六・尖首刀〉，「城」字作「□」或「□」〈新城・尖足平首布〉，「行」字作「□」或「□」〈行・尖首刀〉，「亲」字作「□」或「□」〈新城・尖足平首布〉，若將「□」倒置則與「□」近同，故「□」應爲倒書之形；另一古文爲「□」，段玉裁〈注〉云：「按此似是古文彤」，「彤」字从丹彡，彡亦聲，寫作「□」，形體與「□」相近，其言或可從。戰國楚系文字作「□」或「□」〈望山 2.48〉，辭例皆爲「丹□之□」，在該辭例中，从偏旁「糸」者，除了「丹」字外，尚有「□」字，「丹」字於此增添偏旁「糸」，係受到後面「□」字的影響，遂寫作「紨」，此種現象即受到語境影響的類化作用所致〔註 112〕，又楚系从「糸」的「繭」字作「□」〈包山 268〉，若將「糸」下半部的二道筆畫省略，即與「彡」相同，「□」或源於「□」，在傳抄的過程因形體的省略而作「□」。

字　例	重　文	時　期	字　形
丹 □	□，□	殷　商	□《合》（8014）
		西　周	□〈庚嬴卣〉
		春　秋	□〈丹・平肩空首布〉
		楚　系	□，□〈望山 2.48〉□〈包山 170〉
		晉　系	□〈甘丹・直刀〉
		齊　系	□《古陶文彙編》（3.200）
		燕　系	
		秦　系	□〈放馬灘・墓主記〉
		秦　朝	□《馬王堆・五十二病方 130》
		漢　朝	□《馬王堆・戰國縱橫家書 2》

404、《說文》「青」字云：「□，東方色也。木生火，从生丹，丹青之信言必然。凡青之屬皆从青。□，古文青。」〔註 113〕

金文作「□」〈史牆盤〉、「□」〈吳方彝蓋〉，从生丹，《說文》篆文「□」

〔註 112〕陳立：〈戰國文字所見受語境影響的類化現象〉，《紀念張子良教授學術研討會會後論文集》，頁 131～139，高雄，國立高雄師範大學國文學系，2007 年。

〔註 113〕《說文解字注》，頁 218。

與「□」相同；戰國楚系文字或增添「口」作「□」〈包山 256〉、「□」〈郭店・語叢一 88〉、「□」〈郭店・語叢三 44〉，較之於「□」，增添的「口」爲無義的偏旁，以「□」爲例，上半部「生」的收筆橫筆，與下半部「丹」的起筆橫畫相同，二者共用一道橫畫「一」，〈八年五大夫弩機〉的「□」與《馬王堆・陰陽五行甲篇 19》的「□」構形皆與之相同，又「□」、「□」皆以貫穿筆畫的方式書寫，將「生」的豎畫貫穿「丹」而與「口」接連，至於「□」上半部的形體則爲「□（□）」的訛寫；秦系文字或作「□」〈睡虎地・秦律十八種 34〉、「□」〈睡虎地・日書甲種 69〉，「□」係因筆畫的收縮，將「□」或「□」易爲「□」。古文爲「□」，據《汗簡》、《古文四聲韻》所載，「青」字作「□」、「□」、「□」〔註 114〕，又較之於「□」、「□」，可知「□」係將「□」的收筆橫筆與「□」的「□」以借筆省減的方式書寫，遂作「□」，「□」則是「二」的變形。

字　例	重　文	時　期	字　形
青 □	□	殷　商	
		西　周	□〈史牆盤〉□〈吳方彝蓋〉
		春　秋	
		楚　系	□〈包山 256〉□〈郭店・語叢一 88〉 □〈郭店・語叢三 44〉
		晉　系	
		齊　系	
		燕　系	□〈八年五大夫弩機〉
		秦　系	□〈睡虎地・秦律十八種 34〉□〈睡虎地・日書甲種 69〉
		秦　朝	□《馬王堆・五十二病方 115》
		漢　朝	□《馬王堆・合陰陽 117》□《馬王堆・陰陽五行甲篇 19》

405、《說文》「阱」字云：「□，陷也。从𨸏井，井亦聲。□，阱或从穴。□，古文阱从水。」〔註 115〕

〔註 114〕《汗簡・古文四聲韻》，頁 13；《古文四聲韻》，頁 120。

〔註 115〕《說文解字注》，頁 218。

玉石文字从阜从土从井作「」〈侯馬盟書‧委質類 156.19〉，《說文》「土」字云：「地之吐生萬物者也」，「阜」字云：「大陸也。山無石者。」〔註 116〕二者的字義雖無直接關係，卻與「土地」有關，「」爲疊加形符「土」，《說文》篆文从阜井作「」，「井」字寫爲「」〈班簋〉或「」〈散氏盤〉，繁簡無別，形體近於「」，較之於「」，係省減「土」旁；戰國秦系文字作「」〈睡虎地‧秦律十八種 5〉，从穴从井，形體與或體「」相同，古文从水作「」，《說文》「穴」字云：「土室也」，「水」字云：「準也」，〔註 117〕皆與「阜」的字義無涉，「阱」的字義爲「陷阱」，从阜、穴、水者，應爲明確表示所設「陷阱」的不同，故可視爲造字時對於偏旁意義的選擇不同所致。

字　例	重　文	時　期	字　形
阱		殷　商	
		西　周	
		春　秋	〈侯馬盟書‧委質類 156.19〉
		楚　系	
		晉　系	《古陶文彙編》（6.31）
		齊　系	
		燕　系	
		秦　系	〈睡虎地‧秦律十八種 5〉
		秦　朝	
		漢　朝	

406、《說文》「爵」字云：「，禮器也。象雀之形，中有鬯酒，又持之也。所吕飲器象雀者，取其鳴節節足足也。，古文爵如此，象形。」〔註 118〕

甲骨文作「」《合》（2863）、「」《合》（22067）、「」《合》（30173），羅振玉云：「象爵之首有冠毛、有目、有味，因冠毛以爲柱，因目以爲耳，因味以爲足。……許書所从之殆由轉寫之訛，其从鬯與又，則後人所益也。」

〔註 116〕《說文解字注》，頁 688，頁 738。

〔註 117〕《說文解字注》，頁 347，頁 521。

〔註 118〕《說文解字注》，頁 220。

〔註 119〕殷周以來的金文或作「」〈爵父癸卣蓋〉、「」〈爵父丁卣〉，像以手持爵之形，或承襲「」、「」作「」〈縣妃簋〉，將「↑」的「︿」拉直作「一」，並於豎畫兩側增添「丶丶」，遂形成「」，或增添止作「」〈史獸鼎〉，或增添廾作「」〈彔伯𢦚簋蓋〉、「」〈師𩛥簋〉，以〈史獸鼎〉的辭例「鼎一爵一」言，所增之「止」應爲「又（手）」之訛，从「廾」與从「手」相同，從字形的發展觀察，羅振玉的說法可從。戰國秦系文字作「」〈睡虎地・秦律十八種 153〉、「」〈睡虎地・秦律十八種 156〉、「」〈睡虎地・甲書乙種 122〉、「」〈睡虎地・日書乙種 97〉，上半部的「」、「」、「」、「」皆爲「」、「」的訛寫，下半部或作「」，或作「」，从「寸」者應爲从「又」之誤；馬王堆漢墓出土文獻或承襲「」，易爲「」《馬王堆・三號墓木牌》，又見「」《馬王堆・老子甲本 28》、「」《馬王堆・十問 12》二字，辭例依序爲「莫之爵而恆自然也」、「春爵員駘」，皆爲「爵」字異體，兩相對照，係省略上半部「」。《說文》篆文「」應源於「」、「」，下半部左側或爲「」，或爲「」，或爲「」，或爲「」，「」的形體與「」相近；古文「」，上半部的「」即「」，下半部的「」即「」，段玉裁〈注〉云：「首尾喙翼足具見，爵形即雀形也。」其言可參。戰國楚系文字作「」〈上博・緇衣 15〉，辭例爲「故不可以褻刑輕爵」，較之於「」，應爲其省訛。

字　例	重　文	時　期	字　形
爵		殷　商	《合》（2863）《合》（22067）《合》（30173）〈爵父癸卣蓋〉
		西　周	〈爵父丁卣〉〈縣妃簋〉〈史獸鼎〉〈彔伯𢦚簋蓋〉〈師𩛥簋〉
		春　秋	
		楚　系	〈上博・緇衣 15〉
		晉　系	
		齊　系	
		燕　系	

〔註 119〕《增訂殷虛書契考釋》卷中，頁 36～37。

		秦　系	〈睡虎地·秦律十八種 153〉〈睡虎地·秦律十八種 156〉 〈睡虎地·甲書乙種 122〉〈睡虎地·日書乙種 97〉
		秦　朝	
		漢　朝	《馬王堆·三號墓木牌》《馬王堆·老子甲本 28》 《馬王堆·十問 12》

407、《說文》「」字云：「，黑黍也。一稃二米吕釀。从鬯矩聲。

，或从禾。」〔註 120〕

金文从鬯矩聲作「」〈毛公鼎〉、「」〈吳方彝蓋〉，或从鬯巨聲作「」〈曶壺蓋〉、「」〈伯晨鼎〉，「巨」爲「矩」之省形，其偏旁位置並不固定，或爲上下式結構，或爲左右式結構；「矩」字或从大作「」〈伯矩鼎〉，或从夫作「」〈伯矩鼎〉，皆像人持巨之形。《說文》篆文「」，上半部之「矩」爲「」，从「矢」者爲「大」或「夫」之誤。或體从禾巨聲作「」，《說文》「鬯」字云：「吕釀鬱艸，芬芳攸服，吕降神也。」「禾」字云：「嘉穀也」〔註 121〕，二者的字義無涉，然「禾」之實亦可以釀酒，替代的現象，係造字時對於偏旁意義的選擇不同所致。

字　例	重　文	時　期	字　形
		殷　商	
		西　周	〈毛公鼎〉〈吳方彝蓋〉〈曶壺蓋〉〈伯晨鼎〉
		春　秋	
		楚　系	
		晉　系	
		齊　系	
		燕　系	
		秦　系	
		秦　朝	
		漢　朝	

〔註 120〕《說文解字注》，頁 220。

〔註 121〕《說文解字注》，頁 219，頁 323。

408、《說文》「饙」字云：「饙，脩飯也。从食奔聲。饙，饙或从賁；饙，饙或从奔。」〔註 122〕

兩周文字或从食奔聲作「饙」〈匽侯盂〉、「饙」〈𣏟車父簋〉、「饙」〈慶孫之子峠簠〉、「饙」〈魯𤔲徒仲齊盨〉、「饙」〈禾簋〉、「饙」〈齊陳曼簠〉、「饙」〈新蔡・甲三212〉，〈齊陳曼簠〉所从之「食」訛寫爲「食」；或从皀作「饙」〈宰口作父丁簋〉；或增添「口」作「饙」〈新𡚬簋〉，「食」係割裂「皀」的形體，「奔」下半部的「口」，疑受到右側形體的影響而增添；或增添「皿」作「饙」〈伯康簋〉，「饙」的字義爲「脩飯也」，即「蒸飯」之意，增添「皿」者，蓋有表示「蒸飯」之器皿的意涵；或从皀奔聲，並於上下增添「廾」作「饙」〈京叔盨〉，辭例爲「京叔作饙盨」，所从之「廾」應無表義作用；或从食从二奔作「饙」〈𨻰公克敦〉，辭例爲「𨻰公克鑄其饙敦」，據「饙」字所从之「奔」或作「奔」，或作「奔」，或作「奔」，或作「奔」，或作「奔」，尚未見作「奔」，對照「奔」的形體，「奔」爲「奔」的省寫。从食、从皀替代的現象，據「饙」字考證，係造字時對於偏旁意義的選擇不同所致。「饙」字从食奔聲，或體「饙」从食賁聲，另一或體「饙」从食奔聲，「奔」字上古音屬「曉」紐「物」部，「賁」、「奔」二字上古音皆屬「幫」紐「文」部，文物陽入對轉，奔、賁、奔作爲聲符使用時可替代。

字　例	重　文	時　期	字　形
饙 饙	饙，饙	殷　商	
		西　周	饙〈宰口作父丁簋〉饙〈匽侯盂〉饙〈𣏟車父簋〉饙〈伯康簋〉饙〈新𡚬簋〉饙〈京叔盨〉
		春　秋	饙〈慶孫之子峠簠〉饙〈魯𤔲徒仲齊盨〉饙〈𨻰公克敦〉
		楚　系	饙〈新蔡・甲三212〉
		晉　系	
		齊　系	饙〈禾簋〉饙〈齊陳曼簠〉
		燕　系	

〔註 122〕《說文解字注》，頁 221。

		秦　系	
		秦　朝	
		漢　朝	

409、**《說文》「飪」字云：「飪，大孰也。从食壬聲。⿰月壬，古文飪；恁，亦古文飪。」**〔註 123〕

篆文从食壬聲作「飪」，古文从肉壬聲作「⿰月壬」，另一古文从心任聲作「恁」。王筠認為「恁」字又見於心部，从「心」與「飪」的字義不合，「恁」為「腍」的傳寫之訛〔註 124〕，嚴可均指出古文本為从肉恁省聲之字〔註 125〕，「心」部之「恁」字云：「下齎也。从心任聲。」〔註 126〕「飪」、「恁」二字上古音皆屬「日」紐「侵」部，雙聲疊韻，疑飪、恁為通假關係，許書誤將「恁」收錄於「飪」下；又《說文》「肉」字云：「胾肉」，「食」字云：「亼米也」〔註 127〕，「飪」有「煮熟」之義，「肉」、「食」的字義無涉，替代的現象，係造字時對於偏旁意義的選擇不同所致。

字　例	重　文	時　期	字　形
飪 飪	⿰月壬， 恁	殷　商	
		西　周	
		春　秋	
		楚　系	
		晉　系	
		齊　系	
		燕　系	
		秦　系	
		秦　朝	
		漢　朝	

〔註 123〕《說文解字注》，頁 221。

〔註 124〕（清）王筠：《說文釋例》卷六，頁 20，臺北，世界書局，1984 年。

〔註 125〕（清）嚴可均：《說文聲類》，頁 33，上海，上海古籍出版社，2002 年。（收入《續修四庫全書》編纂委員會編：《續修四庫全書》）

〔註 126〕《說文解字注》，頁 513。

〔註 127〕《說文解字注》，頁 169，頁 220。

410、《說文》「飴」字云：「飴，米櫱煎者也。从食台聲。𩜁，籀文飴从異省。」〔註 128〕

篆文作「飴」，从食台聲，與《馬王堆・十六經 139》的「飴」相近；籀文作「𩜁」，从食異省聲，近於「[illegible]」、「[illegible]」〈𦬊簋〉。「異」字作「[illegible]」〈召卣〉，省略上半部「田」即爲「[illegible]」，雙手之形仍應與身體相連，《說文》作「[illegible]」上半部似「廾」，下半部似「丌」，應爲分割形體所致。「台」字上古音屬「余」紐「之」部，「異」字上古音屬「余」紐「職」部，雙聲，之職陰入對轉，台、異作爲聲符使用時可替代。

字　例	重　文	時　期	字　形
飴 飴	𩜁	殷　商	
		西　周	[illegible]，[illegible]〈𦬊簋〉
		春　秋	
		楚　系	
		晉　系	
		齊　系	
		燕　系	
		秦　系	
		秦　朝	
		漢　朝	飴《馬王堆・十六經 139》

411、《說文》「餈」字云：「餈，稻餅也。从食次聲。𩜸，餈或从齊；粢，餈或从米。」〔註 129〕

篆文作「餈」，从食次聲；或體作「𩜸」，从食齊聲；另一或體作「粢」，从米次聲。《說文》「食」字云：「亼米也」，「米」字云：「粟實」〔註 130〕，「食」有飯食之義，亦可作爲食物、糧食，「米」爲食用的穀物之一，二者在字義上有所關連，作爲形符使用時，理可兩相替代。「次」字上古音屬「清」紐「脂」部，「齊」字上古音屬「從」紐「脂」部，二者發聲部位相同，清從旁紐，疊韻，

〔註 128〕《說文解字注》，頁 221。

〔註 129〕《說文解字注》，頁 221。

〔註 130〕《說文解字注》，頁 220，頁 333。

欠、齊作爲聲符使用時可替代。

字　例	重　文	時　期	字　形
餈 餈	𩟗， 粢	殷　商	
		西　周	
		春　秋	
		楚　系	
		晉　系	
		齊　系	
		燕　系	
		秦　系	
		秦　朝	
		漢　朝	

412、《說文》「饎」字云：「饎，酒食也。从食喜聲。《詩》曰：『可吕饋饎』。䭨，饎或从巸；糦，饎或从米。」〔註 131〕

篆文作「饎」，从食喜聲；或體作「䭨」，从食巸聲；另一或體作「糦」，从米喜聲。米、食作爲形符使用時，替代的現象，據「餈」字考證，爲義近形符的互代。「喜」字上古音屬「曉」紐「之」部，「巸」字上古音屬「余」紐「之」部，疊韻，喜、巸作爲聲符使用時可替代。

字　例	重　文	時　期	字　形
饎 饎	䭨， 糦	殷　商	
		西　周	
		春　秋	
		楚　系	
		晉　系	
		齊　系	
		燕　系	
		秦　系	
		秦　朝	
		漢　朝	

〔註 131〕《說文解字注》，頁 222。

413、《說文》「籑」字云：「[篆文]，具食也。从食算聲。[重文]，籑或从𢍁。」〔註 132〕

「籑」字从食算聲，或體「饌」从食𢍁聲。「算」、「𢍁」二字上古音皆屬「心」紐「元」部，雙聲疊韻，算𢍁作為聲符使用時可替代。

字　例	重　文	時　期	字　形
籑 [篆文]	[重文]	殷　商	
		西　周	
		春　秋	
		楚　系	
		晉　系	
		齊　系	
		燕　系	
		秦　系	
		秦　朝	
		漢　朝	

414、《說文》「養」字云：「[篆文]，供養也。从食羊聲。[古文]，古文養。」〔註 133〕

金文作「[金文]」〈羧又罍〉，从羊从攴，「象以手持鞭而牧羊。牧牛則字从牛，羧羊則字从羊也。後以从牛之字為牧，而以羧為養矣。」〔註 134〕戰國楚系文字承襲此形體作「[字形]」〈郭店·忠信之道 4〉、「[字形]」〈郭店·忠信之道 7〉，又「羊」字作「[字形]」〈小盂鼎〉，與「[字形]」相較，後者於「羊」的豎畫增添一道短橫畫飾筆「-」，《說文》古文「[古文]」與「[字形]」近同。篆文作「[篆文]」，與〈睡虎地·秦律十八種 113〉的「[字形]」相近，其間的差異，係書體不同所致，又睡虎地秦簡亦見「[字形]」〈睡虎地·為吏之道 27〉，所从之食作「[字形]」，與「[字形]」下半部的「[字形]」對照，係省略其間的一筆橫畫。

〔註 132〕《說文解字注》，頁 222。

〔註 133〕《說文解字注》，頁 222。

〔註 134〕《說文中之古文考》，頁 49。

字　例	重　文	時　期	字　形
養		殷　商	〈𢦏又罍〉
		西　周	
		春　秋	
		楚　系	〈郭店・忠信之道 4〉〈郭店・忠信之道 7〉
		晉　系	
		齊　系	
		燕　系	
		秦　系	〈睡虎地・秦律十八種 113〉〈睡虎地・爲吏之道 27〉
		秦　朝	《馬王堆・五十二病方 246》
		漢　朝	《馬王堆・十問 51》

415、《說文》「𩞁」字云：「，晝食也。从食象聲。，𩞁或从𥏫。」〔註 135〕

金文作「」〈令鼎〉或「」〈居簋〉，从食昜聲，篆文「𩞁」字从食象聲，或體「餳」从食𥏫聲。「象」字上古音屬「邪」紐「陽」部，「昜」字上古音屬「余」紐「陽」部，又从「𥏫」之字，如：「傷」、「殤」、「觴」、「慯」等字，上古音屬「書」紐「陽」部，疊韻，象、𥏫、昜作爲聲符使用時可替代。

字　例	重　文	時　期	字　形
𩞁		殷　商	
		西　周	〈令鼎〉〈居簋〉
		春　秋	
		楚　系	
		晉　系	
		齊　系	
		燕　系	
		秦　系	

〔註 135〕《說文解字注》，頁 222。

		秦　朝	
		漢　朝	

416、《說文》「餔」字云：「餔，申時食也。从食甫聲。𩱝，籀文餔从皿浦聲。」〔註 136〕

篆文作「餔」，从食甫聲，與〈睡虎地・日書甲種 135〉的「餔」相近，後者所从之「食」，據「養」字分析，係省略其間的一筆橫畫；籀文作「𩱝」，从皿浦聲。《說文》「皿」字云：「飯食之用器也」，「食」字云：「亼米也」〔註 137〕，「餔」的字義爲「申時食也」，意指在傍晚或黃昏之時進食，从「食」可表示飲食或食物之義，从「皿」則意指盛裝食物的器具，「食」、「皿」的字義無涉，替代的現象，係造字時對於偏旁意義的選擇不同所致。「甫」字上古音屬「幫」紐「魚」部，「浦」字上古音屬「滂」紐「魚」部，二者發聲部位相同，幫滂旁紐，疊韻，甫、浦作爲聲符使用時可替代。

字　例	重　文	時　期	字　形
餔 餔	𩱝	殷　商	
		西　周	
		春　秋	
		楚　系	
		晉　系	
		齊　系	
		燕　系	
		秦　系	餔〈睡虎地・日書甲種 135〉
		秦　朝	餔《馬王堆・五十二病方 105》
		漢　朝	

417、《說文》「餐」字云：「餐，吞也。从食𣦼聲。湌，餐或从水。」〔註 138〕

〔註 136〕《說文解字注》，頁 223。

〔註 137〕《說文解字注》，頁 213，頁 220。

〔註 138〕《說文解字注》，頁 223。

篆文作「餐」，从食𣦼聲；或體作「湌」，馬叙倫指出應爲「湌省聲」之字。〔註 139〕「湌」字从水，應無義可言，從字音觀察，「𣦼」字上古音屬「從」紐「元」部，「湌」字上古音屬「清」紐「陽」部，「水」字上古音屬「書」紐「微」部，𣦼、湌爲清從旁紐關係，與水的聲韻俱遠，可知馬叙倫的說法可從。

字　例	重　文	時　期	字　形
餐 餐	湌	殷　商	
		西　周	
		春　秋	
		楚　系	
		晉　系	
		齊　系	
		燕　系	
		秦　系	
		秦　朝	
		漢　朝	

418、《說文》「飽」字云：「飽，猒也。从食包聲。⿰食孚，古文飽从𤓯聲；⿱卯食，亦古文飽从卯聲。」〔註 140〕

「飽」字从食包聲，或體「⿰食孚」从食孚聲，另一或體「⿱卯食」从食卯聲。「包」字上古音屬「幫」紐「幽」部，「孚」字上古音屬「滂」紐「幽」部，「卯」字上古音屬「明」紐「幽」部，三者發聲部位相同，旁紐疊韻，包、孚、卯作爲聲符使用時可替代。

字　例	重　文	時　期	字　形
飽 飽	⿰食孚， ⿱卯食	殷　商	
		西　周	
		春　秋	
		楚　系	

〔註 139〕《說文解字六書疏證》二，卷十，頁 1368。

〔註 140〕《說文解字注》，頁 223～224。

		晉　系	
		齊　系	
		燕　系	
		秦　系	
		秦　朝	
		漢　朝	

419、《說文》「饕」字云：「饕，貪也。从食號聲。叨，俗饕从口刀聲。[illegible]，籀文饕从號省。」〔註 141〕

篆文作「饕」，从食號聲；俗字作「叨」，从口刀聲；籀文作「[illegible]」，从食號省聲。《說文》「口」字云：「人所吕言食也」，「食」字云：「亼米也」〔註 142〕，「口」以「飲食」，从「食」可表示飲食或食物之義，二者的字義雖無涉，替代的現象，係造字時對於偏旁意義的選擇不同所致。籀文从號省聲，從字形言，許慎認爲「饕」字籀文「[illegible]」爲「號省聲」之字，係以「饕」省去「號」之「丂」，即寫作「[illegible]」。「號」字上古音屬「匣」紐「宵」部，「刀」字上古音屬「端」紐「宵」部，疊韻，號、刀作爲聲符使用時可替代。

字　例	重　文	時　期	字　形
饕 饕	叨， [illegible]	殷　商	
		西　周	
		春　秋	
		楚　系	
		晉　系	
		齊　系	
		燕　系	
		秦　系	
		秦　朝	
		漢　朝	

〔註 141〕《說文解字注》，頁 224。

〔註 142〕《說文解字注》，頁 54，頁 220。

420、《說文》「侖」字云：「侖，思也。从亼冊。𠆭，籒文侖。」〔註 143〕

甲骨文作「」《合》（18690），从亼冊，《說文》篆文「侖」源於此，形體與之相近，惟書體不同，籒文从亼从𠕋作「」，「冊」字古文从竹作「」，較之於「𠕋」，僅「竹」的形體略異。戰國晉系文字作「」〈中山王𠫑鼎〉，所从之「冊」於豎畫上增添裝飾性質的小圓點；楚系文字作「」〈郭店・成之聞之 32〉，辭例為「君子治人侖（倫）順天德」，又楚簡「冊」字作「」〈新蔡・甲三 137〉，从冊的「典」字作「」〈包山 7〉、「」〈包山 11〉、「」〈包山 13〉，「」、「」、「」、「」皆與「」所从的「」不同，又金文「龠」字作「」〈士上卣〉、「」〈散氏盤〉，形體與「」相近，「」或為「龠」，惟將「冊」寫作「」，從音韻的層面言，「龠」字上古音屬「余」紐「藥」部，「侖」或「倫」字上古音屬「來」紐「文」部，二者發聲部位相同，余來旁紐，理可通假，從字形觀察，郭店竹簡中的「侖」字出現於〈成之聞之〉、〈尊德義〉、〈性自命出〉，多寫作此形體，且多通假為「論」或「倫」，「」所从之「亼」下半部的形體，疑為「冊」的訛寫。

字　例	重　文	時　期	字　形
侖		殷　商	《合》（18690）
		西　周	
		春　秋	
		楚　系	〈郭店・成之聞之 32〉
		晉　系	〈中山王𠫑鼎〉
		齊　系	
		燕　系	
		秦　系	
		秦　朝	
		漢　朝	《馬王堆・明君 415》

〔註 143〕《說文解字注》，頁 225。

421、《說文》「會」字云：「會，合也。从亼曾省。曾，益也。凡會之屬皆从會。𢓜，古文會如此。」〔註 144〕

甲骨文作「會」《合》（1030 正）、「會」《合》（18128）、「會」《合》（18553）、「會」《合》（30956），羅振玉指出从「A」像蓋，从「田」像器，字形像器蓋上下相合〔註 145〕，高鴻縉言「會爲膾之初字，字原从𦋐，象肉已切細，復合而爲膾之形」〔註 146〕，朱芳圃以爲中像甑形，或寫作田，上下像器蓋相合之形〔註 147〕，從字形觀察，上蓋之形作「𠆢」、「冃」，下半部爲「ㄩ」，中間的器形作「田」、「口」、「日」，羅振玉、朱芳圃之說應可從。兩周金文多承襲「會」、「會」的形體，寫作「會」〈會始鬲〉、「會」〈蔡子匜〉、「會」〈𠑇羌鐘〉、「會」〈杜虎符〉，中間的器形寫作「㕣」、「田」、「田」等，下半部的「ㄩ」，因增添短橫畫「-」，遂寫作「曰」；戰國以來多承襲「會」，寫作「會」〈包山 182〉、「會」〈睡虎地・法律答問 153〉、「會」《馬王堆・九主 356》，或見作「會」〈上博・容成氏 52〉，「會」於「A」下作二「曰」，「田」易爲「曰」，有二種可能，一爲筆畫的省寫，一爲受到自體類化的影響，即在書寫的過程中，本應作「田」者，受到下方「曰」的影響，遂由「會」寫作「會」。《說文》篆文「會」形體近於「會」，許書言「从亼曾省」，係就訛誤的字形說解；古文从彳合聲作「𢓜」，金文中或見从辵會聲者，如：「會」〈沇兒鎛〉、「會」〈中山王𠑇方壺〉，據「延」字考證，彳、辵作爲形符使用時，可因義近而代換，又「合」字上古音屬「匣」紐「緝」部，「會」字上古音屬「匣」紐「月」部，雙聲，作爲聲符使用時可替代，疑从彳合聲的「𢓜」，或源於此。

字　例	重　文	時　期	字　形
會 會	𢓜	殷　商	會《合》（1030 正）會《合》（18128）會《合》（18553）會《合》（30956）
		西　周	會〈會始鬲〉

〔註 144〕《說文解字注》，頁 225～226。

〔註 145〕羅振玉：《羅振玉學術論著集・丁戊稿・𦊆氏詹作善會跋》第十集上，頁 219，上海，上海古籍出版社，2010 年。

〔註 146〕高鴻縉：《中國字例》，頁 579，臺北，三民書局股份有限公司，1981 年。

〔註 147〕朱芳圃：《殷周文字釋叢》，頁 104，臺北，臺灣學生書局，1972 年。

		春　秋	〈蔡子匜〉
		楚　系	〈包山 182〉〈上博・容成氏 52〉
		晉　系	〈屭羌鐘〉
		齊　系	《古璽彙編》（0253）
		燕　系	
		秦　系	〈杜虎符〉〈睡虎地・法律答問 153〉
		秦　朝	《馬王堆・五十二病方 268》
		漢　朝	《馬王堆・九主 356》

422、《說文》「倉」字云：「倉，穀藏也。蒼黃取而臧之，故謂之倉。从食省，口象倉形。凡倉之屬皆从倉。仺，奇字倉。」〔註 148〕

甲骨文作「倉」《合》（18664）、「倉」《屯》（3731），上半部从 A，中間為日，下半部為「口」，或寫作「︶」，金文承襲作「倉」〈叔倉父盨〉，秦漢文字則將「倉」易為「倉」《秦代陶文》（1130）、「倉」《馬王堆・經法 5》，《說文》篆文「倉」應源於此，而誤將上半部的形體連接作「倉」；東周文字一方面省減「口」，並以剪裁省減的方式將上半部的形體省改為「仺」、「仺」〈者瀘鐘〉，或於省減的形體增添「=」，寫作「仺」〈楚帛書・丙篇 7.1〉；又見增添「广」者，如：「仺」《古陶文彙編》（6.199），「倉」的字義為「穀藏也」，「广」字云：「因广為屋也」〔註 149〕，增添「广」可表現收藏穀物之建物。奇字之「仺」，段玉裁〈注〉云：「葢从古文巨」，「巨」字作「巨」〈簷侯少子簋〉、「巨」〈郭店・語叢四 14〉，未見作「巨」，而《說文》收錄的「巨」字作「巨」，與「巨」未能相符，可知「从古文巨」的說法亦非。

字　例	重　文	時　期	字　形
倉 倉	仺	殷　商	《合》（18664）《屯》（3731）
		西　周	〈叔倉父盨〉
		春　秋	，〈者瀘鐘〉〈倉・平肩空首布〉

〔註 148〕《說文解字注》，頁 226。

〔註 149〕《說文解字注》，頁 447。

		楚 系	〈楚帛書‧丙篇 7.1〉
		晉 系	〈宜陽右倉簋〉〈宜陽右倉鼎〉《古陶文彙編》(6.199)
		齊 系	
		燕 系	
		秦 系	〈睡虎地‧秦律十八種 36〉
		秦 朝	《秦代陶文》(1130)
		漢 朝	《馬王堆‧經法 5》

423、**《說文》「仝」字云：「仝，完也。从入从工。全，篆文仝从王，純玉曰全。𠓝，古文仝。」**〔註 150〕

篆文作「仝」，从入从工，與〈包山 241〉的「」、〈燕王喜矛〉的「」相同；第一個重文作「全」，从入从王，許書以爲「篆文」，段玉裁〈注〉云：「按『篆』當是『籀』之誤，『仝』、『全』皆从『入』，不必先古後篆也。」形體與〈包山 237〉的「」、《馬王堆‧養生方 65》的「」相同。又戰國楚系文字作「」〈包山 210〉，所从之「工」豎畫上的小圓點「‧」往往可以拉長作短橫畫「-」，此種現象在古文字中習見，如：「壬」字作「」〈公貿鼎〉，或增添小圓點作「」〈競簋〉，或將小圓點拉長爲短橫畫作「」〈湯叔盤〉；〈睡虎地‧日書甲種 71 背〉作「」，辭例爲「不全於身」，字形與「金」字篆文「」相近，惟下半部省略「丷」，疑「」爲「全」的訛寫。古文作「𠓝」，从全从，尚未見於出土文獻，段玉裁〈注〉云：「按下體未宷其所從，《汗簡》作『』，《古文四聲韵》載《王庶子碑》亦作『』。」商承祚指出下半部所从之「」應是「廾」的訛寫〔註 151〕，其說可從。

字 例	重 文	時 期	字 形
仝 仝	全，𠓝	殷 商	
		西 周	
		春 秋	
		楚 系	〈包山 210〉〈包山 237〉〈包山 241〉

〔註 150〕《說文解字注》，頁 226。

〔註 151〕《說文中之古文考》，頁 50。

		晉　系	
		齊　系	
		燕　系	〈燕王喜矛〉
		秦　系	〈睡虎地・日書甲種 71 背〉
		秦　朝	
		漢　朝	《馬王堆・養生方 65》《馬王堆・戰國縱橫家書 20》

424、《說文》「缾」字云：「缾，罋也。从缶并聲。瓶，缾或从瓦。」〔註 152〕

金文或从缶比聲作「」〈孟[illegible]瓶〉，或从卤比聲作「」〈陳公孫[illegible]父瓶〉、「」〈樂大酮徒瓶〉、「」〈魏公瓶〉，「」應爲「」之省，或从金从皿比聲作「」〈蔡侯瓶〉，或从金比聲作「」〈[illegible]君扁壺〉，又从金者亦見於〈喪史𡩜瓶〉的「」，《說文》「皿」字云：「飯食之用器也」，「缶」字云：「瓦器所吕盛酒漿」，「卤」字云：「西方鹹地也」，「金」字云：「五色金也」〔註 153〕，「皿」與「缶」皆爲飲食的用具，在意義上有一定的關係，「金」的字義雖與皿、缶無涉，然從古文字的字形觀察，爲了明確的記錄語言，往往會依據某事物的製作材料不同而改易偏旁，从金者當指製作「瓶」的材質，「卤」的字義與皿、缶無涉，亦非指製作材料，何琳儀指出「卤」像「盛鹽卤器之形」〔註 154〕，盛鹽卤的器皿之形，當與皿、缶的字義有關，作爲形符使用時可兩相代換。戰國楚系文字或从土并聲作「」〈信陽 2.21〉，或从缶并聲作「」〈包山 265〉，辭例依序爲「一瓶梅醬」、「二瓶缶」，馬王堆漢墓出土文獻襲自「」作「」《馬王堆・周易 29》，辭例爲「羸其刑瓶」，形符雖不同，實爲「瓶」字異體，《說文》篆文从缶并聲作「」，或體从瓦并聲作「」，《說文》「瓦」字云：「土器已燒之總名」，「土」字云：「地之吐生萬物者也」〔註 155〕，瓦器由黏土燒製而成，从土者係指製作「瓶」的材質；「」、「」所从之「并」作「」，對照「」、「」所从「」、「」的形體，係將「」或「」

〔註 152〕《說文解字注》，頁 227。

〔註 153〕《說文解字注》，頁 213，頁 227，頁 592，頁 709。

〔註 154〕《戰國古文字典——戰國文字聲系》，頁 564。

〔註 155〕《說文解字注》，頁 644，頁 688。

以割裂形體的方式書寫，形成「𠨰」、「幵」的組合。「比」字上古音屬「幫」紐「脂」部，「并」字上古音屬「幫」紐「耕」部，雙聲，比、并作爲聲符使用時可替代。

字　例	重　文	時　期	字　形
缾 [illegible]	[illegible]	殷　商	
		西　周	
		春　秋	[illegible]〈孟𢧁瓶〉[illegible]〈𨻰公孫[illegible]父瓶〉[illegible]〈樂大嗣徒瓶〉[illegible]〈蔡侯瓶〉
		楚　系	[illegible]〈信陽 2.21〉[illegible]〈包山 265〉
		晉　系	[illegible]〈魏公瓶〉
		齊　系	
		燕　系	[illegible]〈[illegible]宮君扁壺〉
		秦　系	
		秦　朝	
		漢　朝	[illegible]《馬王堆・周易 29》

425、《說文》「䠶」字云：「[illegible]，弓弩發於身而中於遠也。从矢从身。[illegible]，篆文䠶。」〔註 156〕

甲骨文作「[illegible]」《合》（19476）、「[illegible]」《合》（19479 正），从弓从矢，或作「[illegible]」《花東》（2），像以手執弓、矢之形，兩周文字或承襲「[illegible]」作「[illegible]」〈靜簋〉、「[illegible]」〈石鼓文〉，或作「[illegible]」〈郭店・窮達以時 8〉、「[illegible]」《古璽彙編》（0153）、「[illegible]」〈騎傳馬節〉，〈郭店・窮達以時 8〉的辭例爲「三射（謝）」，《古璽彙編》（0153）爲「射者師璽」，形體雖異，皆爲「射」字異體，「弓」之形由「[illegible]」〈弓父庚卣〉、「[illegible]」〈靜卣〉，訛寫爲「[illegible]」，又戰國楚系「矢」字作「[illegible]」〈曾侯乙 90〉、「[illegible]」〈包山 260〉，可知「[illegible]」爲从弓从倒矢之形；秦系文字作「[illegible]」〈睡虎地・秦律雜抄 34〉、「[illegible]」〈睡虎地・日書甲種 28 背〉，「[illegible]」之「[illegible]」係省減「[illegible]」下半部的一道筆畫，又「[illegible]」與《說文》篆文「[illegible]」相近，古文从矢从身作「[illegible]」，作「[illegible]」、「[illegible]」者應爲「[illegible]」的訛寫，即將「[illegible]」

〔註 156〕《說文解字注》，頁 228。

的筆畫易寫為「[古文字]」，再將「又」與所執弓、矢的形體割裂，即寫作「[古文字]」，傳抄過程因書手未察，遂將之誤為「身」，至於从又、从寸作為形符時替代的現象，據「禱」字考證，係屬一般形符的代換，又羅振玉言「張弓注矢形，或左向，或右向。許書从身，乃由弓形而譌，又誤橫矢為立矢，其从寸則从又之譌也。」〔註157〕其言可參。

字例	重文	時期	字形
䠶 䠶	䠶	殷商	[古文字]《合》（19476）[古文字]《合》（19479正）[古文字]《花東》（2）
		西周	[古文字]〈靜簋〉
		春秋	[古文字]〈石鼓文〉
		楚系	[古文字]〈郭店・窮達以時8〉
		晉系	
		齊系	[古文字]《古璽彙編》（0153）
		燕系	[古文字]〈騎傳馬節〉
		秦系	[古文字]〈睡虎地・秦律雜抄34〉[古文字]〈睡虎地・日書甲種28背〉
		秦朝	
		漢朝	[古文字]《馬王堆・雜療方67》

426、**《說文》「侯」字云：「[篆文]，春饗所射矦也。从人，从厂，象張布，矢在其下。天子射熊虎豹服猛也，諸矦射熊虎，大夫射麋，麋，惑也，士射鹿豕為田除害也。其祝曰：毋若不寧矦，不朝于王所，故伉而射汝也。[古文]，古文矦。」**〔註158〕

甲骨文作「[古文字]」《合》（23599）、「[古文字]」《合》（33208），从厂从矢，兩周文字承襲作「[古文字]」〈己侯簋〉、「[古文字]」〈侯馬盟書・宗盟類200.25〉、「[古文字]」〈包山51〉，以「[古文字]」為例，起筆橫畫上增添的短橫畫「-」，為飾筆的性質，古文「[古文字]」與「[古文字]」相同；又楚系文字或作「[古文字]」〈曾侯乙鼎〉，「[古文字]」上半部的「︿」寫作「一」，係將曲筆寫作直筆。《說文》篆文作「[篆文]」，形體與〈兩詔橢量三〉的「[古文字]」相同，上半部的形體為「人」，馬叙倫指出當為「從

〔註157〕《增訂殷虛書契考釋》卷中，頁43。

〔註158〕《說文解字注》，頁229。

人厌聲」〔註 159〕，從商周文字的發展觀察，其言可從，許書言「从人，从厂，象張布，矢在其下。」爲非。

字 例	重 文	時 期	字 形
侯 𥎦	矦	殷 商	《合》（6820）《合》（23599）《合》（33208）
		西 周	〈己侯簋〉
		春 秋	〈侯馬盟書・宗盟類 200.25〉
		楚 系	，〈曾侯乙鐘〉〈曾侯乙鼎〉〈包山 51〉
		晉 系	〈中山王𡩜方壺〉
		齊 系	〈塦侯因𬭚敦〉
		燕 系	〈郾侯職戈〉
		秦 系	〈睡虎地・法律答問 117〉
		秦 朝	〈兩詔橢量三〉
		漢 朝	《馬王堆・戰國縱橫家書 56》

427、《說文》「高」字云：「高，小堂也。从高省冋聲。廎，高或从广頃聲。」〔註 160〕

篆文作「高」，从高省冋聲；或體作「廎」，从广頃聲。《說文》「高」字云：「崇也」，「广」字云：「因厂爲屋也」〔註 161〕，二者的字義雖無涉，然「广」之義與「住所」有關，「高」的字義爲「小堂」，形符易爲「广」，應可彰顯該字的字義。「冋」字上古音屬「見」紐「耕」部，「頃」字上古音屬「溪」紐「耕」部，二者發聲部位相同，見溪旁紐，疊韻，冋、頃作爲聲符使用時可替代。

字 例	重 文	時 期	字 形
高 高	廎	殷 商	
		西 周	
		春 秋	

〔註 159〕《說文解字六書疏證》二，卷十，頁 1401。

〔註 160〕《說文解字注》，頁 230。

〔註 161〕《說文解字注》，頁 230，頁 447。

		楚　系	
		晉　系	
		齊　系	
		燕　系	
		秦　系	
		秦　朝	
		漢　朝	

428、《說文》「冂」字云：「冂，邑外謂之郊，郊外謂之野，野外謂之林，林外謂之冂。象遠介也。凡冂之屬皆从冂。冋，古文冂从口，象國邑。坰，冋或从土。」〔註 162〕

篆文作「冂」，與〈大盂鼎〉的「冂」近同；古文作「冋」，與〈大克鼎〉的「冋」相近，許書言「从口」，據「冋」可知，「口」爲「ㅂ」非「口」；或體作「坰」，从土从冋，《說文》「土」字云：「地之吐生萬物者也」〔註 163〕，「土」可指土壤、土地，「冂」的字義爲「林外謂之冂」，增添「土」應可彰顯該字的字義。

字　例	重　文	時　期	字　形
冂 冂	冋， 坰	殷　商	
		西　周	冂〈大盂鼎〉冋〈大克鼎〉
		春　秋	冋〈冂・平肩空首布〉
		楚　系	
		晉　系	
		齊　系	
		燕　系	
		秦　系	
		秦　朝	
		漢　朝	

〔註 162〕《說文解字注》，頁 230。

〔註 163〕《說文解字注》，頁 688。

429、《說文》「就」字云：「，高也。从京尤。尤，異於凡也。，籀文就。」〔註 164〕

甲骨文作「」《合》（3139），西周金文爲「」〈散氏盤〉，从亯从京。戰國楚系文字作「」〈郭店・六德 2〉、「」〈新蔡・乙四 96〉，或从止作「」〈新蔡・乙三 31〉，或从辵作「」〈上博・容成氏 7〉，辭例依序爲「仁與義就矣」、「荊王就禱」、「就禱三楚」、「率天下之人就奉而立之」，形似「」者亦出現在郭店竹簡，寫作「」〈郭店・五行 13〉、「」〈郭店・五行 21〉、「」〈郭店・五行 33〉，辭例爲「悅則就（戚）」、「不悅不就」、「就而信之」，整理者根據朱德熙的意見將之釋爲「戚」字〔註 165〕，裘錫圭於〈六德〉的按語云：「裘按：『𩫏』疑當讀爲『就』」〔註 166〕，「」上半部爲「」，下半部爲「京」之「」，楚系「亯」字作「」〈新蔡・甲三 30〉、「」〈新蔡・乙四 43〉，「」應爲「亯」之省，據此可知「」係將「」與「」疊加後共用相同的「」或「」，形成特殊的形體，「」增添「止」旁，「」增添「辵」旁，古文字或見增添「止」、「辵」強調其動作，如：「去」字作「」〈哀成叔鼎〉，或增添止作「」〈好盗壺〉，辭例爲「大去刑罰」，或增添辵作「」〈郭店・成之聞之 21〉，辭例爲「其去人弗遠矣」，「降」字作「」〈史牆盤〉，或增添止作「」〈中山王方鼎〉，辭例爲「天降休命于朕邦」，「」、「」所增添的偏旁應具有此作用。秦系文字从京尤作「」〈睡虎地・效律 49〉、「」〈睡虎地・秦律十八種 48〉，較之於「」，左側的形體係省略「亯」，並訛省爲「」、「」，《說文》篆文「」源於此，與「」相近，許書言「从京尤」之說，係就訛省的字體釋形。秦文字或見「」《秦代陶文》（1375），从「」者應受到「」之「」的影響，誤將之寫作「又」。籀文作「」，王國維指出「从𩫏省」〔註 167〕，「」上半部的「」即「亯」之省，其言爲是。

〔註 164〕《說文解字注》，頁 231。

〔註 165〕朱德熙：〈釋𩫏〉，《朱德熙古文字論集》，頁 1～2，北京，中華書局，1995 年。

〔註 166〕荊門市博物館：《郭店楚墓竹簡》，頁 189，北京，文物出版社，1998 年。

〔註 167〕王國維：《王觀堂先生全集・史籀篇疏證》冊七，頁 2413，臺北，文華出版公司，1968 年。

字例	重文	時期	字形
就		殷商	《合》(3139)
		西周	〈散氏盤〉
		春秋	
		楚系	〈郭店・六德 2〉〈上博・容成氏 7〉 〈新蔡・乙三 31〉〈新蔡・乙四 96〉
		晉系	
		齊系	
		燕系	
		秦系	〈睡虎地・效律 49〉〈睡虎地・秦律十八種 48〉
		秦朝	《秦代陶文》(1375)
		漢朝	《馬王堆・戰國縱橫家書 235》《武威・泰射 83》

430、《說文》「亯」字云：「，獻也。从高省，象孰物形。《孝經》曰：『祭則鬼亯之』。凡亯之屬皆从亯。，篆文亯。」〔註 168〕

甲骨文作「」《合》(1197)、「」《合》(5640)，金文承襲爲「」〈亯簋〉、「」〈士父鐘〉、「」〈𨥢鎛〉，吳大澂云：「象宗廟之形」〔註 169〕，或於「」下半部的部件中增添短橫畫「-」，寫作「」〈殳季良父壺〉，《說文》古文「」應源於此，在文字發展的過程，誤將「」的形體割裂，形成「」、「」，再加上筆畫的收縮，使得上半部作「」，可知許書言「从高省，象孰物形。」爲訛誤的形體；戰國楚系文字作「」〈包山 171〉，齊系文字作「」〈十年塦侯午敦〉，皆將上半部的「」省寫；秦系文字作「」〈睡虎地・日書甲種 33 背〉、「」〈睡虎地・日書甲種 66 背〉，下半部作「」、「」，係將「」與「口」割裂，將「口」寫作「」、「」，馬王堆漢墓出土文獻或襲自「」爲「」《馬王堆・二三子問 35》，或承繼訛形作「」《馬王堆・五十二病方 171》、「」《馬王堆・十問 97》，又將篆文「」較之於「」，「」係「」進一步的訛寫所致。

〔註 168〕《說文解字注》，頁 231～232。

〔註 169〕(清) 吳大澂：《說文古籀補》第五，頁 29，臺北，藝文印書館，1968 年。

字　例	重　文	時　期	字　形
亯 亯	亯	殷　商	亯《合》（1197）亯《合》（5640）
		西　周	亯〈亯簋〉亯〈士父鐘〉亯〈殳季良父壺〉
		春　秋	亯〈𩊠鎛〉亯，亯〈曾伯陭壺〉
		楚　系	亯〈包山 171〉
		晉　系	
		齊　系	亯〈十年陳侯午敦〉
		燕　系	
		秦　系	亯〈睡虎地・日書甲種 33 背〉 亯〈睡虎地・日書甲種 66 背〉
		秦　朝	亯《馬王堆・五十二病方 171》
		漢　朝	亯《馬王堆・二三子問 35》亯《馬王堆・十問 97》

431、《說文》「𦎧」字云：「𦎧，孰也。从亯羊。讀若純。一曰：『鬻也』。𦎧，篆文𦎧。」〔註 170〕

甲骨文作「𦎧」《合》（6861）、「𦎧」《合》（20530），从亯羊，上半部的「亯」，或爲「亯」，或爲「亯」，金文承襲爲「𦎧」〈禹鼎〉、「𦎧」〈齊侯敦〉、「𦎧」〈十年陳侯午敦〉，「會以熟羊祭享之意」〔註 171〕，《說文》篆文「𦎧」與重文「𦎧」，上半部的「亯」、「亯」，據「亯」字考證，皆因形體割裂與筆畫的收縮，遂寫作「亯」。

字　例	重　文	時　期	字　形
𦎧 𦎧	𦎧	殷　商	𦎧《合》（6861）𦎧《合》（20530）
		西　周	𦎧〈禹鼎〉
		春　秋	𦎧，𦎧〈齊侯敦〉
		楚　系	
		晉　系	

〔註 170〕《說文解字注》，頁 232。

〔註 171〕《戰國古文字典——戰國文字聲系》，頁 1334。

		齊　系	□〈十年塦侯午敦〉
		燕　系	
		秦　系	
		秦　朝	
		漢　朝	

432、《說文》「覃」字云：「□，長味也。从𣆪鹹省聲。《詩》曰：『實覃實吁』。□，古文覃。□，篆文覃省。」〔註172〕

甲骨文作「□」《花東》（370），殷周金文承襲爲「□」〈亞覃尊〉、「□」〈亞□父丁爵〉，唐蘭指出「□」字「本象巨口狹頸之容器」，「覃」字則像「□在□中」〔註173〕，「□」、「□」正像「巨口狹頸之容器」，其說可從；春秋金文作「□」〈晉姜鼎〉，下半部的形體與「墉」之「□」相同，《說文》篆文「□」、籀文「□」應源於此，下半部的「□」，係誤將「□」下半部的形體割裂，再加上筆畫的收縮，遂寫作「□」，「□」係「□」省略「○」所致，古文作「□」，「□」亦爲「□」的訛省，許書言「从𣆪鹹省聲」，係就訛誤的形體說解。

字　例	重　文	時　期	字　形
覃 □	□， □	殷　商	□《花東》（370）□〈亞覃尊〉□〈亞□父丁爵〉
		西　周	
		春　秋	□〈晉姜鼎〉
		楚　系	
		晉　系	
		齊　系	
		燕　系	
		秦　系	
		秦　朝	
		漢　朝	

〔註172〕《說文解字注》，頁232。

〔註173〕唐蘭：〈釋□厚□□覃〉，《殷虛文字記》，頁32，臺北，學海出版社，1986年。

433、《說文》「厚」字云：「𠪋，山陵之𣆪也。从厂从𣆪。垕，古文厚从后土。」〔註174〕

甲骨文作「厚」《合》(34123)，金文爲「厚」〈戈厚作兄日辛簋〉、「厚」〈原趠方鼎〉、「厚」〈史牆盤〉、「厚」〈魯伯厚父盤〉，或見「厚」〈王臣簋〉，又「𣆪」字於甲骨文作「𣆪」《合》(4865)，金文爲「𣆪」〈毛公鼎〉、「𣆪」〈五年召伯虎簋〉、「𣆪」〈拍敦〉，較之於「厚」字之「厚」、「厚」、「厚」、「厚」，可知「厚」之「𣆪」爲「𣆪」，从「𣆪」者應爲訛形；戰國楚系文字或从石省句聲作「厚」〈郭店・老子甲本36〉、「厚」〈上博・容成氏52〉，或从石从毛作「厚」〈郭店・老子甲本33〉，或从石从干作「厚」〈郭店・語叢一82〉，或从石从戈作「厚」〈郭店・語叢三22〉，或从石省从𣆪作「厚」〈上博・緇衣2〉，或从石从倒矢作「厚」〈上博・彭祖7〉，或从石从厚聲作「厚」〈上博・曹沫之陳54〉，或从土后聲作「垕」〈上博・凡物流形甲本2〉，辭例依序爲「厚藏必多亡」、「而得失於民之厚也」、「含德之厚者」、「厚於義」、「厚之」、「以示民厚」、「是謂自厚」、「束而厚之」、「奚得而不厚」，形體雖不同，從辭例言，皆爲「厚」字異體。「厚」下半部的形體，近於〈拍敦〉的「𣆪」，又楚系「𣆪」字作「𣆪」〈天星觀・遣策〉，从「𣆪」之字，如：「䵏」字作「䵏」〈新蔡・乙三23〉，「𢥞」字作「𢥞」〈郭店・窮達以時15〉，「墩」字作「墩」〈郭店・六德21〉，「𦃤」字作「𦃤」〈包山170〉，「𩰲」字作「𩰲」〈包山4〉，「融」字作「融」〈包山217〉，「𣆪」下半部的形體或爲「羊」，或爲「干」，或爲「午」，皆爲省寫之形，可知「厚」、「厚」、「厚」係在「厚」的構形上變化而來，故李守奎指出《說文》所从「𣆪」與「𣆪」之「𣆪」下半部的形體相似，楚簡中从「𣆪」者，下半部的形體皆可省寫，从干、从倒矢形、从毛、从戈者皆由此訛寫，所以楚簡「厚」字應是从石或石省、从「𣆪」省的會意兼聲字〔註175〕，其說可從。《說文》古文从土后聲作「垕」，形體近於「垕」，其間差異，爲短橫畫「-」的位置不同，前者置於「口」的起筆橫畫之上，後者置於「厂」的起筆橫畫之上。秦系文字作「厚」〈青川・木牘〉，馬王堆漢墓出土文獻作「厚」《馬王堆・五十二病方93》、「厚」《馬王堆・老子甲本83》，下半部从「子」

〔註174〕《說文解字注》，頁232。

〔註175〕李守奎：〈楚簡文字四考〉，《中國文字研究》第三輯，頁191～193，南寧，廣西教育出版社，2002年。

之形，係因「□」之「□」的形體割裂與訛省，漢簡所見从「广」者亦爲「厂」之訛。篆文作「□」，下半部的「□」，據「覃」字考證，係因形體割裂與筆畫收縮所致。「句」字上古音屬「見」紐「侯」部，「后」、「□」二字上古音皆屬「匣」紐「侯」部，見匣旁紐，疊韻，句、□、后作爲聲符使用時可替代。《說文》「石」字云：「山石也」，「土」字云：「地之吐生萬物者也」〔註 176〕，二者的字義無涉，从石、从土的差異，應爲造字時對於偏旁意義的選擇不同。

字　例	重　文	時　期	字　形
厚 □	□	殷　商	□《合》（34123）□〈戈□作兄日辛簋〉
		西　周	□〈原趠方鼎〉□〈王臣簋〉□〈史牆盤〉□〈井人女鐘〉
		春　秋	□〈魯伯厚父盤〉
		楚　系	□〈郭店・老子甲本 33〉□〈郭店・老子甲本 36〉 □〈郭店・語叢一 82〉□〈郭店・語叢三 22〉 □〈上博・緇衣 2〉□〈上博・容成氏 52〉 □〈上博・彭祖 7〉□〈上博・曹沫之陳 54〉 □〈上博・凡物流形甲本 2〉
		晉　系	
		齊　系	
		燕　系	
		秦　系	□〈青川・木牘〉
		秦　朝	□《馬王堆・五十二病方 93》
		漢　朝	□《馬王堆・老子甲本 83》

434、《說文》「良」字云：「□，善也。从富省亾聲。□，古文良；□，亦古文良；□，亦古文良。」〔註 177〕

甲骨文作「□」《合》（4952）、「□」《合》（4955），唐蘭釋爲「良」〔註 178〕，高鴻縉以爲像「風箱留實之器。穀之輕惡者，隨風吹去。其重而良好者，墜入

〔註 176〕《說文解字注》，頁 453，頁 688。

〔註 177〕《說文解字注》，頁 232。

〔註 178〕唐蘭：〈釋良狼臭〉，《殷虛文字記》，頁 54～57，臺北，學海出版社，1986 年。

此器。折轉而存留。故託以寄良好之意。」〔註179〕劉桓指出「」爲「梁」字初文，所見「」爲「水」，「□」爲「水中之阻礙物」〔註180〕，以「」字爲例，上下兩側的形體非爲「水」，若據劉桓之說，實難說明其構形與「梁」有關；西周金文承襲爲「」〈嗣寇良父壺〉、「」〈叔良父盨〉，或增添小圓點作「」〈叔良父盨〉、「」〈季良父盉〉、「」〈季良父簠〉，「」下半部的形體爲「」，與「亡」之「」〈天亡簋〉、「」〈毛公鼎〉相近；春秋金文或作「」〈齊侯匜〉，中山國文字承襲爲「」〈中山王嚳方壺〉，惟將上半部的「」易爲「」，下半部的「」繁化爲「」；戰國楚系文字作「」〈天星觀・卜筮〉、「」〈新蔡・甲一22〉、「」〈上博七・鄭子家喪甲本5〉、「」〈上博七・鄭子家喪乙本5〉、「」〈清華・耆夜14〉、「」〈清華・皇門8〉，辭例依序爲「擇良日」、「至九月有良間」、「子良」、「子良」、「良士之懼」、「良言」，字形雖不同，皆爲「良」字異體，上半部的「」、「」，應爲「」、「」、「」的訛寫，作「」、「」、「」者，多爲割裂形體後的訛形，下半部的「」多與「」接連，「」作「」，形體已產生割裂，又「」所見之「」，本亦作「」，因形體的割裂，而誤爲「田」，《說文》古文「」源於此，形體近於「」；秦系文字作「」〈睡虎地・日書甲種146〉，對照「」、「」的形體，上半部的「」、「」因割裂形體而誤爲「」，馬王堆漢墓出土文獻承襲爲「」《馬王堆・五十二病方346》、「」《馬王堆・易之義30》，篆文「」形體近於「」，許書言「从富省亾聲」，實爲形體割裂後的訛誤。另一古文作「」，由「」、「」所組成，觀其形，疑爲「」、「」、「」省略下半部之「」的訛形，以「」爲例，係將「」訛寫爲「」，「」誤爲「」，然「」尚未見於出土文獻，有待日後出土材料中相近的字形出現，方能進一步解決此問題；又一古文作「」，《古陶文彙編》收錄一字作「」（3.1303），形體與之相近，二者的差異，係其間的橫畫數量多寡不一，又「亯」字本作「」〈亯簋〉、「」〈士父鐘〉、「」〈殳季良父壺〉，金文中有一字作「」〈雍伯原鼎〉，辭例爲「雍伯原作寶鼎，子子孫孫其萬年永用亯射。」「」係將「」或「」的筆畫以等長的方式書寫，

〔註179〕《中國字例》，頁241。

〔註180〕劉桓：〈良字補釋〉，《殷契新釋》，頁296～297，石家莊，河北教育出版社，1989年。

遂形成「」，「良」字或作「」〈季良父盉〉，或作「」〈季良父簠〉，以彼律此，若以等長的方式書寫，亦會形成「」或「」，可知「」實有其承襲，因書手未察其構形，而省易爲「」，產生文字的異體。

字　例	重　文	時　期	字　形
良	， ，	殷　商	《合》(4952)　《合》(4955)
		西　周	〈𤔲寇良父壺〉，〈叔良父盨〉〈季良父盉〉〈季良父簠〉
		春　秋	〈齊侯匜〉
		楚　系	〈天星觀・卜筮〉〈新蔡・甲一 22〉〈上博六・競公瘧 2〉〈上博七・鄭子家喪甲本 5〉〈上博七・鄭子家喪乙本 5〉〈清華・耆夜 14〉〈清華・皇門 8〉
		晉　系	〈中山王方壺〉
		齊　系	
		燕　系	
		秦　系	〈睡虎地・日書甲種 146〉
		秦　朝	《馬王堆・五十二病方 346》
		漢　朝	《馬王堆・易之義 30》

435、《說文》「㐭」字云：「㐭，穀所振入也。宗廟粢盛，蒼黃㐭而取之，故謂之㐭。从入，从回，象屋形，中有戶牖。凡㐭之屬皆从㐭。廩，㐭或从广禀。」〔註 181〕

甲骨文作「」《合》(583 反)、「」《合》(9642)，「象兩大石上架木堆積禾穗之形」〔註 182〕；戰國文字作「」〈土匀瓶〉、「」《古陶文彙編》(6.108)，對照甲骨文的形體，「」、「」應爲「」或「」的訛省，「」、「」爲「」之訛；馬王堆漢墓出土文獻作「」《馬王堆・繆和 65》，形體與《說文》或體「」相近，漢簡又見「」《武威・少牢 7》，所从之

〔註 181〕《說文解字注》，頁 232～233。

〔註 182〕《甲骨文字典》，頁 609。

「稟」爲「稟」，上半部的「亩」爲訛誤之形，下半部从米，《說文》「禾」字云：「嘉穀也」，「米」字云：「粟實也」〔註 183〕，二者皆與植物有關，作爲形符使用時替代的現象亦見於兩周文字，如：「稻」字或从禾作「稻」〈曾伯簠簋〉，或从米作「稻」〈陳公子叔遵父甗〉；又篆文从入从回作「亩」，爲「亩」、「亩」進一步的訛寫。《說文》「稟」字云：「賜穀也」，「广」字云：「因厂爲屋也」〔註 184〕，「亩」爲收納穀物的糧倉，增添「禾」以示穀物之義，从「广」可表明糧倉的意涵。

字　例	重　文	時　期	字　形
亩 亩	廩	殷　商	亩《合》（583 反）亩《合》（9642）
		西　周	
		春　秋	
		楚　系	
		晉　系	亩〈土匀瓶〉亩《古陶文彙編》（6.108）
		齊　系	
		燕　系	
		秦　系	
		秦　朝	
		漢　朝	廩《馬王堆・繆和 65》廩《武威・少牢 7》

436、《說文》「啚」字云：「啚，嗇也。从口从亩。亩，受也。啚，古文啚如此。」〔註 185〕

甲骨文作「啚」《合》（6057 反）、「啚」《合》（6058），金文承襲作「啚」〈雍伯鼎〉、「啚」〈𦉨鎛〉，上半部的「□」可寫爲「▽」或「○」，形體無別，下半部的「亩」或「亩」易寫爲「亩」，甚者割裂爲「亩」，然無論形體如何變異，皆保留上半部的形體，《說文》古文「啚」下半部的「田」與「田」相近，上半部作「㔾」，疑爲「▽」或「○」的訛寫；篆文「啚」下半部作「亩」，係「亩」、「亩」或「亩」的訛省。

〔註 183〕《說文解字注》，頁 323，頁 333。

〔註 184〕《說文解字注》，頁 233，頁 447。

〔註 185〕《說文解字注》，頁 233。

字例	重文	時期	字形
		殷商	《合》(6057反) 《合》(6058)
		西周	〈雍伯鼎〉
		春秋	〈𬭚鎛〉
		楚系	
		晉系	
		齊系	
		燕系	
		秦系	
		秦朝	
		漢朝	

437、《說文》「嗇」字云：「，愛濇也。从來亩。來者亩而臧之，故田夫謂之嗇夫。一曰：『棘省聲』。凡嗇之屬皆从嗇。，古文嗇从田。」〔註186〕

甲骨文作「」《合》(4874)、「」《合》(893正)、「」《合》(27886)，「從來從亩，或從秝從亩，象藏禾麥於亩之形。」〔註187〕下半部的「」、「」爲倉廩之形；金文作「」〈沈子它簋蓋〉、「」〈史牆盤〉、「」〈好盗壺〉，「」上半部的形體係省略「」的豎畫，下半部的「」爲「」、「」之訛，以「」爲例，因將「」的形體以平直的筆畫取代彎曲的形體，遂寫作「」；戰國楚系文字作「」〈郭店・老子乙本1〉、「」〈清華・皇門6〉、「」〈上博・用曰12〉，辭例依序爲「莫若嗇」、「稼嗇（穡）」、「嗇則行」，形體雖不同，皆「嗇」字異體，對照「」的形體，「」、「」應爲「」之省，下半部所从之「田」、「」，亦爲「倉廩」之形的訛誤；秦系文字作「」〈放馬灘・日書甲種15〉、「」〈睡虎地・效律18〉、「」〈睡虎地・秦律十八種169〉、「」〈睡虎地・日書甲種144背〉，「倉廩」之形訛爲「」、「」，「」亦訛省爲「」、「」、「」、「」。《說文》篆文从來亩作「」，

〔註186〕《說文解字注》，頁233。

〔註187〕《甲骨文字典》，頁611。

下半部的「㐭」，據「㐭」字考證，為「𠓛」、「𠓛」的訛寫，古文从來从田作「𠭯」，「田」亦為「倉廩」之訛，「來」係將「來」上半部的部件割裂為「^^」，又受到自體類化的影響而重複「^^」，遂形成「𠓛」。

字　例	重　文	時　期	字　形
嗇 嗇	𠭯	殷　商	《合》(893 正) 《合》(27886) 《合》(4874)
		西　周	〈沈子它簋蓋〉 〈史牆盤〉
		春　秋	
		楚　系	〈郭店・老子乙本 1〉 〈上博・用曰 12〉 〈清華・皇門 6〉
		晉　系	〈𨛭䖵壺〉 〈十四年雙翼神獸〉
		齊　系	
		燕　系	
		秦　系	〈放馬灘・日書甲種 15〉 〈睡虎地・效律 18〉 〈睡虎地・秦律十八種 169〉 〈睡虎地・日書甲種 144 背〉
		秦　朝	
		漢　朝	《馬王堆・五星占 8》

438、《說文》「牆」字云：「牆，垣蔽也。从嗇爿聲。𤖨，籀文从二禾；𤗼，籀文亦从二來。」〔註 188〕

甲骨文从嗇爿聲作「牆」《合》(36481 正)，金文承襲為「牆」〈史牆盤〉，所从之「嗇」从秝，《說文》籀文「𤖨」與之相近，其間的差異有二，一為「爿」的筆畫不同，一為「𤖨」下半部的「㐭」，據「㐭」字考證，為「𠓛」、「𠓛」之誤，又另一籀文从二來作「𤗼」，《說文》「來」字云：「周所受瑞麥來麰也」，「禾」字云：「嘉穀也」〔註 189〕，禾、來的字義與農作物有關，作為形符使用時，理可替代；戰國秦系文字作「牆」〈睡虎地・秦律十八種 195〉，「𠓛」、「𠓛」亦訛為「田」，又據「嗇」字考證，所从之「來」訛省為「土」，篆文「牆」與之相近，右側下半部的「㐭」，即「倉廩」之形訛。楚系文字作「牆」〈上

〔註 188〕《說文解字注》，頁 233。

〔註 189〕《說文解字注》，頁 233，頁 323。

博・孔子詩論 28〉，辭例爲「牆有茨」，亦从「爿」得聲，右側的「𩫖」爲「亯」字，《說文》「嗇」字云：「愛濇也」，「墉」字云：「城垣也」〔註 190〕，二者字義無涉，替代的現象，係造字時對於偏旁意義的選擇不同所致，从亯者亦可表示「垣蔽」的意涵。

字　例	重　文	時　期	字　形
牆 [illegible]	[illegible]，[illegible]	殷　商	[illegible]《合》（36481 正）
		西　周	[illegible]〈史牆盤〉
		春　秋	
		楚　系	[illegible]〈上博・孔子詩論 28〉
		晉　系	
		齊　系	
		燕　系	
		秦　系	[illegible]〈睡虎地・秦律十八種 195〉
		秦　朝	
		漢　朝	

439、《說文》「𢞊」字云：「[illegible]，《詩》曰：『不𢞊不來』。从來矣聲。[illegible]，𢞊或从彳。」〔註 191〕

篆文作「[illegible]」，从來矣聲，或體作「[illegible]」，从彳矣聲，《說文》「彳」字云：「小步也。象人脛三屬相連也。」「來」字云：「周所受瑞麥來麰也。……天所來也，故爲行來之來。」〔註 192〕「來」於此爲「行來之來」，「彳」爲「小步」，二者無形近、義近、音近的關係，作爲偏旁時互代的現象，屬非形義近同的互代。

字　例	重　文	時　期	字　形
𢞊 [illegible]	[illegible]	殷　商	
		西　周	
		春　秋	

〔註 190〕《說文解字注》，頁 233，頁 695。

〔註 191〕《說文解字注》，頁 234。

〔註 192〕《說文解字注》，頁 76，頁 233。

		楚　系	
		晉　系	
		齊　系	
		燕　系	
		秦　系	
		秦　朝	
		漢　朝	

440、《說文》「麰」字云：「麰，來麰，麥也。从麥牟聲。[illegible]，麰或从艸。」〔註 193〕

篆文作「麰」，从麥牟聲，或體作「[illegible]」，从艸牟聲，《說文》「麥」字云：「芒穀，秋穜厚薶故謂之麥。」「艸」字云：「百卉也」〔註 194〕，二者的字義皆與植物相關，作爲偏旁時互代的現象，屬義近的互代。

字　例	重　文	時　期	字　形
麰 麰	[illegible]	殷　商	
		西　周	
		春　秋	
		楚　系	
		晉　系	
		齊　系	
		燕　系	
		秦　系	
		秦　朝	
		漢　朝	

441、《說文》「麩」字云：「麩，小麥屑皮也。从麥夫聲。麱，麩或从甫。」〔註 195〕

〔註 193〕《說文解字注》，頁 234。

〔註 194〕《說文解字注》，頁 22，頁 234。

〔註 195〕《說文解字注》，頁 234。

「麩」字从麥夫聲，或體「䴸」从麥甫聲。「夫」、「甫」二字上古音皆屬「幫」紐「魚」部，雙聲疊韻，夫、甫作爲聲符使用時可替代。

字　例	重　文	時　期	字　形
麩 [illegible]	[illegible]	殷　商	
		西　周	
		春　秋	
		楚　系	
		晉　系	
		齊　系	
		燕　系	
		秦　系	
		秦　朝	
		漢　朝	

442、《說文》「夏」字云：「[illegible]，中國之人也。从夊从頁从臼。臼，兩手；夊，兩足也。[illegible]，古文夏。」〔註 196〕

甲骨文作「[illegible]」《合》(30591)，从日从[illegible]，金文作「[illegible]」〈右戲仲嚘父鬲〉、「[illegible]」〈伯夏父鼎〉，「[illegible]」下半部所見之「[illegible]」，爲標示的足趾之形，故張世超等人云：「從日，從夒，其右旁之夒，與〈無夒卣〉『夒』字幾乎全同，爲側視人形，實即去尾之夒形，頭部作[illegible]（頁首）形，下[illegible]形乃[illegible]（趾形夊）之微訛。」〔註 197〕其後因將足趾之形往上移，故寫作「[illegible]」，使得「[illegible]」與「女」之「[illegible]」〈洹子孟姜壺〉相近。戰國楚系文字从頁从日从女作「[illegible]」〈噩君啓車節〉，辭例爲「夏层」，所从之「[illegible]」即「[illegible]」之「[illegible]」，因形體割裂而分作「[illegible]」與「[illegible]」，將「女」改置於「日」下作「[illegible]」，與「頁」形成左右式結構；或从頁从日从止作「[illegible]」〈天星觀・卜筮〉、「[illegible]」〈包山 216〉，辭例皆爲「夏层」，「[illegible]」、「[illegible]」的現象與「[illegible]」之「[illegible]」相同，因形體割裂而將「止」置於「日」下；或从頁从日从虫作「[illegible]」〈包山 115〉，辭例爲「夏柰」，對照「[illegible]」、「[illegible]」的形體，「夏」字所見的「[illegible]」或「[illegible]」，爲「手」的形象，「[illegible]」

〔註 196〕《說文解字注》，頁 235～236。

〔註 197〕《金文形義通解》，頁 1409。

下半部的形體似「虫」，係由「」或「」訛寫而來；或省減頁而从日从虫作「」〈郭店・唐虞之道 13〉，辭例爲「虞夏之治也」，或从日从它作「」〈上博・民之父母 1〉，辭例爲「子夏問於孔子」，《說文》「虫」字云：「一名蝮」，「蝮」字云：「虫也」，「它」字云：「虫也」〔註 198〕，「虫」、「它」的字義相近同，可因義近而替代，二者作爲形符使用時替代的現象亦見於兩周文字，如：「蠬」字从它作「」〈天星觀・遣策〉，或从虫作「」〈睡虎地・日書甲種 50 背〉；或从頁从日作「」〈新蔡・甲三 209〉，辭例爲「移夏」。晉系文字从頁从日从又作「」〈私庫嗇夫鑲金銀泡飾〉，「」即由「」之「」而來，所从之「」即「」、「」的「」或「」；燕系文字从頁从日从止作「」《古璽彙編》（15）。秦文字作「」〈秦公簋〉，較之於「」、「」，除省略「日」外，並將側視之「」、「」易爲正視的「」，在「頁」的兩側標示「手」、「足趾」之形，或省寫爲「」〈睡虎地・秦律十八種 119〉，《說文》篆文「」與此相同，或在「」的構形上再省略「頁」的「」，寫作「」〈睡虎地・法律答問 177〉，或受到自體類化的影響將「頁」之「」易爲「夊」作「」〈睡虎地・秦律十八種 108〉。古文作「」，商承祚指出「」爲「」的訛寫，从目與从百同，从足與从夊同〔註 199〕，據上列字形所示，从足者蓋爲从日从止之訛。

字　例	重　文	時　期	字　形
夏		殷　商	《合》（30591）
		西　周	〈伯顕父鬲〉 〈伯夏父鼎〉
		春　秋	〈右戲仲𩟄父鬲〉 〈秦公簋〉
		楚　系	〈噩君啓車節〉 〈天星觀・卜筮〉 〈包山 115〉 〈包山 216〉 〈郭店・唐虞之道 13〉 〈上博・民之父母 1〉 〈新蔡・甲三 209〉
		晉　系	〈私庫嗇夫鑲金銀泡飾〉
		齊　系	
		燕　系	《古璽彙編》（15）

〔註 198〕《說文解字注》，頁 669～670，頁 684。

〔註 199〕《說文中之古文考》，頁 54。

		秦系	〈睡虎地・秦律十八種 119〉 〈睡虎地・秦律十八種 108〉〈睡虎地・法律答問 177〉
		秦朝	《馬王堆・五十二病方 254》
		漢朝	《馬王堆・陰陽五行甲篇 114》

443、《說文》「舛」字云：「舛，對臥也。从夊㐄相背。凡舛之屬皆从舛。踳，楊雄作舛从足萅。」〔註 200〕

「舛」字作「舛」，从夊㐄，會意；重文作「踳」，从足萅聲。「舛」、「萅」二字上古音皆屬「昌」紐「文」部，雙聲疊韻。「踳」字爲形聲字，所从之「春」聲與「舛」同音。

字例	重文	時期	字形
舛 舛	踳	殷商	
		西周	
		春秋	
		楚系	
		晉系	
		齊系	
		燕系	
		秦系	
		秦朝	
		漢朝	

444、《說文》「舞」字云：「舞，樂也。用足相背，从舛無聲。翌，古文舞从羽亡。」〔註 201〕

甲骨文作「」《合》（12819）、「」《合》（20979）、「」《合》（27891）、「」《花東》（391），「所持者或謂牛尾，或謂羽，實則隨所需而定。」〔註 202〕姚孝遂指出「舞」字像「有所持而舞之形」，「舞蹈是雩祭祈雨時的一種主要形

〔註 200〕《說文解字注》，頁 236。

〔註 201〕《說文解字注》，頁 236。

〔註 202〕于省吾：《甲骨文字詁林》第一冊，頁 258，北京，中華書局，1996 年。

式」〔註 203〕，兩周以來的文字承襲之，寫作「」〈繹山碑〉；或於「大」下方標示足趾「」，寫作「」〈匽侯銅泡〉；或進一步將「足趾」與「大」割裂，形成「」、「」，如：「」《馬王堆・戰國縱橫家書 158》、「」《馬王堆・戰國縱橫家書 159》，《說文》篆文「」的形體蓋源於此，故言「用足相背，从舛聲」；或增添「辵」作「」〈余購兒鐘〉，辭例爲「歌舞」，所增之「辵」，應強調其作爲動詞。古文从羽亡聲，寫作「」，《周禮・春官・樂師》云：「凡舞：有帗舞，有羽舞，有皇舞，有旄舞，有干舞，有人舞。」鄭司農云：「帗舞者，全羽；羽舞者，析羽；皇舞者，以羽冒覆頭，上衣飾翡翠之羽；旄舞者，氂牛之尾；干舞者，兵舞；人舞者，手舞。」〔註 204〕从「羽」的「舞」字，蓋與此有關。又「無」字上古音屬「明」紐「魚」部，「亡」字上古音屬「明」紐「陽」部，雙聲，魚陽陰陽對轉，無、亡作爲聲符使用時可替代。

字　例	重　文	時　期	字　形
舞		殷　商	《合》(12819) 《合》(20979) 《合》(27891) 《花東》(391)
		西　周	〈匽侯銅泡〉
		春　秋	〈余購兒鐘〉
		楚　系	
		晉　系	
		齊　系	
		燕　系	
		秦　系	
		秦　朝	〈繹山碑〉
		漢　朝	《馬王堆・戰國縱橫家書 158》 《馬王堆・戰國縱橫家書 159》

〔註 203〕姚孝遂、蕭丁：《小屯南地甲骨考釋》，頁 11，北京，中華書局，1985 年。

〔註 204〕（漢）鄭玄注、（唐）賈公彥疏，《周禮注疏》，頁 350，臺北，藝文印書館，1993 年。

445、《說文》「舜」字云：「舜，舜艸也。楚謂之蒀，秦謂之藑。蔓地生而連華，象形，从舛，舛亦聲。凡舜之屬皆从舜。𡕥，古文舜。」〔註 205〕

篆文作「舜」，从𠖥从舛，舛亦聲，與《馬王堆・十問 42》的「舜」相近，惟篆文上半部作「𠖥」，後者為「匚」；古文作「𡕥」，上半部的「炎」若省去一「火」，即與「炙」字的「炙」相同，較之於戰國楚系文字「舜」〈郭店・唐虞之道 6〉、「舜」〈上博・容成氏 23〉，从「炎」者，於楚文字作「𡕥」或「𡕥」，皆未見「尸」、「炎」的形體，「尸」或為「𠃌」之訛，「炎」為「火」之誤，「炎」應為「𡕥」、「𡕥」的訛寫，以彼律此，「舜」與「舜」上半部的「𠖥」、「匚」或為「𡕥」、「𡕥」的訛誤。

字　例	重　文	時　期	字　形
舜 舜	𡕥	殷　商	
		西　周	
		春　秋	
		楚　系	𡕥〈郭店・唐虞之道 6〉𡕥〈上博・容成氏 23〉
		晉　系	
		齊　系	
		燕　系	
		秦　系	
		秦　朝	
		漢　朝	舜《馬王堆・十問 42》

446、《說文》「䑞」字云：「䑞，華榮也。从舜㞷聲。讀若皇。《爾雅》曰：『䑞華也』。葟，䑞或从艸皇。」〔註 206〕

「䑞」字从舜㞷聲，或體「葟」从艸皇聲。「㞷」、「皇」二字上古音皆屬「匣」紐「陽」部，雙聲疊韻，㞷、皇作為聲符使用時可替代。《說文》「艸」字云：「百卉也」，「舜」字云：「舜艸也」〔註 207〕，「舜」為植物之一，二者在

〔註 205〕《說文解字注》，頁 236。

〔註 206〕《說文解字注》，頁 236～237。

〔註 207〕《說文解字注》，頁 22，頁 236。

字義上有所關連，作爲形符使用時，可因同屬於某類而兩相替代。

字　例	重　文	時　期	字　形
		殷　商	
		西　周	
		春　秋	
		楚　系	
		晉　系	
		齊　系	
		燕　系	
		秦　系	
		秦　朝	
		漢　朝	

447、《說文》「韋」字云：「　，相背也。从舛口聲。獸皮之韋，可吕束物，枉戾相韋背，故借吕爲皮韋。凡韋之屬皆从韋。　，古文韋。」〔註 208〕

甲骨文作「　」《花東》（195），从二足趾从口之形，兩周文字承襲作「　」〈黃韋俞父盤〉、「　」〈五年相邦呂不韋戈〉、「　」《馬王堆・養生方 150》，《說文》篆文「　」源於此，「　」、「　」易爲「　」、「　」，可知許書言「从舛口聲」爲非；或見作「　」〈韋作父丁鼎〉，「口」寫作「　」；或作「　」〈曾侯乙 112〉，在「　」、「　」的形體上增添一道橫畫「一」作「　」、「　」，究其性質應爲飾筆；或作「　」《馬王堆・戰國縱橫家書 102》，較之於「　」，下半部的「　」或爲「　」的訛寫，「　」即二足趾之形。古文爲「　」，對照「　」的形體，「　」、「　」係「　」、「　」的訛誤，「⊙」本應爲「口」，因在「口」中增添小圓點遂寫作「⊙」。

字　例	重　文	時　期	字　形
韋		殷　商	《花東》（195）
		西　周	〈韋作父丁鼎〉

〔註 208〕《說文解字注》，頁 237。

韋		春　秋	〈黃韋俞父盤〉
		楚　系	〈曾侯乙 112〉〈新蔡・乙四 102〉
		晉　系	
		齊　系	
		燕　系	
		秦　系	〈五年相邦呂不韋戈〉
		秦　朝	
		漢　朝	《馬王堆・養生方 150》《馬王堆・戰國縱橫家書 102》

448、《說文》「韘」字云：「韘，射決也。所吕拘弦，吕象骨，韋系，箸右巨指。从韋枼聲。《詩》曰：『童子佩韘』。弽，韘或从弓。」〔註 209〕

篆文作「韘」，从韋枼聲，或體作「弽」，从弓枼聲。「韘」字言「射決也」，所从之「韋」，係指製作的材料，或體「弽」字將所从之「韋」改爲「弓」，應指「射決」之義。

字　例	重　文	時　期	字　形
韘 韘	弽	殷　商	
		西　周	
		春　秋	
		楚　系	
		晉　系	
		齊　系	
		燕　系	
		秦　系	
		秦　朝	
		漢　朝	

〔註 209〕《說文解字注》，頁 238。

449、《說文》「韗」字云：「韗，履後帖也。从韋段聲。緞，韗或从糸。」〔註 210〕

篆文作「韗」，从韋段聲，或體作「緞」，从糸段聲，《說文》「韋」字云：「相背也。……獸皮之韋，可吕束物，枉戾相韋背，故借吕爲皮韋。」「糸」字云：「細絲也」〔註 211〕，韋與糸皆可束物，作爲偏旁時互代的現象，屬義近的互代。

字　例	重　文	時　期	字　形
韗 韗	緞	殷　商	
		西　周	
		春　秋	
		楚　系	
		晉　系	
		齊　系	
		燕　系	
		秦　系	
		秦　朝	
		漢　朝	

450、《說文》「𩏶」字云：「𩏶，收束也。从韋糕聲。讀若酋。𩏶，𩏶或从要；揫，𩏶或从秋手。」〔註 212〕

篆文作「𩏶」，从韋糕聲；或體作「𩏶」，从要糕聲，「𩏶」的字義爲「收束也」，《說文》「要」字云：「身中也」〔註 213〕，與「韋」無涉，段玉裁於从「要」之字下〈注〉云：「亦取圍束之意」，可知係造字時對於偏旁意義的選擇不同所致。另一或體作「揫」，从手秋聲，又見於「手」部，字義爲「束也」〔註 214〕，「𩏶」、「揫」二字上古音皆屬「精」紐「幽」部，雙聲疊韻，理可通假，故許

〔註 210〕《說文解字注》，頁 238。

〔註 211〕《說文解字注》，頁 237，頁 650。

〔註 212〕《說文解字注》，頁 238。

〔註 213〕《說文解字注》，頁 106。

〔註 214〕《說文解字注》，頁 608。

慎誤將之列於「䪴」字下。

字　例	重　文	時　期	字　形
䪴 韢	韢，䪴	殷　商	
		西　周	
		春　秋	
		楚　系	
		晉　系	
		齊　系	
		燕　系	
		秦　系	
		秦　朝	
		漢　朝	

451、《說文》「弟」字云：「弟，韋束之次弟也。从古文之象。凡弟之屬皆从弟。弟，古文弟从古文韋省丿聲。」〔註 215〕

甲骨文作「弟」《合》（22258），金文承襲爲「弟」〈沈子它簋蓋〉，或於豎畫上增添短斜畫「丿」，寫作「弟」〈殳季良父壺〉，林義光認爲「弟」字「从弋，己束之，束杙亦有次弟也」〔註 216〕，于省吾進一步指出「弟」字係从弋得聲之字，因「兄弟」之「弟」無形可象，故借用束弋以爲之〔註 217〕；戰國楚系文字作「弟」〈包山 138 反〉，或增添「人」旁作「俤」〈包山 227〉，辭例皆爲「兄弟」，段玉裁於「弟」字下〈注〉云：「以韋束物，如輈五束、衡三束之類，束之不一，則有次弟也。引申之爲凡次弟之弟、爲兄弟之弟、爲豈弟之弟。」增添「人」旁係反映該字是使用於人類的長幼稱謂，或寫作「弟」〈郭店・唐虞之道 5〉，辭例爲「教民弟（悌）也」，亦爲「弟」字異體，較之於「弟」，係筆畫的省減，與《說文》古文「弟」近同，許書言「从古文韋省丿聲」爲非；秦系文字沿襲「弟」的形體，惟將「己」引曳彎曲，寫作「弟」〈睡虎地・日

〔註 215〕《說文解字注》，頁 239。

〔註 216〕林義光：《文源》卷六，頁 50，臺北，新文豐出版社，2006 年。（收入《石刻史料新編》第四輯，冊 8）

〔註 217〕于省吾：《甲骨文字釋林・釋弋、弟》，頁 410，臺北，大通書局，1981 年。

書甲種 2〉，篆文「」源於此，而與「」相近；馬王堆漢墓出土文獻作「」《馬王堆・五行篇 251》、「」《馬王堆・戰國縱橫家書 149》，較之於「」或「」，應爲筆畫訛寫所致。

字　例	古　文	時　期	字　形
弟		殷　商	《合》（22258）
		西　周	〈沇子它簋蓋〉 〈殳季良父壺〉
		春　秋	〈𦒱鎛〉
		楚　系	〈包山 138 反〉 〈包山 227〉 〈郭店・唐虞之道 5〉
		晉　系	
		齊　系	
		燕　系	
		秦　系	〈睡虎地・日書甲種 2〉
		秦　朝	
		漢　朝	《馬王堆・五行篇 251》 《馬王堆・戰國縱橫家書 149》

452、《說文》「乘」字云：「，覆也。从入桀。桀，黠也。軍法入桀曰乘。，古文乘从几。」〔註 218〕

甲骨文作「」《合》（32 正），像人乘木之形〔註 219〕，金文中進一步將人之足的部位標示，像一人張腿站立於木上，寫作「」〈虢季子白盤〉、「」〈多友鼎〉、「」〈公臣簋〉。發展至戰國時期，文字的差異愈大，或沿襲前代文字而略易其形體，如齊系文字上半部仍保留「大（人形）」，下半部則易寫爲、而作「」〈乘虎符〉、「」《古陶文彙編》（3.207）；楚系作「」〈曾侯乙 120〉、「」〈鄂君啓車節〉、「」〈包山 275〉，上半部像人張腿站立之形，由於中間豎畫的省減，再加上誤將足形與省減後的形體連接，產生形體的訛誤，寫作「」，下半部又以「几」或「車」取代「木」，以包山竹簡

〔註 218〕《說文解字注》，頁 240。

〔註 219〕《說文中之古文考》，頁 56。

爲例，辭例爲「一乘羊車」，增添「車」的目的，應爲突顯其意義與車馬相關；晉系之「乘」字或省減下半部的「木」，作「」〈公朱方壺〉、「」〈監罟囿臣石〉，或以「几」取代「木」，作「」〈乘・聳肩空首布〉，從晉系文字的形體結構觀察，其演變的脈絡十分清楚，即「」雖仍保有「大（人形）」，卻誤將足形置於手臂，「」與「」上半部的形體近於「」的「」，皆誤將足形與省減後的形體連接；燕系作「」《古璽彙編》（0251），形體近於「」，亦以「几」取代「木」，惟「几」的形體與楚系的寫法不同；秦系作「」〈十二年上郡守壽戈〉、「」〈十五年上郡守壽戈〉、「」〈睡虎地・爲吏之道 23〉，下半部仍保持「木」形，惟上半部不復見一人張腿站立於木上的形體，而作「」、「」等。馬王堆漢墓出土文獻作「」《馬王堆・陰陽五行甲篇 261》、「」《馬王堆・周易 28》，與「」形體相近。《說文》篆文「」、古文「」，上半部皆爲「」，較之於楚系文字「」，亦爲誤把足形與像人張腿站立之形而省減中間豎畫後的形體連接的訛形，據此可知，許書指其字形爲「从入桀」實就訛寫的形體言。

字　例	重　文	時　期	字　形
乘		殷　商	《合》（32 正）
		西　周	〈虢季子白盤〉〈多友鼎〉〈公臣簋〉
		春　秋	
		楚　系	〈鄂君啓車節〉〈曾侯乙 120〉〈包山 275〉
		晉　系	〈公朱方壺〉〈監罟囿臣石〉〈乘・聳肩空首布〉
		齊　系	〈桼虎符〉《古陶文彙編》（3.207）
		燕　系	《古璽彙編》（0251）
		秦　系	〈十二年上郡守壽戈〉〈十五年上郡守壽戈〉 〈睡虎地・爲吏之道 23〉
		秦　朝	
		漢　朝	《馬王堆・陰陽五行甲篇 261》《馬王堆・周易 28》

第七章　《說文》卷六重文字形分析

453、《說文》「梅」字云：「梅，枏也，可食。從木每聲。楳，或从某。」〔註 1〕

篆文作「梅」，从木每聲；或體作「楳」，从木某聲，與《馬王堆・三號墓遣策》的「」相近。金文作「」〈史梅兓作且辛簋〉，亦从木某聲，其間的差異爲偏旁位置不同，篆文爲左木右某，金文爲上木下某；《馬王堆・一號墓遣策 136》作「」，从木母聲，辭例爲「梅十䑙」。「每」、「某」、「母」三字上古音皆屬「明」紐「之」部，雙聲疊韻，每、某、母作爲聲符使用時可替代。

字　例	重　文	時　期	字　形
梅 梅	楳	殷　商	
		西　周	〈史梅兓作且辛簋〉
		春　秋	
		楚　系	
		晉　系	

〔註 1〕（漢）許愼撰、（清）段玉裁注：《說文解字注》，頁 241～242，臺北，黎明文化事業股份有限公司，1991 年。

		齊　系	
		燕　系	
		秦　系	
		秦　朝	
		漢　朝	《馬王堆・一號墓遣策 136》《馬王堆・三號墓遣策》

454、《說文》「李」字云：「，李果也。从木子聲。，古文。」〔註 2〕

甲骨文作「」《英》(1013)，金文作「」〈五祀衛鼎〉，从木子聲，兩周以來的形體多承襲之，如：「」〈睡虎地・日書甲種 145 背〉、「」《馬王堆・繆和 40》，《說文》篆文作「」，亦源於此；古文作「」，與篆文形體相較，僅偏旁位置不同，即篆文爲上木下子，古文爲左木右子。又睡虎地秦簡或見「」〈日書乙種 67〉，上半部爲「木」，因筆畫收縮寫作「」；楚系文字作「」〈包山 22〉，整理者將之隸定爲「」，辭例爲「瑞」〔註 3〕，作爲姓氏使用，鄭剛釋爲「李」〔註 4〕，該字上半部作「」，劉信芳以爲「朿」字〔註 5〕，《說文》「木」字云：「冒也」，「朿」字云：「木芒也」〔註 6〕，「木」本義應指樹木，木、朿在字義上應有關聯，由此觀之，劉信芳之言或可備一說。

字　例	重　文	時　期	字　形
李		殷　商	《英》(1013)
		西　周	〈五祀衛鼎〉
		春　秋	
		楚　系	〈包山 22〉

〔註 2〕《說文解字注》，頁 242。

〔註 3〕湖北省荊沙鐵路考古隊：《包山楚墓》，頁 350，北京，文物出版社，1991 年。

〔註 4〕鄭剛：〈戰國文字中的陵和李考釋〉，中國古文字研究會第七屆學術研討會論文，1988 年。

〔註 5〕劉信芳：《容庚先生百年誕辰紀念文集・从屰之字匯釋》，頁 618，廣州，廣東人民出版社，1998 年。

〔註 6〕《說文解字注》，頁 241，頁 321。

		晉　系	
		齊　系	
		燕　系	
		秦　系	李〈睡虎地·日書甲種 145 背〉李〈睡虎地·日書乙種 67〉
		秦　朝	李《馬王堆·五十二病方 34》
		漢　朝	李《馬王堆·繆和 40》

455、《說文》「梣」字云：「梣，青皮木也。从木岑聲。㮘，或从𡨋省，𡨋，籀文寑。」〔註 7〕

「梣」字从木岑聲，或體「㮘」从木𡨋省聲。「岑」字上古音屬「崇」紐「侵」部，「𡨋」字上古音屬「清」紐「侵」部，疊韻，崇、清皆為齒音，黃季剛言「照系二等諸紐古讀精系」，可知「崇」於上古聲母可歸於「從」，岑、𡨋作為聲符使用時可替代。

字　例	重　文	時　期	字　形
梣 梣	㮘	殷　商	
		西　周	
		春　秋	
		楚　系	
		晉　系	
		齊　系	
		燕　系	
		秦　系	
		秦　朝	
		漢　朝	

456、《說文》「蘽」字云：「蘽，蘽木也。從木藟聲。𣡕，籀文。」〔註 8〕

篆文作「蘽」，从木藟聲；籀文作「𣡕」，與〈櫑仲簋〉的「𣡕」相近。

〔註 7〕《說文解字注》，頁 243。

〔註 8〕《說文解字注》，頁 244。

《說文》「雷」字古文作「[illegible]」〔註 9〕，將之與「[illegible]」相較，後者係省略「[illegible]」中間左側的形體，再將所从之木置於其間，形成完整的結構，故「[illegible]」的字形可釋爲从木从古文雷省聲。「藟」、「雷」二字上古音皆屬「來」紐「微」部，雙聲疊韻，藟、雷作爲聲符使用時可替代。

字　例	重　文	時　期	字　形
蘽 蘽	[illegible]	殷　商	
		西　周	[illegible]〈櫑仲簋〉
		春　秋	
		楚　系	
		晉　系	
		齊　系	
		燕　系	
		秦　系	
		秦　朝	
		漢　朝	

457、《說文》「梓」字云：「梓，楸也。從木宰省聲。榟，或不省。」〔註 10〕

許慎指出「梓」字从木宰省聲，或體「榟」从木宰聲，就字形言，係以爲篆文形體所見之「辛」爲「宰」的省體。若就字音言，「梓」字亦可分析爲从木辛聲，「辛」字上古音屬「心」紐「眞」部，「宰」字上古音屬「精」紐「之」部，二者發聲部位相同，精心旁紐，辛、宰作爲聲符使用時可替代。

字　例	重　文	時　期	字　形
梓 梓	榟	殷　商	
		西　周	
		春　秋	
		楚　系	
		晉　系	

〔註 9〕《說文解字注》，頁 577。

〔註 10〕《說文解字注》，頁 244。

		齊　系	
		燕　系	
		秦　系	
		秦　朝	
		漢　朝	

458、《說文》「杶」字云：「杶，杶木也。從木屯聲。〈夏書〉曰：『杶榦栝柏』。櫄，或從熏。杻，古文杶。」〔註 11〕

「杶」字从木屯聲，或體「櫄」从木熏聲，古文「杻」从木丑聲。「屯」字上古音屬「端」紐「文」部，「熏」字上古音屬「曉」紐「文」部，「丑」字上古音屬「透」紐「幽」部，屯、熏爲疊韻關係，屯、丑的發聲部位相同，爲旁紐關係，屯、熏、丑作爲聲符使用時可替代。

字　例	重　文	時　期	字　形
杶 杶	櫄， 杻	殷　商	
		西　周	
		春　秋	
		楚　系	
		晉　系	
		齊　系	
		燕　系	
		秦　系	
		秦　朝	
		漢　朝	

459、《說文》「樗」字云：「樗，樗木也，吕其皮裹松脂。從木虖聲。讀若荂。檴，或從蒦。」〔註 12〕

「樗」字从木虖聲，或體「檴」从木蒦聲。「虖」字上古音屬「曉」紐「魚」部，「蒦」字上古音屬「影」紐「鐸」部，二者發聲部位相同，影曉旁紐，魚

〔註 11〕《說文解字注》，頁 245。

〔註 12〕《說文解字注》，頁 247。

鐸陰入對轉，虖、蒦作爲聲符使用時可替代。篆文作「樗」，《馬王堆・五十二病方 144》作「樗」，相較二者的形體，後者左側所从之「木」省略若干筆畫。

字　例	重　文	時　期	字　形
樗 樗	檴	殷　商	
		西　周	
		春　秋	
		楚　系	
		晉　系	
		齊　系	
		燕　系	
		秦　系	
		秦　朝	樗《馬王堆・五十二病方 144》
		漢　朝	

460、《說文》「楮」字云：「楮，穀也。從木者聲。柠，楮或從宁。」〔註 13〕

篆文作「楮」，从木者聲，戰國楚系文字作「楮」〈包山 149〉、秦系文字作「楮」〈睡虎地・日書甲種 130〉，馬王堆漢墓出土文獻承襲「楮」作「楮」《馬王堆・一號墓遣策 261》，亦从木者聲，因書體不同，致使形體有別；或體作「柠」，从木宁聲。「者」字上古音屬「章」紐「魚」部，「宁」字上古音屬「定」紐「魚」部，章、定皆爲舌音，錢大昕言「舌音類隔不可信」，黃季剛言「照系三等諸紐古讀舌頭音」，可知「章」於上古聲母可歸於「端」，二者發聲部位相同，端定旁紐，疊韻，者、宁作爲聲符使用時可替代。

字　例	重　文	時　期	字　形
楮 楮	柠	殷　商	
		西　周	
		春　秋	
		楚　系	楮〈包山 149〉

〔註 13〕《說文解字注》，頁 248。

		晉 系	
		齊 系	
		燕 系	
		秦 系	〈睡虎地・日書甲種 130〉
		秦 朝	
		漢 朝	《馬王堆・一號墓遣策 261》

461、《說文》「松」字云：「，松木也。從木公聲。，松或從容。」〔註 14〕

篆文作「」，从木公聲，與〈松・平肩空首布〉的「」相近，「公」字作「」〈沈子它簋蓋〉或「」〈毛公鼎〉，下半部爲「」或「○」，篆文所見「」，應是「」或「○」的訛寫；又將之與〈放馬灘・地圖〉的「」相較，後者所从之「公」下半部作「」，係將「」的形體變換方向；〈松・平肩空首布〉或見从禾公聲的「」，據「利」字考證，「禾」與「木」皆爲植物，作爲形符使用時，可因義近而替代。「松」字从木公聲，採取左木右公的結構，或體「」从木容聲，採取上容下木的結構。「公」字上古音屬「見」紐「東」部，「容」字上古音屬「余」紐「東」部，疊韻，公、容作爲聲符使用時可替代。

字 例	重 文	時 期	字 形
松		殷 商	
		西 周	
		春 秋	，〈松・平肩空首布〉
		楚 系	〈鄂君啓舟節〉
		晉 系	
		齊 系	
		燕 系	
		秦 系	〈放馬灘・地圖〉
		秦 朝	
		漢 朝	《馬王堆・相馬經 9》

〔註 14〕《說文解字注》，頁 250。

462、《說文》「某」字云：「某，酸果也。從木甘。闕。槑，古文某從口。」〔註 15〕

金文作「某」〈禽簋〉、「某」〈諫簋〉，从木甘，《說文》篆文「某」與「某」相同，从「甘」者或作「某」〈睡虎地・爲吏之道 49〉，形體承襲「某」，因將「口」的起筆橫畫向左右兩側延伸，使得「ㄩ」寫成「甘」；或从「口」作「某」〈侯馬盟書・宗盟類 1.86〉、「某」〈包山 12〉，較之於「某」、「某」，从「口」者應爲从「甘」的省寫。古文重複「某」作「槑」，「某」與「某」近同，惟將「ㄩ」作「▽」

字　例	重　文	時　期	字　形
某 某	槑	殷　商	
		西　周	某〈禽簋〉某〈諫簋〉
		春　秋	某〈侯馬盟書・宗盟類 1.86〉
		楚　系	某〈包山 12〉某〈包山 95〉
		晉　系	
		齊　系	
		燕　系	
		秦　系	某〈睡虎地・爲吏之道 49〉
		秦　朝	某《馬王堆・五十二病方 156》
		漢　朝	某《馬王堆・雜療方 68》

463、《說文》「樹」字云：「樹，木生植之總名也。從木尌聲。尌，籀文。」〔註 16〕

甲骨文作「尌」《合》（862），从木从又，或作「尌」《合》（21252），从木从广从又，劉釗等釋爲「樹」。〔註 17〕〈石鼓文〉作「尌」，與《說文》籀文「尌」相近，惟前者从「又」，後者从「寸」，據「禱」字考證，又、寸替代的現象，爲一般形符的代換；又楚系文字或作「尌」〈郭店・語叢三 46〉，或作「壴」〈上博・孔子詩論 15〉，辭例依序爲「強之樹也」、「敬愛

〔註 15〕《說文解字注》，頁 250。

〔註 16〕《說文解字注》，頁 251。

〔註 17〕劉釗、洪颺、張新俊：《新甲骨文編》，頁 347，福州，福建人民出版社，2009 年。

其樹」，將之與「[illegible]」相較，「[illegible]」將所从之「又」改爲「攵」，「[illegible]」省略偏旁「又」，據「敗」字考證，又、攵替代的現象，爲一般形符的代換；《說文》篆文作「[illegible]」，从木尌聲，形體與《馬王堆．戰國縱橫家書 99》的「[illegible]」相近。

字　例	重　文	時　期	字　形
樹 [illegible]	[illegible]	殷　商	[illegible]《合》(862) [illegible]《合》(21252)
		西　周	
		春　秋	[illegible]〈石鼓文〉
		楚　系	[illegible]〈郭店．語叢三 46〉[illegible]〈上博．孔子詩論 15〉
		晉　系	
		齊　系	
		燕　系	
		秦　系	
		秦　朝	
		漢　朝	[illegible]《馬王堆．戰國縱橫家書 99》

464、《說文》「本」字云：「[illegible]，木下曰本也。從木從[illegible]。[illegible]，古文。」〔註 18〕

金文作「[illegible]」〈本鼎〉，「隆其木本以指事」〔註 19〕，戰國楚系文字或作「[illegible]」〈上博．孔子詩論 16〉，或从臼作「[illegible]」〈郭店．成之聞之 12〉、「[illegible]」〈上博．曹沫之陳 20〉，辭例依序爲「見其美必欲反其本」、「不反其本」、「則由其本乎」，其形體雖異，皆「本」字異體，「[illegible]」於豎畫上增添小圓點「・」，其作用應與「[illegible]」相同，藉以表示「木下曰本」之意，「本」字从木，豎畫之「一」表示爲地，「[illegible]」从「臼」，更明確表示「根本」之義，「[illegible]」將「臼」置於「木」上，實難見其義，然因古文字往往正反、左右無別，「[illegible]」於此可視爲偏旁上下互置。若將「[illegible]」豎畫上的小圓點「・」拉長爲短橫畫「-」，即作「[illegible]」〈齊大刀．齊刀〉、「[illegible]」〈睡虎地．爲吏之道 47〉，《說文》篆文「[illegible]」應源於此，

〔註 18〕《說文解字注》，頁 251。

〔註 19〕張世超、孫凌安、金國泰、馬如森：《金文形義通解》，頁 1444，日本京都，中文出版社，1995 年。

可知許書言「從木從丅」爲非。古文「」，从木从三口，段玉裁〈注〉云：「此從木，象形也。根多竅，似口，故從三口。」「从三口」之意，與从「臼」同，若將「」作肥筆的筆畫易寫爲「」，其形體與「」相近，可知《說文》古文字形實有所本。

字　例	重　文	時　期	字　形
本		殷　商	
		西　周	〈本鼎〉
		春　秋	
		楚　系	〈郭店・成之聞之 12〉〈上博・孔子詩論 16〉〈上博・曹沫之陳 20〉
		晉　系	〈劍珌〉
		齊　系	〈齊大刀・齊刀〉
		燕　系	
		秦　系	〈睡虎地・爲吏之道 47〉
		秦　朝	〈泰山刻石〉
		漢　朝	《馬王堆・經法 19》

465、《說文》「栞」字云：「栞，槎識也。從木𢎘。闕。〈夏書〉曰：『隨山栞木』。讀若刊。栞，篆文從幵。」〔註 20〕

篆文作「栞」，從木开；古文作「栞」，从木𢎘。段玉裁〈注〉云：「《說文》之例，先小篆後古文，惟此先壁中古文者，尊經也。」從時代先後言，古文的年代應在篆文之前，篆文所从之「幵」當由「𢎘」省變而來。

字　例	重　文	時　期	字　形
栞		殷　商	
		西　周	
		春　秋	
		楚　系	
		晉　系	
		齊　系	

〔註 20〕《說文解字注》，頁 251～252。

		燕 系	
		秦 系	
		秦 朝	
		漢 朝	

466、《說文》「槸」字云：「槸，木相摩也。從木埶聲。[illegible]，或從蓺作。」〔註21〕

「槸」字从木埶聲，或體「[illegible]」从木蓺聲。「埶」、「蓺」二字上古音皆屬「疑」紐「月」部，雙聲疊韻，埶、蓺作為聲符使用時可替代。

字 例	重 文	時 期	字 形
槸 槸	[illegible]	殷 商	
		西 周	
		春 秋	
		楚 系	
		晉 系	
		齊 系	
		燕 系	
		秦 系	
		秦 朝	
		漢 朝	

467、《說文》「築」字云：「築，所吕擣也。從木筑聲。[illegible]，古文。」

〔註22〕

戰國楚系文字作「[illegible]」〈楚帛書・丙篇2.2〉，从攵[illegible]聲，辭例為「不可以出師築邑」，與其形體相同者，又見於〈楚帛書・丙篇8.2〉，辭例為「不可以築室」，《說文》古文从土[illegible]聲作「[illegible]」，「築」的字義與「建築」有關，何琳儀指出「从土、从攵均與建築有關，故可互用。」〔註23〕土、攵的字義無涉，其

〔註21〕《說文解字注》，頁254。

〔註22〕《說文解字注》，頁255。

〔註23〕何琳儀：《戰國古文字典——戰國文字聲系》，頁192，北京，中華書局，1998年。

替代的現象，係造字時對於偏旁意義的選擇不同所致。齊系文字作「築」〈子禾子釜〉，形體與篆文「築」相近，又《說文》「木」部於「築」字前後收錄之字，多與建築的品物有關，如：「栽」字之「築牆長版也」、「榦」字之「築牆耑木也」、「桴」字之「眉棟也」、「柱」字之「楹也」等〔註 24〕，所从之「木」亦與「建築」有關，秦系文字作「築」〈睡虎地・封診式 97〉，較之於「築」，「丮」訛省爲「凡」，其後的文字或承襲訛省之形作「築」《馬王堆・五十二病方 207》、「築」《馬王堆・十問 4》。「筑」、「⿱竹亯」二字上古音皆屬「端」紐「覺」部，雙聲疊韻，筑、⿱竹亯作爲聲符使用時可替代。

字　例	重　文	時　期	字　形
築 築	⿱竹亯	殷　商	
		西　周	
		春　秋	
		楚　系	築〈楚帛書・丙篇 2.2〉
		晉　系	
		齊　系	築〈子禾子釜〉
		燕　系	
		秦　系	築〈睡虎地・封診式 97〉
		秦　朝	築《馬王堆・五十二病方 207》
		漢　朝	築《馬王堆・十問 4》

468、《說文》「植」字云：「植，戶植也。从木直聲。⿰木置，或从置。」〔註 25〕

篆文作「植」，从木直聲，近於〈侯馬盟書・委質類 79.3〉的「植」，而與《馬王堆・戰國縱橫家書 306》的「植」近同；又戰國楚系文字作「植」〈郭店・緇衣 3〉，辭例爲「好是正植（直）」，對照「植」的形體，係省略「直」的「乚」。「植」字从木直聲，或體「⿰木置」从木置聲。「直」字上古音屬「定」紐「職」部，「置」字上古音屬「端」紐「職」部，二者發聲部位相同，端定旁

〔註 24〕《說文解字注》，頁 255～256。

〔註 25〕《說文解字注》，頁 258。

紐，疊韻，直、置作爲聲符使用時可替代。

字　例	重　文	時　期	字　形
植		殷　商	
		西　周	
		春　秋	〈侯馬盟書・委質類 79.3〉
		楚　系	〈郭店・緇衣 3〉
		晉　系	
		齊　系	
		燕　系	
		秦　系	
		秦　朝	
		漢　朝	《馬王堆・戰國縱橫家書 306》

469、《說文》「槈」字云：「槈，薅器也。从木辱聲。鎒，或作從金。」〔註 26〕

篆文作「槈」，从木辱聲，與《馬王堆・繫辭 33》的「槈」相近；或體作「鎒」，从金辱聲。段玉裁〈注〉云：「從木者，主柄；從金者，主刃。」《說文》「木」字云：「冒也。」「金」字云：「五色金也。」〔註 27〕「木」、「金」的字義無涉，替代的現象，係造字時對於偏旁意義的選擇不同所致。

字　例	重　文	時　期	字　形
槈		殷　商	
		西　周	
		春　秋	
		楚　系	
		晉　系	
		齊　系	
		燕　系	
		秦　系	

〔註 26〕《說文解字注》，頁 261。

〔註 27〕《說文解字注》，頁 241，頁 709。

		秦　朝	
		漢　朝	[古文字]《馬王堆・繫辭 33》

470、《說文》「茉」字云：「[篆文]，兩刃臿也。從木，[古文字]象形。宋魏曰茉也。[古文字]，或从金亐。」〔註 28〕

「茉」字从木、[古文字]象形，屬象形字，與甲骨文的「[甲骨文]」《合》（5568 正）、「[甲骨文]」《合》（9952）相近；或體「[古文字]」从金亐聲，爲形聲字。段玉裁〈注〉云：「（從木）謂柄；從[古文字]者，謂兩刃如羊角之狀。」「刃」者「刀鋻也」〔註 29〕，故或體从金。「茉」、「亐」二字上古音皆屬「匣」紐「魚」部，由象形字改爲形聲字，爲了便於時人閱讀使用之需，故以讀音相同的字作爲聲符。

字　例	重　文	時　期	字　形
茉 [篆文]	[古文字]	殷　商	[甲骨文]《合》（5568 正）[甲骨文]《合》（9952）
		西　周	
		春　秋	
		楚　系	
		晉　系	
		齊　系	
		燕　系	
		秦　系	
		秦　朝	
		漢　朝	

471、《說文》「枱」字云：「[篆文]，臿也。從木㠯聲。一曰：『徙土輂』。齊人語也。[篆文]，或從里。」〔註 30〕

「枱」字从木㠯聲，或體「梩」从木里聲。「㠯」字上古音屬「余」紐「之」部，「里」字上古音屬「來」紐「之」部，二者發聲部位相同，余來旁紐，疊韻，㠯、里作爲聲符使用時可替代。又《古璽彙編》（0079）作「[古文字]」，與篆文「[篆文]」

〔註 28〕《說文解字注》，頁 261。

〔註 29〕《說文解字注》，頁 185。

〔註 30〕《說文解字注》，頁 261。

相近，二者的差異爲前者採取上吕下木的偏旁結構，後者爲左木右吕的偏旁結構；《馬王堆・繫辭 33》作「梠」，亦與「梠」相近，惟「吕」的書體不同。

字　例	重　文	時　期	字　形
梠 梠	梩	殷　商	
		西　周	
		春　秋	
		楚　系	
		晉　系	梠《古璽彙編》(0079)
		齊　系	
		燕　系	
		秦　系	
		秦　朝	
		漢　朝	梠《馬王堆・繫辭 33》

472、《說文》「枱」字云：「枱，耒耑也。從木台聲。鈶，或從金台聲。辝，籀文從辝。」〔註 31〕

篆文作「枱」，从木台聲，與〈睡虎地・秦律十八種 91〉的「枱」相近，二者的差異爲前者採取上台下木的偏旁結構，後者爲左木右台的偏旁結構；或體作「鈶」，从金台聲。段玉裁〈注〉云：「以其木也，故從木；以其屬於金也，故亦從金。」「木」、「金」的字義無涉，替代的現象，係造字時對於偏旁意義的選擇不同所致。又籀文「辝」从木辝聲。「台」字上古音屬「透」紐「之」部，「辝」字上古音屬「邪」紐「之」部，疊韻，台、辝作爲聲符使用時可替代。

字　例	重　文	時　期	字　形
枱 枱	鈶， 辝	殷　商	
		西　周	
		春　秋	
		楚　系	
		晉　系	
		齊　系	

〔註 31〕《說文解字注》，頁 261。

		燕　系	
		秦　系	〈睡虎地・秦律十八種 91〉
		秦　朝	
		漢　朝	《馬王堆・養生方 192》

473、《說文》「桮」字云：「，𠤳也。從木否聲。，籀文桮。」〔註 32〕

篆文作「」，从木否聲，與〈睡虎地・封診式 93〉的「」相近；籀文作「」，从匚否聲。「桮」的字義爲「𠤳」，从匚表示該物爲「受物之器」，从木表明製作「桮」的材質。戰國楚系文字或从木不聲作「」〈信陽 2.20〉、「」〈望山 2.47〉，「不」字作「」《合》（6834 正）、「」〈沈子它簋蓋〉，可知「」之「不」起筆橫畫上的短橫畫「-」爲飾筆的增添，「」豎畫上的短橫畫「-」亦屬爲飾筆性質。「不」、「否」二字上古音皆屬「幫」紐「之」部，雙聲疊韻，不、否作爲聲符使用時可替代。

字　例	重　文	時　期	字　形
桮		殷　商	
		西　周	
		春　秋	
		楚　系	〈信陽 2.20〉〈望山 2.47〉
		晉　系	
		齊　系	
		燕　系	
		秦　系	〈睡虎地・封診式 93〉
		秦　朝	《馬王堆・五十二病方 26》
		漢　朝	《馬王堆・養生方 76》

474、《說文》「槃」字云：「，承槃也。從木般聲。，古文從金。，籀文從皿。」〔註 33〕

〔註 32〕《說文解字注》，頁 263。

〔註 33〕《說文解字注》，頁 263。

金文或从皿般聲作「」〈虢季子白盤〉，籀文之「」與之相近，其差異有二，一爲金文所从之「般」右側爲攴，籀文爲殳，从攴、从殳替代的現象，據「敗」字考證，爲一般形符的代換，二爲下半部的「皿」筆畫略異，與籀文之「」相近者，見於〈廿七年鈿〉的「」，右側之「皿」與之近同；或从金般聲作「」〈伯侯父盤〉，古文所从之般，亦从殳作「」；或从木般聲作「」〈新承水盤〉，與篆文的「」近同，惟偏旁位置的安排略異，前者將「舟」置於上殳下木之形體的左側，篆文採取上般下木的結構；或从酉从舟从皿，作「」〈蔡侯盤〉，从酉从舟的形體，應爲从舟从攴之訛；或省略攴作「」〈衵伯庸盤〉。《說文》「皿」字云：「飯食之用器也」，「木」字云：「冒也」，「金」字云：「五色金也」〔註 34〕，「皿」、「木」、「金」的字義無涉，從古文字的字形觀察，當時爲了明確的記錄語言，往往會依據某事物的製作材料不同而改易偏旁，替代的現象，係造字時對於偏旁意義的選擇不同所致。

字　例	重　文	時　期	字　形
槃		殷　商	
		西　周	〈虢季子白盤〉 〈伯侯父盤〉 〈衵伯庸盤〉
		春　秋	〈蔡侯盤〉 〈沇兒鎛〉
		楚　系	〈楚王酓肯盤〉 〈望山 2.46〉 〈包山 15〉
		晉　系	
		齊　系	
		燕　系	
		秦　系	
		秦　朝	
		漢　朝	《馬王堆・十問 60》 〈新承水盤〉

475、《說文》「櫑」字云：「櫑，龜目酒尊，刻木作雲靁象，象施不窮也。從木從畾，畾亦聲。罍，櫑或從缶。櫑或從皿。，籀文櫑從缶回。」〔註 35〕

〔註 34〕《說文解字注》，頁 213，頁 261，頁 709。

〔註 35〕《說文解字注》，頁 263～264。

篆文作「櫑」，从木从畾，畾亦聲；籀文作「罍」，从缶从古文雷省聲，《說文》「雷」字古文爲「靁」〔註 36〕，將之與「罍」相較，後者係省略「靁」中間左側的形體，再將所从之缶置於其間，形成完整的結構；或从缶畾聲作「罍」，或从皿畾聲作「𥁬」，或从皿雷聲作「𥁬」〈乃孫罍〉，或从金雷聲作「鑘」〈圅皇父簋〉、「鑘」〈圅皇父盤〉。《說文》「皿」字云：「飯食之用器也」，「缶」字云：「瓦器所吕盛酒漿」，「木」字云：「冒也」，「金」字云：「五色金也」〔註 37〕，「皿」與「缶」皆爲飲食的用具，在意義上有一定的關係，「木」與「金」的字義無涉，從古文字的字形觀察，爲了明確記錄語言，往往會依據某事物的製作材料不同而改易偏旁，替代的現象，係造字時對於偏旁意義的選擇不同所致。「畾」、「雷」二字上古音皆屬「來」紐「微」部，雙聲疊韻，畾、雷作爲聲符使用時可替代。

字　例	重　文	時　期	字　形
櫑 櫑	罍， 𥁬， 罍	殷　商	《合》(31319)　〈乃孫罍〉
		西　周	〈圅皇父簋〉　〈圅皇父盤〉
		春　秋	
		楚　系	
		晉　系	
		齊　系	
		燕　系	
		秦　系	
		秦　朝	
		漢　朝	

476、《說文》「柄」字云：「柄，柯也。從木丙聲。棅，或從秉。」〔註 38〕

戰國秦系文字作「柄」〈睡虎地·爲吏之道 5〉，漢代文字承襲爲「柄」《武威·少牢 13》，篆文「柄」與此近同。「柄」字从木丙聲，或體「棅」从木秉

〔註 36〕《說文解字注》，頁 577。

〔註 37〕《說文解字注》，頁 213，頁 227，頁 261，頁 709。

〔註 38〕《說文解字注》，頁 266。

聲。「丙」、「秉」二字上古音皆屬「幫」紐「陽」部，雙聲疊韻，作爲聲符使用時可替代。

字　例	重　文	時　期	字　形
柄 柄	棅	殷　商	
		西　周	
		春　秋	
		楚　系	
		晉　系	
		齊　系	
		燕　系	
		秦　系	柄〈睡虎地・爲吏之道 5〉
		秦　朝	
		漢　朝	柄《武威・少牢 13》

477、《說文》「杘」字云：「杘，籆柄也。從木尸聲。柅，杘或從木尼聲。」〔註 39〕

篆文作「杘」，从木尸聲，與〈睡虎地・日書甲種 64〉的「杘」相近，又馬王堆漢墓亦見「杘」《馬王堆・天文雲氣雜占 G72》，辭例爲「杘在所利」，與「杘」相較，係將上尸下木的結構易爲左木右尸；或體作「柅」，从木尼聲。「尸」字上古音屬「書」紐「脂」部，「尼」字上古音屬「泥」紐「脂」部，泥、書皆爲舌音，錢大昕言「舌音類隔不可信」，黃季剛言「照系三等諸紐古讀舌頭音」，可知「書」於上古聲母可歸於「透」，旁紐疊韻，尸、尼作爲聲符使用時可替代。

字　例	重　文	時　期	字　形
杘 杘	柅	殷　商	
		西　周	
		春　秋	
		楚　系	
		晉　系	

〔註 39〕《說文解字注》，頁 266。

		齊　系	
		燕　系	
		秦　系	〈睡虎地・日書甲種 64〉
		秦　朝	
		漢　朝	《馬王堆・天文雲氣雜占 G72》

478、《說文》「櫓」字云：「，大盾也。从木魯聲。，或从鹵。」〔註 40〕

篆文作「」，从木魯聲；或體作「」，从木鹵聲。「魯」、「鹵」二字上古音皆屬「來」紐「魚」部，雙聲疊韻，魯、鹵作爲聲符使用時可替代。甲骨文有一字作「」《合》（20397），裘錫圭指出字形「從盾之側面形，從虎聲，即櫓之初文」，讀爲「虜」〔註 41〕；金文有一字作「」、「」〈陳侯壺〉，字形从木从魯，容庚釋爲「櫓」〔註 42〕，《殷周金文集成釋文》作「蘇」，釋其銘文爲「陳侯作嬀蘇賸壺，其萬年永保用。」〔註 43〕古文字習見偏旁結構由左右式改爲上下式，或由上下式易爲左右式，如：「步」字作「」〈子且辛步尊〉，或作「」〈兆域圖銅版〉，「張」字作「」〈二十年鄭令戈〉，或作「」〈廿年距末〉，釋爲「櫓」應無疑義。又从魯之「」、「」，下半部的形體不同，前者从口，後者从甘，「魯」字或从口作「」〈史牆盤〉，或从甘作「」〈善夫克鼎〉，於「口」中增添一道短橫畫「-」即爲「甘」，《說文》「口」字云：「人所㠯言食也」，「甘」字云：「美也」〔註 44〕，可知除了書手的習慣外，應是意義上有所關聯，作爲形符使用時，可因義近而替代。篆文「魯」从白（自）魚聲，形體蓋受「」〈秦公鎛〉、「」〈魯少嗣冠盤〉的影響，誤將「口」或「甘」訛寫爲「白（自）」。

〔註 40〕《說文解字注》，頁 267。

〔註 41〕裘錫圭：〈說「揜函」——兼釋甲骨文「櫓」字〉，《華學》第一期，頁 60～61，廣州，中山大學出版社，1995 年。

〔註 42〕容庚：《金文編》，頁 398，北京，中華書局，1992 年。

〔註 43〕中國社會科學院考古研究所：《殷周金文集成釋文》第五卷，頁 420，香港，香港中文大學出版社，2001 年。

〔註 44〕《說文解字注》，頁 54，頁 204。

字例	重文	時期	字形
櫓		殷商	《合》(20397)
		西周	
		春秋	，〈𨞻侯壺〉
		楚系	
		晉系	
		齊系	
		燕系	
		秦系	
		秦朝	
		漢朝	

479、《說文》「梁」字云：「，水橋也。從木水刅聲。，古文。」〔註45〕

金文作「」〈洎沕父簋〉、「」〈梁伯戈〉，从水刅聲，或从邑从木刅聲作「」〈梁戈〉；戰國楚系文字或作「」〈包山157〉，从禾刅聲，或作「」〈包山165〉，从邑从禾刅聲，或作「」〈包山179〉，从邑刅聲，辭例依序爲「大梁」、「梁人𣪠宜」、「梁人𣪠慶」，「大梁」指魏的都邑，「梁人」之「梁」亦爲地望名稱，無論增添「邑」旁與否，皆未改變其意義，加上「邑」旁，係表示該字所指爲地望；晉系文字作「」〈廿七年大梁司寇鼎〉，从邑从木刅聲，或作「」〈梁重釿百當寽·弧襠方足平首布〉，从木刅聲。無論形體如何變易，聲符「刅」始終保留。《說文》篆文从木水刅聲作「」，係在「」的構形上增添「木」，古文作「」，从水从，段玉裁〈注〉云：「水闊者，必木與木相接；一，其際也。」此一形體尚未見於出土文獻，商承祚指出「从二木，當是寫失。」〔註46〕其說可參。據「利」字考證，「禾」與「木」皆爲植物，作爲形符使用時，可因義近而替代。

字例	重文	時期	字形
梁		殷商	

〔註45〕《說文解字注》，頁270。

〔註46〕商承祚：《說文中之古文考》，頁58，臺北，學海出版社，1979年。

梁		西　周	梁〈泊沕父簋〉
		春　秋	梁〈梁伯戈〉梁〈梁戈〉
		楚　系	梁〈包山 157〉梁〈包山 165〉梁〈包山 179〉
		晉　系	梁〈廿七年大梁司寇鼎〉 梁〈梁重釿百當寽・弧襠方足平首布〉
		齊　系	
		燕　系	
		秦　系	
		秦　朝	
		漢　朝	

480、**《說文》「㮌」字云：「㮌，伐木餘也。從木獻聲。〈商書〉曰：『若顛木之有㽕㮌』。櫱，㮌或從木辥聲。不，古文㮌從木無頭；枿，亦古文㮌。」**〔註 47〕

篆文作「㮌」，从木獻聲；或體作「櫱」，从木辥聲；古文作「枿」，段玉裁〈注〉云：「從木𡴀聲也。𡴀者，㚔之或字。」另一古文字作「不」，與甲骨文「不」《合》（28387）近同，秦文字作「不」《秦代陶文》（1253），將曲筆「︶」化爲直筆「—」，商承祚指出像「伐木餘，故禿頂而存根株。」〔註 48〕「獻」字上古音屬「曉」紐「元」部，「辥」字上古音屬「心」紐「月」部，「㚔」字上古音屬「透」紐「月」部，元月陽入對轉，獻、辥、㚔作爲聲符使用時可替代。

字　例	重　文	時　期	字　形
㮌 㮌	櫱， 不， 枿	殷　商	不《合》（28387）
		西　周	
		春　秋	
		楚　系	
		晉　系	
		齊　系	

〔註 47〕《說文解字注》，頁 271。

〔註 48〕《說文中之古文考》，頁 58。

		燕　系	
		秦　系	
		秦　朝	《秦代陶文》（1253）
		漢　朝	

481、《說文》「槱」字云：「槱，積木燎之也。从木火酉聲。《詩》曰：『薪之槱之』。《周禮》：『以槱燎祠司中司命』。禉，槱或从示，柴祭天神也。」〔註 49〕

篆文作「槱」，从木火酉聲；或體作「禉」，从示酉聲。「槱」的字義爲「積木燎之也」，係聚積乾柴焚燒以爲祭祀的儀式，《說文》「示」部之字，多與祭祀之義有關，如：「禋」字之「絜祀也」、「祭」字之「祭祀也」、「祡」字之「燒柴尞祭天也」、「禷」字之「㠯事類祭天神」、「礿」字之「夏祭也」、「禘」字之「諦祭也」、「祼」字之「灌祭也」、「祓」字之「除惡祭也」、「禬」字之「會福祭也」、「禂」字之「禱牲馬祭也」、「禓」字之「道上祭」等〔註 50〕，可知从「示」的「禉」字亦與之相同，係表示該字與「祭祀」的字義有關。

字　例	重　文	時　期	字　形
槱 槱	禉	殷　商	
		西　周	
		春　秋	
		楚　系	
		晉　系	
		齊　系	
		燕　系	
		秦　系	
		秦　朝	
		漢　朝	

〔註 49〕《說文解字注》，頁 272。

〔註 50〕《說文解字注》，頁 3～8。

482、《說文》「休」字云：「，息止也。從人依木。，休或從广。」〔註 51〕

甲骨文作「」《合》（8162），从人从木，兩周以來的文字或承襲爲「」〈沈子它簋蓋〉、「」〈郾侯載器〉、「」《馬王堆·稱 154》，《說文》篆文「」源於此，形體近於「」；或易「木」爲「禾」，寫作「」〈沈子它簋蓋〉、「」〈師害簋〉，據「利」字考證，「禾」與「木」皆屬於植物，作爲形旁時，可因義近而替代。或體作「」，从广从休，《說文》「广」字云：「因厂爲屋也」〔註 52〕，从「广」以爲屋室，故有休息之意。

字 例	重 文	時 期	字 形
休		殷 商	《合》（8162）
		西 周	，〈沈子它簋蓋〉〈師害簋〉
		春 秋	
		楚 系	〈者沪鐘〉
		晉 系	〈中山王𰯼鼎〉
		齊 系	
		燕 系	〈郾侯載器〉
		秦 系	
		秦 朝	
		漢 朝	《馬王堆·稱 154》

483、《說文》「」字云：「，竟也。從木聲。，古文。」〔註 53〕

篆文作「」，从木恆聲；古文作「」，从舟在二之間。「恆」字於金文作「」〈亘鼎〉、「」〈恒簋蓋〉，皆从「月」得形，从舟者爲从月之訛。

〔註 51〕《說文解字注》，頁 272。

〔註 52〕《說文解字注》，頁 447。

〔註 53〕《說文解字注》，頁 272。

字 例	重 文	時 期	字 形
柩 [篆文]	[古文]	殷 商	
		西 周	
		春 秋	
		楚 系	
		晉 系	
		齊 系	
		燕 系	
		秦 系	
		秦 朝	
		漢 朝	

484、《說文》「柙」字云：「[篆文]，檻也，所㠯臧虎兕也。从木甲聲。[古文]，古文柙。」〔註 54〕

篆文作「[篆文]」，从木甲聲，與《武威・泰射 90》的「[漢簡]」相近，其間的差異，係書體不同所致；古文作「[古文]」，从「[字形]」置於「[字形]」中，商承祚指出「[古文]乃孚甲之本字，屮象子葉形，子葉在中，有臧誼，故得叚作柙。」〔註 55〕今暫從其言。

字 例	重 文	時 期	字 形
柙 [篆文]	[古文]	殷 商	
		西 周	
		春 秋	
		楚 系	
		晉 系	
		齊 系	
		燕 系	
		秦 系	
		秦 朝	
		漢 朝	[字形]《武威・泰射 90》

〔註 54〕《說文解字注》，頁 273。

〔註 55〕《說文中之古文考》，頁 59。

485、《說文》「麓」字云：「，守山林吏也。從林鹿聲。一曰：『林屬於山爲麓』。《春秋傳》曰：『沙麓崩』。，古文從彔。」〔註 56〕

甲骨文或从林彔聲作「」《合》（37451），或从茻彔聲作「」《合》（29410），或从林鹿聲作「」《合》（30268），金文與楚簡皆承襲从林彔聲之形，作「」〈麓伯簋〉、「」〈新蔡・甲三 150〉，惟「彔」的形體已失去「井轆轤」之形象。《說文》「茻」字云：「百卉也」，「林」字云：「平土有叢木曰林」，「林」字从二木，「木」字云：「冒也」〔註 57〕，又「木」字形體像樹木之形，其字義應與植物相關，作爲形符使用時替代的現象亦見於《說文》，如：「蔦」字或从茻作「」，或从木作「」，以彼律此，林、茻作爲形符使用時亦可兩相替代。《說文》篆文作「」，从林鹿聲，形體源於从鹿的甲骨文，與「」相近；古文作「」，从林彔聲，源於从彔的甲骨文，惟所从之彔作「」，究其形體，或爲楚簡「」下半部之「」的訛寫。「彔」、「鹿」二字上古音皆屬「來」紐「屋」部，雙聲疊韻，鹿、彔作爲聲符使用時可替代。

字例	重文	時期	字形
麓 		殷商	《合》（29410）《合》（30268）《合》（35501） 《合》（37451）〈宰甫卣〉
		西周	〈麓伯簋〉
		春秋	
		楚系	〈新蔡・甲三 150〉
		晉系	
		齊系	
		燕系	
		秦系	
		秦朝	
		漢朝	

〔註 56〕《說文解字注》，頁 274。

〔註 57〕《說文解字注》，頁 22，頁 241，頁 273。

486、《說文》「叒」字云：「叒，日初出東方湯谷所登榑桑。叒，木也。象形。凡叒之屬皆从叒。叒，籀文。」〔註 58〕

金文作「叒」或「叒」〈毛公鼎〉，若將「叒」的筆畫分割，則成爲三個「又」，《說文》篆文作「叒」，應爲「叒」字的訛寫。籀文作「叒」，王國維指出係「叒」的訛變〔註 59〕，高田忠周以爲下半部所从之「右」應爲「右」的訛寫，「右」爲「右」字〔註 60〕，其言可從。戰國文字或作「叒」〈信陽 1.5〉、「叒」〈兆域圖銅版〉，源於從「口」的字形，因「若」字的筆畫分割，使該字驟視之猶如兩個形體。

字　例	重　文	時　期	字　形
叒 叒	叒	殷　商	
		西　周	叒，叒〈毛公鼎〉
		春　秋	
		楚　系	叒〈信陽 1.5〉
		晉　系	叒〈兆域圖銅版〉
		齊　系	
		燕　系	
		秦　系	叒〈詛楚文〉
		秦　朝	
		漢　朝	

487、《說文》「㞷」字云：「㞷，艸木妄生也。从㞢在土上。讀若皇。㞷，古文。」〔註 61〕

甲骨文作「㞷」《合》（492），金文作「㞷」〈[illegible]卣〉，明義士云：「㞷訓艸木妄生，爲㞢土之誤識，蓋㞢即止，土即土也。……按㞷从㞢止象足履地

〔註 58〕《說文解字注》，頁 275。

〔註 59〕王國維：《王觀堂先生全集・史籀篇疏證》冊七，頁 2417，臺北，文華出版公司，1968 年。

〔註 60〕高田忠周：《古籀篇》卷八十三，頁 1954，臺北，宏業書局，1975 年。

〔註 61〕《說文解字注》，頁 275。

形，王聲。」〔註62〕貨幣文字作「𡉚」〈善𡉚・尖足平首布〉，形體與明義士所言相同，又「𡉚」字讀若「皇」，「皇」、「王」二字上古音皆屬「匣」紐「陽」部，雙聲疊韻，從字形與字音言，其說可從。《說文》篆文作「𡉚」，形體近於〈墜逆簋〉的「𡉚」，惟後者上半部作「止」，將之與「𡉚」相較，所从之「土」應爲「王」之訛；古文作「𡉚」，形體近於「𡉚」〈𨚕䖵壺〉、「𡉚」〈包山99〉，下半部亦爲「王」之訛，即於豎畫上增添小圓點「・」，小圓點又拉長爲短橫畫「-」，遂由「𡉚」→「𡉚」→「𡉚」，形成「壬」的形體。

字　例	重　文	時　期	字　形
𡉚 𡉚	𡉚	殷　商	𡉚《合》(492)
		西　周	𡉚〈𨷂卣〉
		春　秋	
		楚　系	𡉚〈包山99〉
		晉　系	𡉚〈𨚕䖵壺〉𡉚〈善𡉚・尖足平首布〉
		齊　系	𡉚〈墜逆簋〉
		燕　系	
		秦　系	
		秦　朝	
		漢　朝	

488、《說文》「師」字云：「師，二千五百人爲師。从帀从𠂤。𠂤，四帀衆意也。𢍜，古文師。」〔註63〕

甲骨文作「𠂤」《西周》(H11：4)，兩周以來的文字或與之相同，寫作「師」〈散氏盤〉、「師」〈石鼓文〉，《說文》篆文「師」源於此，與「師」相同；或省略「𠂤」作「帀」〈師寰簋〉；或在「帀」的起筆橫畫上增添飾筆性質的短橫畫「-」，作「帀」〈蔡大師鼎〉、「師」〈𨚕䖵壺〉，或於較長筆畫上增添飾筆性質的小圓點「・」、短斜畫「⸝」，寫作「帀」〈墜純釜〉、「帀」《古璽彙編》(0158)；或將「帀」的起筆橫畫「—」易爲「/」，寫作「帀」〈包山

〔註62〕明義士：《栢根氏舊藏甲骨文字考釋》，頁10～11，臺北，藝文印書館，1991年。

〔註63〕《說文解字注》，頁275。

2〉、「𢆉」〈包山 12〉；春秋時期的〈叔尸鐘〉作「𠂤」，左側的「𠂤」為「𠂤」，與之形體近同者，又見於戰國楚系文字「𠂤」〈新蔡・零 526〉，「歸」字金文作「歸」〈不𡢁簋〉、「歸」〈曾侯乙鐘〉，「𠂤」所从之「𠂤」蓋受到「歸」的影響而寫作「𠂤」。《說文》古文「𠂤」，尚未見於出土文獻，據馬叙倫之考證，引蔡惠堂之言，指出〈齊侯鎛鐘〉的「𠂤」字為「𠂤」的正形，「𠂤」字所从之「𠂤」，橫書則為「𠂤」，累之則為「𠂤」；李杲則言石經所見的「𠂤」實則从𠂤从帀，「𠂤」為「𠂤」的訛寫〔註 64〕，今若將𠂤置於帀的上方，則形成「𠂤」或「𠂤」的形體，與石經的字形近似，若將「𠂤」割裂作「屮」、「ᗜ」，再進一步將「ᗜ」割裂為兩個「ᗝ」，並將「屮」插置於兩個「ᗝ」之間，一方面在「𠂤」的較長筆畫上增添飾筆性質的短橫畫「一」，並將起筆橫畫「一」易為曲筆的「︿」，則與「𠂤」近同，可知馬叙倫所引蔡惠堂、李杲之言可從。

字　例	重　文	時　期	字　形
師 師	𠂤	殷　商	𠂤《西周》（H11：4）
		西　周	師〈散氏盤〉𠂤〈師寰簋〉
		春　秋	師〈石鼓文〉𠂤〈叔尸鐘〉𠂤〈蔡大師鼎〉
		楚　系	𠂤〈包山 2〉𠂤〈包山 12〉𠂤〈包山 45〉𠂤〈包山 52〉𠂤〈新蔡・零 526〉
		晉　系	𠂤〈好蚉壺〉𠂤〈朝歌右庫戈〉
		齊　系	𠂤〈墜純釜〉
		燕　系	𠂤《古璽彙編》（0158）
		秦　系	帀〈二十一年相邦冉戈〉師〈十二年上郡守壽戈〉
		秦　朝	
		漢　朝	師《馬王堆・十問 67》師《馬王堆・春秋事語 80》

489、《說文》「南」字云：「南，艸木至南方有枝任也。从𣎵羊聲。𡴍，古文。」〔註 65〕

〔註 64〕馬叙倫：《說文解字六書疏證》二，卷十二，頁 1607，臺北，鼎文書局，1975 年。

〔註 65〕《說文解字注》，頁 276。

甲骨文作「」《合》（806）、「」《合》（8742）、「」《合》（8748），唐蘭指出「字上從，象其飾，下作形，殆象瓦器而倒置之，口在下也。」〔註 66〕又「下半部從、象倒置之瓦器，上部之象懸掛瓦器之繩索。……借爲南方之稱。」〔註 67〕兩周以來的文字承襲爲「」〈大盂鼎〉、「」〈散氏盤〉、「」〈洹子孟姜壺〉，下半部的「」寫作「」、「」，或在「」的豎畫上增添飾筆性質的短橫畫「-」，寫作「」《古陶文彙編》（3.476）；戰國楚系「南」字中間的部件，多近同於「羊」的形體，較之於金文，〈散氏盤〉的「」已出現初步分離的現象，楚系文字除了將「」兩側的豎畫省減外，又進一步將「」割裂，寫作「」，並在割裂處的上半部增添兩道短斜畫「ˊ ˋ」，再加上類化作用，使得形體近同於「羊」，形成「」或「」，寫作「」〈包山 231〉、「」〈包山 154〉，或見上半部的形體由「」易爲「」或「」，寫作「」〈上博・武王踐阼 2〉、「」〈上博・武王踐阼 13〉；晉系貨幣文字作「」〈少曲市南・平肩空首布〉，《說文》古文「」與之相近，亦見以收縮筆畫方式書寫爲「」〈少曲市南・平肩空首布〉，在〈少曲市南・平肩空首布〉中或見「」、「」、「」、「」，皆爲省減後的字形，僅保留部分的形體，若非透過辭例的比對，甚難辨識。《說文》篆文「」，許書言「艸木至南方有枝任也，从𣎵羊聲」，較之於商周以來的文字，係因形體的割裂，遂誤釋其義，並將象形字誤析爲形聲字。

字例	重文	時期	字形
南		殷商	《合》（806）《合》（8742）《合》（8748）
		西周	〈大盂鼎〉〈散氏盤〉
		春秋	〈洹子孟姜壺〉
		楚系	〈包山 154〉〈包山 231〉〈上博・武王踐阼 2〉〈上博・武王踐阼 13〉
		晉系	，，，，，〈少曲市南・平肩空首布〉
		齊系	《古陶文彙編》（3.476）
		燕系	

〔註 66〕唐蘭：《殷虛文字記》，頁 92，臺北，學海出版社，1986 年。

〔註 67〕徐中舒：《甲骨文字典》，頁 684，成都，四川辭書出版社，1995 年。

		秦　系	南〈放馬灘・地圖〉南〈睡虎地・封診式 21〉南〈睡虎地・日書乙種 199〉
		秦　朝	南《秦代陶文》(1251)
		漢　朝	南《馬王堆・胎產書首》

490、《說文》「𠂹」字云：「𠂹，艸木華葉𠂹。象形。凡𠂹之屬皆从𠂹。[illegible]，古文。」〔註 68〕

篆文作「𠂹」，古文作「[illegible]」，左側形體爲「乇」之「乇」，右側或爲「勿」之「勿」，段玉裁〈注〉云：「豈古文𠂹與物字相似，故與。」馬叙倫認爲「[illegible]」或爲「𠂹」的訛寫，古文「[illegible]」係乇與𠂹的合書〔註 69〕，其言可參。戰國文字中或見某字因形體省略過甚，不易辨識而增添聲符者，如：「鹿」字作「[illegible]」〈命篹〉、「[illegible]」〈包山 181〉，或增添彔聲作「[illegible]」〈上博・孔子詩論 23〉，「乇」字上古音屬「端」紐「鐸」部，「𠂹」字上古音屬「禪」紐「歌」部，端、禪皆爲舌音，錢大昕言「舌音類隔不可信」，黃季剛言「照系三等諸紐古讀舌頭音」，可知「禪」於上古聲母可歸於「定」，因「𠂹」訛寫爲「[illegible]」，故增添聲音相近的「乇」以爲標音之用。

字　例	重　文	時　期	字　形
𠂹 𠂹	[illegible]	殷　商	
		西　周	
		春　秋	
		楚　系	
		晉　系	
		齊　系	
		燕　系	
		秦　系	
		秦　朝	
		漢　朝	

〔註 68〕《說文解字注》，頁 277。

〔註 69〕《說文解字六書疏證》二，卷十二，頁 1617。

491、《說文》「𠌶」字云：「𠌶，艸木華也。从𠂹亏聲。凡𠌶之屬皆从𠌶。荂，𠌶或从艸从夸。」〔註 70〕

「𠌶」字从𠂹亏聲，或體「荂」从艸夸聲。「亏」字上古音屬「匣」紐「魚」部，「夸」字上古音屬「溪」紐「魚」部，二者發聲部位相同，旁紐疊韻，亏、夸作爲聲符使用時可替代。又《說文》「艸」字云：「百卉也」，「𠂹」字云：「艸木華葉𠂹」〔註 71〕，作爲形符時互代的現象，應是造字時對於偏旁意義的選擇不同所致。

字　例	重　文	時　期	字　形
𠌶 𠌶	荂	殷　商	
		西　周	
		春　秋	
		楚　系	
		晉　系	
		齊　系	
		燕　系	
		秦　系	
		秦　朝	
		漢　朝	

492、《說文》「回」字云：「回，轉也。从囗，中象回轉之形。囘，古文。」〔註 72〕

篆文作「回」，从囗，中象回轉之形，與〈詛楚文〉「回」等戰國以來的字形相同；古文作「囘」，亦象回轉之形。楊樹達指出「回」即「漩渦」〔註 73〕，高鴻縉言「象淵水回旋之形」〔註 74〕，其言可從。

〔註 70〕《說文解字注》，頁 277。

〔註 71〕《說文解字注》，頁 22，頁 277。

〔註 72〕《說文解字注》，頁 279。

〔註 73〕楊樹達：《文字形義學》，頁 22，上海，上海古籍出版社，2006 年。

〔註 74〕高鴻縉：《中國字例》，頁 220，臺北，三民書局股份有限公司，1981 年。

字　例	重　文	時　期	字　形
回 		殷　商	
		西　周	
		春　秋	
		楚　系	〈新蔡・甲三 294〉
		晉　系	
		齊　系	
		燕　系	
		秦　系	〈詛楚文〉
		秦　朝	
		漢　朝	《馬王堆・戰國縱橫家書 236》

493、《說文》「囿」字云：「，苑有垣也。从囗有聲。一曰：『所吕養禽獸曰囿』。，籀文囿。」〔註 75〕

篆文作「」，从囗有聲，爲形聲字，籀文作「」，屬會意字，〈秦公簋〉作「」，〈石鼓文〉作「」，形體與之相同。戰國秦系文字作「」〈睡虎地・爲吏之道 34〉，从囗右聲，「有」、「右」二字上古音皆屬「匣」紐「之」部，雙聲疊韻，有、右作爲聲符使用時可替代。又「囿」字上古音屬「匣」紐「之」部，由會意字改爲形聲字，爲了便於時人閱讀使用之需，故以讀音相同的字作爲聲符。

字　例	重　文	時　期	字　形
囿 		殷　商	《合》（9489）《合》（9592）
		西　周	
		春　秋	 〈秦公簋〉〈石鼓文〉 
		楚　系	
		晉　系	
		齊　系	
		燕　系	
		秦　系	〈睡虎地・爲吏之道 34〉

〔註 75〕《說文解字注》，頁 280。

		秦　朝	
		漢　朝	[glyph]《馬王堆・戰國縱橫家書 228》

494、《說文》「困」字云：「[glyph]，故廬也。从木在囗中。[glyph]，古文困。」〔註 76〕

篆文作「[glyph]」，从木在囗中，形體與甲骨文「[glyph]」《合》（34235）近同；古文作「[glyph]」，从止从木，尚未見於出土文獻，據馬叙倫考證，「[glyph]」爲「梱」的初文，「止」爲「足」的初文，「梱爲門下橫木，所以限內外，足及此而止，故从止木」。〔註 77〕其言或備一說。

字　例	重　文	時　期	字　形
困 [glyph]	[glyph]	殷　商	[glyph]《合》（34235）
		西　周	
		春　秋	
		楚　系	[glyph]〈包山 145〉
		晉　系	
		齊　系	
		燕　系	
		秦　系	[glyph]〈睡虎地・爲吏之道 2〉
		秦　朝	
		漢　朝	[glyph]《馬王堆・易之義 39》

495、《說文》「囮」字云：「[glyph]，譯也。从囗化聲。率鳥者繫生鳥吕來之名曰囮。讀若譌。[glyph]，囮或从䌛。」〔註 78〕

「囮」字从囗化聲，或體「[glyph]」从囗䌛聲。「化」字上古音屬「曉」紐「歌」部，「䌛」字上古音屬「余」紐「幽」部，二者聲韻俱遠。馬叙倫指出「囮」字的重文本从「譌」，从「䌛」應爲傳抄時產生的訛誤。〔註 79〕其說或可從。

〔註 76〕《說文解字注》，頁 281。

〔註 77〕《說文解字六書疏證》二，卷十二，頁 1641。

〔註 78〕《說文解字注》，頁 281。

〔註 79〕《說文解字六書疏證》二，卷十二，頁 1643～1644。

字例	重文	時期	字形
囮		殷商	
		西周	
		春秋	
		楚系	
		晉系	
		齊系	
		燕系	
		秦系	
		秦朝	
		漢朝	

496、《說文》「員」字云：「，物數也。从貝口聲。凡員之屬皆从員。，籀文从鼎。」〔註 80〕

甲骨文作「」《合》（10978）、「」《英》（1784），从○从鼎，兩周文字多承襲作「」〈員父尊〉或「」〈石鼓文〉，《說文》籀文「」與〈石鼓文〉之字相同。〈放馬灘・地圖〉作「」，與篆文「」相同，許慎以為「从貝口聲」。「鼎」字於甲、金文作「」《合》（1363）、「」〈鼎鼎〉、「」〈伯旅鼎〉、「」〈圅皇父鼎〉，早期的字形具有濃厚的圖畫性質，〈圅皇父鼎〉則將繁雜與彎曲的筆畫，以線條取代，上半部的形體寫作「」，其後因筆畫的省減，遂與「貝」字同化作「」，从鼎之字或寫作「貝」，如：「則」字作「」〈五年召伯虎簋〉或「」〈睡虎地・日書甲種 39 背〉，可知从「貝」的「員」字係从「鼎」之訛。戰國楚系文字从鼎作「」〈上博・緇衣 22〉，或作「」〈上博・緇衣 13〉，二者的辭例皆為「詩員（云）」，將其相較，後者係省略「目」的若干筆畫；又或作「」、「」〈郭店・語叢三 13〉，前者係在「○」添加短橫畫「-」。

字例	重文	時期	字形
員		殷商	《合》（10978） 《英》（1784）
		西周	〈員父尊〉

〔註 80〕《說文解字注》，頁 281。

員		春　秋	〈石鼓文〉
		楚　系	，〈郭店・語叢三 13〉〈上博・緇衣 13〉 〈上博・緇衣 22〉
		晉　系	
		齊　系	
		燕　系	
		秦　系	〈放馬灘・地圖〉
		秦　朝	
		漢　朝	《馬王堆・五星占 33》

497、《說文》「贛」字云：「贛，賜也。从貝䡘省聲。贛，籀文贛。」〔註 81〕

戰國楚系文字作「」〈包山 244〉、「」〈上博・魯邦大旱 3〉，从貝（或）聲，「（或）」从章从欠，辭例依序為「贛之衣裳各三甬」、「子贛（貢）」，《說文》籀文「贛」與之相近，王國維指出籀文右側上半部的「」為夊干之訛〔註 82〕，對照「」、「」的形體，可知應為「欠」的訛寫；馬王堆漢墓出土文獻為「」《馬王堆・春秋事語 62》，形體與篆文「贛」相近。又「章」字金文作「」〈乙亥簋〉、「」〈頌簋〉、「」〈楚王酓章鐘〉、「」〈墜璋方壺〉，从辛从田，對照金文字形，「」、「」係以割裂筆畫的方式書寫，將「田」寫作「」、「」，形成从音从十的形體。

字　例	重　文	時　期	字　形
贛 贛	贛	殷　商	
		西　周	
		春　秋	
		楚　系	〈包山 244〉〈上博・魯邦大旱 3〉〈上博・用曰 7〉
		晉　系	
		齊　系	
		燕　系	

〔註 81〕《說文解字注》，頁 283。

〔註 82〕《王觀堂先生全集・史籀篇疏證》冊七，頁 2418～2419。

		秦　系	
		秦　朝	
		漢　朝	[古文字形]《馬王堆·春秋事語 62》

498、《說文》「賓」字云：「[篆文]，所敬也。从貝宀聲。[古文]，古文。」〔註 83〕

甲骨文或从宀从人作「[字形]」《合》（6498），或从宀从人从女作「[字形]」《合》（20278），或增止作「[字形]」《合》（28092）、「[字形]」《合》（30533）、「[字形]」《合補》（60 正乙），金文易「止」爲「貝」作「[字形]」〈㪤簋〉或「[字形]」〈史頌簋〉，王國維指出像「人至屋下」，从貝的形體係「古者賓客至，必有物以贈之，其贈之之事實謂之賓，故其字从貝。」〔註 84〕李孝定言甲骨文「從[字形]乃人字」〔註 85〕，徐中舒進一步指出甲骨文所見的[字形]、[字形]亦爲人形，所从之「止」係表示「有人自外而至」，故字形像「人在室中迎賓」。〔註 86〕金文「賓」字亦見从「鼎」作「[字形]」〈鄭井叔鐘〉，古文字从「貝」或从「鼎」之字，常類化爲相近同的形體，書手若未能明察，往往會產生訛誤現象，从鼎者應爲訛寫所致；或省減「貝」作「[字形]」〈邾公釓鐘〉，郭店竹簡〈語叢一 88〉的「[字形]」應源於此，將〈語叢一〉與〈邾公釓鐘〉相較，可知二者形體最爲相近，由此亦可證明郭店楚墓所出竹書的原始傳本非出於楚地。戰國楚系文字或省減「人」作「[字形]」〈郭店·老子甲本 19〉，辭例爲「萬物將自賓」；或改易其結構作「[字形]」〈郭店·性自命出 66〉、「[字形]」〈上博·季庚子問於孔子 16〉，辭例依序爲「賓客之禮」、「如賓客之事也」，無論形體如何改易，透過辭例可知皆爲「賓」字的異體。《說文》篆文作「[字形]」，與《馬王堆·十問 6》的「[字形]」相近，將之與「[字形]」〈史頌簋〉相較，所从之「[字形]」的「丏」應是「人」的訛寫；古文作「[字形]」，上半部之「[字形]」，與「[字形]」〈王孫遺者鐘〉、「[字形]」〈曾侯乙鐘〉、「[字形]」〈新蔡·甲三 262〉相較，

〔註 83〕《說文解字注》，頁 283。

〔註 84〕王國維：《定本觀堂集林·與林浩卿博士論洛誥書》，頁 43，臺北，世界書局，1991 年。

〔註 85〕李孝定：《甲骨文集釋》第六，頁 2152，臺北，中央研究院歷史語言研究所，1991 年。

〔註 86〕《甲骨文字典》，頁 703～704。

亦為「人」的訛寫。《說文》言字形為「从貝㝵聲」，段玉裁〈注〉云：「貝者，敬之之物也。」以為「賓」字所重為「貝」，將「」訛誤為「㝵」，並誤以為聲符。

字　例	重　文	時　期	字　形
賓		殷　商	《合》（3168）《合》（6497）《合》（6498）《合》（20278）《合》（28092）《合》（30533）《合補》（60 正乙）
		西　周	〈㱿簋〉〈伯賓父簋〉〈史頌簋〉〈鄭井叔鐘〉
		春　秋	〈王孫遺者鐘〉〈邾公釛鐘〉
		楚　系	〈曾侯乙鐘〉〈郭店・老子甲本 19〉〈郭店・性自命出 66〉〈郭店・語叢一 88〉〈上博・季庚子問於孔子 16〉〈新蔡・甲三 262〉
		晉　系	
		齊　系	
		燕　系	
		秦　系	
		秦　朝	
		漢　朝	《馬王堆・十問 6》

499、《說文》「貧」字云：「，財分少也。从貝分，分亦聲。，古文从宀分。」〔註 87〕

篆文从貝分、分亦聲作「」，與〈睡虎地・為吏之道 1〉的「」相近；古文从宀分作「」，尚未見於出土文物，商承祚以為「去貝則貧，此存分之義，而取無貝之實。」〔註 88〕其言可從。又「貝」於殷周之時作為貨幣之用，从貝分，以為「財分少」；古文从宀分，「宀」者「交覆突屋也」〔註 89〕，字義與房屋有關，形符由「貝」易為「宀」，其意涵應近。又戰國楚系文字作「」

〔註 87〕《說文解字注》，頁 285。

〔註 88〕《說文中之古文考》，頁 61。

〔註 89〕《說文解字注》，頁 341。

〈郭店‧性自命出 53〉，辭例爲「貧而民聚焉」，將之與〈郭店‧緇衣 44〉的「」相較，前者所从之「分」下半部的「刀」應爲訛寫所致。

字　例	重　文	時　期	字　形
貧		殷　商	
		西　周	
		春　秋	
		楚　系	〈郭店‧緇衣 44〉〈郭店‧性自命出 53〉
		晉　系	
		齊　系	
		燕　系	
		秦　系	〈睡虎地‧爲吏之道 1〉
		秦　朝	
		漢　朝	《馬王堆‧經法 32》

500、《說文》「邦」字云：「，國也。从邑丰聲。，古文。」〔註 90〕

甲骨文作「」《合》（595 正），徐中舒云：「從丰從田，象植木於田界之形。」〔註 91〕兩周以來的文字或承襲爲「」〈白刀‧直刀〉，《說文》古文「」源於此，上半部的「」爲「丰」的訛寫；或从邑丰聲作「」〈史牆盤〉、「」〈墬璋方壺〉，或於「」豎畫上增添小圓點「‧」作「」〈毛公鼎〉、「」〈𩍐鎛〉，或於「」下方增添「土」旁作「」〈毛公鼎〉、「」〈十四年墬侯午敦〉、「」《古陶文彙編》（3.40），以示「植樹於田界」，「」的小圓點「‧」可拉長爲短橫畫「-」，又寫作「」〈鼄公華鐘〉、「」〈楚帛書‧丙篇 8.4〉、「」〈詛楚文〉、「」〈繹山碑〉，篆文「」源於此，左側形體作「」，係將「」第二道「︶」拉直爲「—」所致。

字　例	重　文	時　期	字　形
邦		殷　商	《合》（595 正）

〔註 90〕《說文解字注》，頁 285。

〔註 91〕《甲骨文字典》，頁 712。

		西周	〈史牆盤〉，〈毛公鼎〉
		春秋	〈鼄公華鐘〉〈黏鎛〉
		楚系	〈包山 228〉〈楚帛書・丙篇 8.4〉
		晉系	，〈舒盗壺〉〈白刀・直刀〉
		齊系	〈十年陳侯午敦〉〈十四年陳侯午敦〉 〈陳璋方壺〉《古陶文彙編》（3.40）
		燕系	
		秦系	〈詛楚文〉
		秦朝	〈繹山碑〉
		漢朝	《馬王堆・老子甲本 41》

501、**《說文》「郂」字云：「郂，周文王所封，在右扶風美陽中水鄉。从邑支聲。岐，郂或从山支聲，因岐山吕名之也。[illegible]，古文郂从枝从山。」**〔註 92〕

篆文作「郂」，从邑支聲：或體作「岐」，从山支聲；古文作「[illegible]」，从山枝聲。商承祚指出或體从山，係爲山名〔註 93〕，从「邑」者易爲「山」，是爲了明確的記錄語言，以示所指爲「岐山」，可知其言可從。「支」、「枝」二字上古音皆屬「章」紐「支」部，雙聲疊韻，支、枝作爲聲符使用時可替代。

字例	重文	時期	字形
郂 郂	岐，[illegible]	殷商	
		西周	
		春秋	
		楚系	
		晉系	
		齊系	
		燕系	
		秦系	

〔註 92〕《說文解字注》，頁 287～288。

〔註 93〕《說文中之古文考》，頁 61。

		秦　朝	
		漢　朝	

502、《說文》「邠」字云：「邠，周大王國，在右扶風美陽。从邑分聲。豳，美陽亭即豳也，民俗呂夜市有豳山，从山从豩，闕。」〔註 94〕

或作「邠」，从邑分聲，或作「豳」，从山从豩，段玉裁於「豩」字下〈注〉云：「許書豳、燹二篆皆用豩爲聲也」〔註 95〕，可知「豳」亦从豩得聲。「分」、「豩」二字上古音皆屬「幫」紐「文」部，雙聲疊韻，分、豩作爲聲符使用時可替代。「邠」字云：「周大王國，在右扶風美陽」，古文字爲了表現某字作爲國名或地望，往往增添邑旁標舉其義，以《說文》「邑」部的字爲例，如：「郿」字之「右扶風縣」、「鄠」字之「右扶風縣也」、「酆」字之「周文王所都，在京兆杜陵西南。」〔註 96〕从邑分聲的「邠」字，亦與此同。

字　例	重　文	時　期	字　形
邠 邠	豳	殷　商	
		西　周	
		春　秋	
		楚　系	
		晉　系	
		齊　系	
		燕　系	
		秦　系	
		秦　朝	
		漢　朝	

〔註 94〕《說文解字注》，頁 288。

〔註 95〕《說文解字注》，頁 460。

〔註 96〕《說文解字注》，頁 288，頁 289。

503、《說文》「扈」字云：「扈，夏后同姓所封戰於甘者，在鄠，有扈谷甘亭。从邑戶聲。[古文]，古文扈从山弓。」〔註97〕

篆文作「扈」，从邑戶聲；古文作「[古文]」，从山弓。段玉裁於古文下〈注〉云：「此未詳其右所從也。鍇曰：『從辰巳之巳』，竊謂當從『戶』而轉寫失之。」商承祚指出「石經古文作[石經古文]」〔註98〕，可知應从小徐本之言作「巳」。《說文》「邑」字云：「國也」，「山」字云：「宣也，謂能宣散气生萬物也。」〔註99〕二者的字義無涉，替代的現象，係造字時對於偏旁意義的選擇不同所致。又古文作「[古文]」，小徐本言「从巳」，从山从巳無義可言，所从之「巳」應爲聲符，「巳」字小篆作「巳」，金文作「[金文]」〈大盂鼎〉、「[金文]」〈毛公鼎〉、「[金文]」〈公朱左𠂤鼎〉，前二者與「[古文]」相差甚遠，惟「[金文]」與之相近，又《說文》「改」字从攴己聲作「改」，金文从巳作「[金文]」〈改盨蓋〉，「妃」字从女己作「妃」，金文从巳作「[金文]」〈亞㠱妃盤〉、「[金文]」〈𥎦侯少子簋〉、「[金文]」〈十四年墜侯午敦〉，「配」字从酉己聲作「配」，金文从卩作「[金文]」〈毛公鼎〉、「[金文]」〈拍敦〉、「[金文]」〈陳逆簠〉，可知許書所謂从「己」者，於金文中往往从巳、从卩，「扈」、「戶」二字上古音皆屬「匣」紐「魚」部，「巳」字上古音屬「邪」紐「之」部，「卩」字上古音屬「精」紐「質」部，「己」字上古音屬「見」紐「之」部，扈、戶與己的發聲部位相同，爲見匣旁紐的關係，與卩、巳的聲韻關係俱遠，從聲韻的角度言，應以从「己」者爲是，疑「[古文]」本从山己聲，因傳抄之訛而誤爲「巳」，其後又再誤爲「[古文]」。

字　例	重　文	時　期	字　形
扈 扈	[古文]	殷　商	
		西　周	
		春　秋	
		楚　系	
		晉　系	
		齊　系	
		燕　系	

〔註97〕《說文解字注》，頁288。

〔註98〕《說文中之古文考》，頁62。

〔註99〕《說文解字注》，頁285，頁442。

		秦　系	
		秦　朝	
		漢　朝	

504、《說文》「郢」字云：「郢，故楚都，在南郡江陵北十里。从邑呈聲。郢，郢或省。」〔註 100〕

篆文作「郢」，从邑呈聲；或體作「郢」，从邑呈省聲。兩周文字或增添彳作「郢」〈郢侯戈〉，或作「郢」、「郢」〈包山 169〉，所从之「呈」多作「呈」，尚未見「呈」，从「呈」者葢受到《馬王堆・戰國縱橫家書 181》之「郢」影響，許書言「呈」字形體爲「从口壬聲」〔註 101〕，應是在「土」的左側增添一道短斜畫「丿」所致，此種現象亦見於古文字，如：「陳」字作「陳」〈墜逆簋〉，或作「陳」〈包山 135〉，「童」字作「童」〈毛公鼎〉，或作「童」〈包山 276〉，據此可知，作「呈」者係「呈」的訛寫。從字形言，許愼認爲「郢」字或體「郢」爲「呈省」之字，係以「呈」省去上半部的「口」，即寫作「郢」。從字音言，「郢」字或可釋爲从邑壬聲，「呈」字上古音屬「定」紐「耕」部，「壬」字上古音屬「透」紐「耕」部，二者發聲部位相同，透定旁紐，疊韻，呈、壬作爲聲符使用時可替代。

字　例	重　文	時　期	字　形
郢 郢	郢	殷　商	
		西　周	
		春　秋	郢〈郢侯戈〉
		楚　系	郢，郢〈包山 169〉
		晉　系	
		齊　系	
		燕　系	
		秦　系	郢〈睡虎地・日書甲種 69 背〉
		秦　朝	
		漢　朝	郢《馬王堆・戰國縱橫家書 181》

〔註 100〕《說文解字注》，頁 295。

〔註 101〕《說文解字注》，頁 59。

505、《說文》「𨞠」字云：「，里中道也。从𨛜共，言在邑中所共。，篆文从邑省。」 〔註102〕

戰國秦系文字作「」〈睡虎地・法律答問186〉，何琳儀指出應爲从邑共聲〔註103〕，「𨞠」的字義爲「里中道」，「邑」的字義爲「國也」〔註104〕，从邑之字，或爲國名，如：「邰」字之「周文王子所封國」、「鄭」字之「北方長狄國也」、「郋」字之「姬姓之國在淮北」、「鄧」字之「曼姓之國」、「鄖」字之「漢南之國」、「鄘」字之「南夷國」等〔註105〕，或爲縣名，如：「郿」字之「右扶風縣」、「鄠」字之「右扶風縣也」、「鄭」字之「京兆縣」、「部」字之「左馮翊部陽縣」、「鄆」字之「河內沁水鄉」、「祁」字之「大原縣」等〔註106〕，可知作「」者應爲「」之省，《說文》篆文「」與之相近。楚系文字从辵从作「」〈郭店・緇衣1〉，或在「」的構形上增添「亍」作「」〈上博・魯邦大旱3〉，或省寫爲「」〈上博・緇衣1〉，或从邑从作「」〈上博・采風曲目1〉，〈緇衣〉的辭例皆爲「惡惡如惡巷伯」，其次依序爲「爾聞巷路之言」、「宮巷」，構形中的基本形體應爲「」，其後因在豎畫上增添小短畫「-」，遂寫作「」，「」所从之「」的「」，因「」筆畫延展寫作「」，對照「」的形體，「」兩側的「」應爲「行」的省寫，又對照「」的形體，上半部爲「共」，兩周文字作「」〈禹鼎〉、「」〈共・平肩空首布〉、「」〈楚王酓肯盤〉、「」〈共・圜錢〉、「」〈包山239〉、「」〈楚帛書・甲篇7.5〉、「」〈睡虎地・秦律十八種72〉，楚系「巷」字構形中所見「」上半部的「」與「」相同，下半部的形體不同，作「」者，或爲「」的訛寫，或是楚地特有的形體。重文从𨛜共作「」，段玉裁〈注〉云：「巷爲小篆，則知𨞠爲古文籀文也。先古籀後篆者，亦丄部之例。」商承祚以爲「古文」〔註107〕，據戰國文字的形體，商承祚之說可從。

〔註102〕《說文解字注》，頁303。

〔註103〕《戰國古文字典——戰國文字聲系》，頁418。

〔註104〕《說文解字注》，頁285。

〔註105〕《說文解字注》，頁292，頁293，頁294，頁296。

〔註106〕《說文解字注》，頁288，頁289，頁290，頁292。

〔註107〕《說文中之古文考》，頁62。

字　例	重　文	時　期	字　形
		殷　商	
		西　周	
		春　秋	
		楚　系	〈郭店・緇衣 1〉〈上博・緇衣 1〉 〈上博・魯邦大旱 3〉〈上博・采風曲目 1〉
		晉　系	
		齊　系	
		燕　系	
		秦　系	〈睡虎地・法律答問 186〉
		秦　朝	〈咸陽瓦〉
		漢　朝	《馬王堆・周易 75》